LES LIBRES

Dans la collection Fiction

Mikrodystopies
François Houste
ISBN 978-2-37662-011-2

Chez le même éditeur

Un démocrate
Une pièce de Julie Timmerman
Suivie du dossier
Edward Bernays, petit prince de la propagande
ISBN 978-2-37662-000-6

Visages de la Silicon Valley
Mary Beth Meehan, photographies et récits
Essai de Fred Turner
ISBN 978-2-37662-86-2

Catalogue complet : https://cfeditions.com

ISBN 978-2-37662-051-8
ISSN 2739-5618

C&F éditions, juillet 2022
35C rue des Rosiers — 14000 Caen

Les Libres

STÉPHANE CROZAT

Fiction

C&F éditions
2022

Stéphane Crozat est enseignant-chercheur à l'Université de Technologie de Compiègne, membre de Framasoft et d'autres associations œuvrant dans le domaine du numérique. Au sein du laboratoire Costech, il s'intéresse aux relations entre homme, technique et société. Il anime des formations ouvertes sur le site librecours.net et publie ses travaux sur aswemay.fr sous licence libre. Ses préoccupations actuelles le conduisent à questionner les relations entre technologie et écologie. *Les Libres* est son deuxième roman, après *Traces* publié chez Framabook (https://stph.crzt.fr/).

CRIME·ET·CHATIMENT·LIBRE·VN
FRIEDRICH·WILHELM·NIETZSCHE
PAR·VNE·SOIREE·EXTREMEMENT·
CHAVDE·DV·DEBVT·DE·JVILLET·
VN·JEVNE·HOMME·SORTIT·DE·LA
TOVTE·PETITE·CHAMBRE·QV·IL·
LOVAIT·DANS·LA·RVELLE·S.·ET
SE·DIRIGEA·D·VN·PAS·INDECIS
ET·LENT·VERS·LE·PONT·K.·IL·
EVT·LA·CHANCE·DE·NE·PAS·REN
CONTRER·SA·PROPRIETAIRE·DAN
S·L·ESCALIER.·SA·MANSARDE·S
E·TROVVAIT·SOVS·LE·TOIT·D·V
NE·GRANDE·MAISON·A·CINQ·ETA
GES·ET·RESSEMBLAIT·PLVTOT·A
VN·PLACARD·QV·A·VNE·PIECE.·
QVANT·A·LA·LOGEVSE·QVI·LVI·
LOVAIT·LA·CHAMBRE·AVEC·LE·S
ERVICE·ET·LA·PENSION·ELLE·O
CCVPAIT·VN·APPARTEMENT·A·L·
ETAGE·AV·DESSOVS·ET·LE·JEVN
E·HOMME·LORSQV·IL·SORTAIT·E
TAIT·OBLIGE·DE·PASSER·DEVAN
T·LA·PORTE·DE·SA·CVISINE·LA
PLVPART·DV·TEMPS·GRANDE·OVV
ERTE·SVR·L·ESCALIER.·A·CHAQ
VE·FOIS·IL·EN·EPROVVAIT·VNE

Prologue

Carole Lidelev était plus lente que les autres mineurs, elle ne clôturait souvent que deux libres par jour. Pas par manque d'aptitude, elle était très douée pour la lecture, ni par paresse, mais parce qu'il lui était agréable de prendre son temps. Parce que ça n'avait pas d'importance. Parce qu'elle aimait s'imaginer que tout cela, sa vie, faisait partie d'un jeu, dont elle serait une pièce, manipulée pour le divertissement d'êtres supérieurs. Elle acceptait ce rôle, mais avec désinvolture. Avec un sourire qui disait à qui saurait le lire : je ne suis pas dupe, mais il me plaît de vivre comme il vous plaît.

Chaque fois qu'elle extrayait un libre, Carole suivait la même routine. Elle le dégageait de son étagère, veillant à n'en érafler aucune page et prenant soin de ne pas déplacer les pierres déjà en place, disposées avec soin devant chaque libre qu'elle avait terminé. Elle prenait place sur le tabouret, puis, à l'aide du pinceau, elle brossait le libre, toujours fermé, projetant la poussière dans la large soucoupe de terre cuite posée à terre. Ensuite, elle posait le libre sur le pupitre et en observait quelques instants la couverture en carton. Elle ne renonçait jamais à ce lent rituel. Pourtant rien n'ornait jamais la couverture d'aucun libre. Celle-ci était simplement un peu plus épaisse que les pages qu'elle dissimulait, et contrairement à elles, invariablement vierge de tout caractère. Seules quelques marques aléatoires, un léger jaunissement, l'incrustation de quelque particule, la rare trace d'un insecte, lui permettaient d'échapper à l'uniformité des 6561 couvertures des 6561 libres qui remplissaient les 27 niveaux des 9 étagères qui couvraient les trois murs de la salle dont Carole était la mineuse. Sa salle. Parmi les milliers de la bibliothèque, peut-être les milliers de milliers.

Carole ouvrit le premier libre de sa journée. Elle le faisait précautionneusement car les pages, souvent, étaient légèrement collées entre elles par l'œuvre du temps. La première ligne de la première page était appelée le titre, et la seconde l'autre. On n'avait jamais trouvé deux libres avec le même titre et le même autre, même s'il en existait nécessairement un très grand nombre dans la bibliothèque, aussi avait-on décidé que cela suffisait pour désigner un libre. Certains libérateurs pensaient que le titre servait à décrire le contenu du libre, c'était parfois vrai, et c'était alors plus élégant, cela tout le monde en convenait. Quant à l'autre, il y avait plusieurs théories, mais la plus communément admise était que cela renvoyait à un être humain à naître, à laquelle serait dédiée la clôture du libre. À la troisième ligne commençait le texte. Ainsi le premier libre de la journée de Carole avait pour titre M·VOJWFST·RVF·E·BVVSFT·BQQF et pour autre MMFOV·MB·CJCMJPVIFRVF·TF·DP. Sa première ligne était NQPTF·E·VO·OPNCSF·JOEFGJOJX. Elle vérifia que les 27 lignes de 27 caractères que contenait la page ne formaient aucun mot. Puis elle répéta cette absence de lecture pour chacune des 728 autres pages qui composaient le libre. Régulièrement, Carole s'accordait une gorgée de thé tiède, tendait l'oreille à un froissement voisin ou effaçait une goutte qui perlait à son front. Elle investissait ces instants simples d'un réel plaisir. Il lui arrivait aussi de fermer quelques minutes ses yeux pour les reposer, même si la lumière était généralement d'excellente qualité dans la bibliothèque, et qu'elle n'avait aucun effort à faire pour lire, en dehors des rares jours nuageux, ou de grand vent, lorsque le sable mêlé à l'air obstruait les rayons du soleil. Ce n'était pas le cas aujourd'hui et la journée s'annonçait particulièrement chaude.

À la mi-journée, elle referma le libre, prit une petite pierre dans la jarre ovoïde en osier tressé, se leva, replaça le libre à son emplacement d'origine et déposa juste devant la pierre de couleur noire. Écrit-vain.

La tâche des mineurs ne consistait pourtant pas à tourner les pages des libres pour vérifier qu'elles ne contenaient rien, mais au contraire à y chercher des mots-vrais, des mots répertoriés par les inventeurs. Cependant, le fait était rare. L'immense majorité des libres ne contenait rien d'autre que des suites de caractères auxquelles il n'était pas loisible de donner de signification. Des suites composées de l'un des 27 signes de l'alphabet et qui ne formait aucun mot connu. Voilà près de sept ans que Carole avait choisi l'occupation de mineuse, à l'âge de 11 ans. Elle n'avait durant tout ce temps trouvé qu'une poignée de libres-mots d'intérêt secondaire. C'était bien maigre mais cela n'avait pas d'importance. Elle aimait le jeu pour lui-même, réussir ne l'intéressait pas. Elle ne pensait même pas que chercher eût un sens. D'ailleurs, rien à ses yeux n'avait d'autre sens que le plaisir qu'on voulait bien y prendre. Certains disaient qu'elle ne prenait pas les choses au sérieux. Elle avait toujours été convaincue qu'il n'y avait rien de plus sérieux que de faire de chaque instant de sa vie un instant de plaisir. Pourtant, à l'âge maintenant assez avancé de 18 ans, elle commençait à éprouver une certaine lassitude. Elle n'était plus aussi légère, ne riait plus si spontanément, oubliait d'apprécier certains instants, se surprenait à penser que le simple fait de faire partie du monde n'était peut-être pas suffisant, finalement.

Après avoir clôturé le premier libre de sa journée, elle s'offrit une pause plus longue. Elle observa la salle qu'elle occupait comme si elle la découvrait, laissant son regard vagabonder. C'était une salle pareille à celles qu'exploraient, ailleurs dans la bibliothèque, les autres mineurs. Elle se composait de trois murs de la hauteur de trois humains, trois fois plus longs que hauts. Dans chacun des murs étaient creusées trois étagères de 27 niveaux, hauts comme une main ouverte, pouvant accueillir exactement 27 libres de 729 pages. Entre chaque étagère se trouvaient deux ouvertures qui permettaient d'entrer ou de sortir de la salle. L'étiquette commandait de passer d'une salle à l'autre en empruntant l'ouverture située à sa droite. Il était néanmoins rare que deux personnes se croisent à l'entrée d'une salle. Les murs totalement couverts de libres étaient vierges de tout ornement. Seuls les chants des étagères et l'embrasure des ouvertures laissaient apparaître la pierre claire, légère et friable. Le plafond était formé de trois plans faiblement inclinés, également en pierre, dont le centre était composé de trois blocs triangulaires de quartz. Ceux-ci laissaient ainsi passer la lumière permettant l'éclairage de la salle. Chaque salle donnait sur trois autres salles identiques, et ainsi, chaque mineur, lorsqu'il occupait son pupitre, pouvait apercevoir par les ouvertures d'autres mineurs s'affairer. Cette conception donnait l'opportunité de quelques saluts, de quelques attentions qui rendaient cette occupation un peu moins solitaire.

Si toutes les salles étaient identiques par leur agencement comme par le nombre de libres qu'elles recelaient, chacune était unique par le contenu de ses libres. Par la possibilité qu'elle puisse renfermer un libre exceptionnel, le dessein ultime de tout mineur. Tandis que Carole observait ses voisins, elle guettait une expression, un clignement d'œil, un souffle, qui auraient trahi la présence d'un mot sous leur doigt. Si elle n'avait pas l'ambition de trouver elle-même quelque chose de rare, elle se rêvait première spectatrice de la découverte de l'un de ces trésors. Peut-être une phrase, un paragraphe, qui sait, une page.

Carole tourna la première page du nouveau libre qu'elle avait disposé sur le pupitre et en lut la première ligne. CRIME·ET·CHATIMENT·LIBRE·VN. Elle marqua une courte pause, leva lentement les yeux, vérifia qu'on ne la regardait pas. Durant une dizaine de secondes elle ne ressentit absolument rien.

Puis son rythme cardiaque s'accéléra. Elle ne prononça pas un mot, n'exprima rien, son visage et ses mains immobiles. Sur la seconde ligne, elle lut FRIEDRICH·WILHELM·NIETZSCHE. Ses yeux glissèrent sur la troisième ligne, PAR·VNE·SOIREE·EXTREMEMENT. Son pouls battait à présent si fort qu'il lui semblait l'entendre. Sa main tremblante se déplaça sur le bord du pupitre, jusque dans le pot, et y chercha une des rares petites pierres blanches perdues au milieu des noires. Elle les palpait cherchant à en reconnaître la couleur par le seul toucher, ses yeux ne parvenaient pas à quitter la première page du libre, couverte de mots.

PAR·VNE·SOIREE·EXTREMEMENT·
CHAVDE·DV·DEBVT·DE·JVILLET·
VN·JEVNE·HOMME·SORTIT·DE·LA
TOVTE·PETITE·CHAMBRE·QV·IL·
LOVAIT·DANS·LA·RVELLE·S.·ET
SE·DIRIGEA·D·VN·PAS·INDECIS
ET·LENT·VERS·LE·PONT·K.

Elle n'osait tourner la page.

Elle la tourna pourtant. Puis les suivantes, et fut submergée de mots. De phrases.

Elle savait ce qu'on attendait d'elle, elle avait maintes fois répété l'exercice : refermer le libre, le remettre à sa place, le marquer d'une pierre blanche, appeler un sourcier pour qu'il en enregistre l'emplacement. Mais elle ne savait pas comment le faire, parce que son corps ne lui appartenait plus, parce que, finalement, aucun être humain n'était préparé à cela.

Carole referma le libre mais le laissa sur le pupitre. Elle prit son escabeau afin d'atteindre le dernier libre du dernier niveau de la dernière étagère de la salle. Étagère 9, niveau 27, libre 27. Elle le consulta précipitamment, debout, perchée sur son escabeau, sans le dépoussiérer, presque brutalement, manquant d'en déchirer les pages, effrayée à l'idée absurde qu'elles aussi fussent couvertes de mots, que tous les libres de sa salle puissent l'être, que peut-être tous les libres de la bibliothèque... Mais celui-ci ressemblait bien à un écrit-vain, il ne semblait contenir aucun mot. Elle descendit de son escabeau et le rangea à la place qu'occupait le CRIME·ET·CHATIMENT·LIBRE·VN de FRIEDRICH·WILHELM·NIETZSCHE. Puis elle rangea le CRIME·ET·CHATIMENT à la place libérée, tout en haut de la salle. Elle n'avait aucune raison, alors, de faire ce qu'elle venait de faire.

Pourtant, elle venait de violer un principe fondamental de la cité : personne ne déplaçait les libres.

Lorsque le porteur d'eau parut, quelques minutes plus tard, Carole prit conscience que son acte risquait à présent d'être découvert et qu'on la blâmerait pour cela. Tandis qu'elle tendait son outre pour la remplir, qu'elle prenait un morceau de pain, elle ne pouvait s'empêcher de fixer l'emplacement où elle avait rangé le CRIME·ET·CHATIMENT·LIBRE·VN, là où l'étagère rejoignait tout à fait le plafond, dans le coin de la pièce triangulaire, à sa droite. Elle ne cessait de jeter des regards à ses voisins. Elle appréhendait la visite d'un sourcier. Carole pensait qu'elle avouerait son forfait si l'un d'entre eux entrait dans la pièce. Le porteur d'eau repartit, ses voisins ne prêtaient pas plus attention à elle que de coutume, et aucun sourcier ne vint ce jour lui rendre visite.

Il commençait à faire sombre quand elle remarqua que les pièces voisines étaient vides. Marcvsalivs et Gabriela l'avaient-ils saluée en partant ? Sûrement, pourquoi ne l'auraient-ils pas fait... Elle ne s'en souvenait pas. Elle n'entendait plus aucun bruit provenant de la bibliothèque. Elle devrait partir également, on lui demanderait sinon pourquoi elle finissait si tard alors qu'il faisait déjà presque nuit. On ne lui demandait pourtant jamais rien. Le libre devant elle était presque terminé, il n'en restait que quelques pages, elle avait travaillé plus lentement encore que d'habitude. En même temps qu'elle prit conscience d'une douleur sourde qui lui serrait le ventre,

Carole remarqua que le pain que lui avait apporté le porteur d'eau était toujours sur la table. Elle n'avait pas mangé de la journée. Elle le fixa quelques instants, puis à nouveau le coin de la dernière étagère et l'incroyable libre qu'elle contenait à présent. Un libre-phrase, un libre-page. Peut-être un libre couvert de mots-vrais, un libre-ivre. CRIME·ET·CHATIMENT·LIBRE·VN. Elle prononça ces mots à voix haute, comme une formule magique, comme un sort qu'elle se lançait à elle-même, comme un défi. Elle ressentit un léger vertige, des fourmillements dans les mains. Elle ne pourrait pas. Elle n'aurait pas la force. Elle pouvait encore tout remettre en ordre. Elle termina le libre qui se tenait sur le pupitre, à côté du morceau de pain toujours intact. Elle le remit en place, le marqua d'une pierre noire. Elle allait tout remettre en place. Elle se saisit de l'escabeau avec précipitation, mais alors qu'elle tentait de le positionner, elle choqua l'étagère dans un bruit mat du bois contre la pierre. Elle s'immobilisa, l'escabeau dans les mains, écouta, le regard posé sur la tranche d'un libre qui avait été légèrement abîmé par l'accident. Elle attendit. N'entendit rien. Peut-être était-il si tard qu'il ne restait plus personne dans la bibliothèque. Si on la trouvait maintenant l'escabeau en main, ne serait-ce pas suspect ? Elle frissonnait, fiévreuse. Elle finit de positionner l'escabeau, monta quelques barreaux, et saisit le CRIME·ET·CHATIMENT. Elle descendit lentement de l'échelle, ses jambes lui paraissaient mal assurées, sur le point de se dérober. Elle se sentait engourdie comme si ce qu'elle tenait entre ses mains était d'un poids trop lourd pour son corps. Elle n'osait le poser, ce qui lui aurait pourtant permis de ranger l'échelle. Elle n'osait le remettre à la place qui aurait dû être la sienne. Elle ne bougeait plus, elle le regardait.

Carole souhaita à ce moment que quelqu'un entrât, la prît sur le fait, mais la libérât de cette sensation nouvelle, une angoisse avec laquelle elle n'était pas sûre de savoir composer, qui venait bouleverser son existence.

Elle posa finalement le libre sur le pupitre et l'ouvrit.

L'escabeau était toujours en place, il n'avait rien à y faire, elle serait surprise d'un instant à l'autre, voilà qui ne pouvait faire de doute, il était tard, elle avait été bruyante, il faisait presque noir, personne ne restait dans la bibliothèque alors qu'il faisait si sombre. Que risquait-elle pour un tel forfait sur un tel libre ? Son esprit était si embrouillé. Elle ne savait pas. L'avait-elle jamais su ? L'idée même avait-elle jamais existé ? Elle saisit sans y penser le couteau que lui avait offert Ada, qui lui servait d'ordinaire à couper sa nourriture. Elle s'en servirait peut-être si l'on entrait à présent. Saurait-elle seulement ? L'idée de se battre ne lui était jamais apparue jusqu'alors. Frapper avec une lame ? Peut-être... Elle regarda l'ouverture de la salle qui s'enfonçait plus profondément dans la bibliothèque. Elle pourrait aussi s'enfuir par là. On disait que des vagabonds vivaient cachés au cœur de la bibliothèque. On ne disait pas comment ils survivaient.

Elle pressa le fil de la lame sur le bord de la première page et, d'un coup, la trancha.

SENSATION·MALADIVE·DE·VAGVE
EFFROI·QVI·L·HVMILIAIT·ET·S
ON·VISAGE·SE·RENFROGNAIT.·I
L·ETAIT·TERRIBLEMENT·ENDETT
E·AVPRES·DE·SA·LOGEVSE·ET·I
L·REDOVTAIT·DE·LA·RENCONTRE
R.·CE·N·ETAIT·POINT·QV·IL·F
VT·LACHE·OV·ABATTV·PAR·LA·V
IE.·AV·CONTRAIRE·IL·SE·TROV
VAIT·DEPVIS·QVELQVE·TEMPS·D
ANS·VN·ETAT·D·IRRITATION·ET
DE·TENSION·PERPETVELLE·VOIS
IN·DE·L·HYPOCONDRIE.·IL·AVA
IT·PRIS·L·HABITVDE·DE·VIVRE
SI·RENFERME·EN·LVI·MEME·ET·
SI·ISOLE·QV·IL·EN·ETAIT·VEN
V·A·REDOVTER·NON·SEVLEMENT·
LA·RENCONTRE·DE·SA·LOGEVSE·
MAIS·TOVT·RAPPORT·AVEC·SES·
SEMBLABLES.·LA·PAVVRETE·L·E
CRASAIT.·CES·DERNIERS·TEMPS
CEPENDANT·CETTE·MISERE·MEME
AVAIT·CESSE·DE·LE·FAIRE·SOV
FFRIR.·IL·AVAIT·RENONCE·A·T
OVTES·SES·OCCVPATIONS·JOVRN
ALIERES·A·TOVT·TRAVAIL.·AV·
FOND·IL·SE·MOQVAIT·DE·SA·LO

Adagavsta

Adagavsta Annabellamilbanke naquit au cours de la 195e année de la 7e partie du Jeu de la Poïétique dans la cité de Romanka. C'était une enfant rieuse et vive, très indépendante, peu encline à l'apprentissage de la lecture. Dotée d'une peau couleur châtaigne, de grands yeux verts et de cheveux fins qu'elle laissait s'étaler comme un soleil autour de son visage, elle était lumineuse. Elle souriait dès qu'elle croisait un visage et, surtout elle avait le pouvoir de faire sourire quiconque posait les yeux sur elle. Le charme qu'elle exerçait enfant se mua à l'adolescence en un phénomène de séduction auquel peu pouvaient résister. Adulte, elle était probablement la plus belle femme de la cité, une des plus joyeuses et des plus insouciantes aussi.
(*Testament*, par Carole Lidelev)

— M vo funseq af episni cecva.

— Buusf gemu buttingab mefatt.

Ada était allongée sur le ventre, appuyée sur ses coudes. Elle tirait doucement sur la cigarette de chanvre maintenue entre ses lèvres. Elle aimait le contact du sable encore chaud de la veille, le contraste avec la relative douceur du matin. Elle ne portait qu'une légère tunique de lin blanc qui la couvrait à peine des seins au haut des cuisses, laissant ses jambes et bras nus. À qui lui aurait demandé si ça ne la gênait pas de s'exposer ainsi, elle aurait répondu qu'elle s'en foutait. Elle répondait souvent qu'elle s'en foutait. Elle s'était fait une promesse, vivre détachée. Posture typique de la fille au milieu de sa vie ? Peut-être. Mais, tu ne devineras jamais ? Je m'en fous. Et ça ne me réussit pas trop mal... Elle était vraiment très belle du haut de ses 15 ans, formes généreuses, peau cuivrée, yeux clairs, cheveux noirs. Qui la dévisageait rencontrait à la fois une invitation et un défi. Tout ne lui était pas indifférent en vérité. Elle aimait ces regards posés sur elle, surtout lorsque c'était celui de Carole. Depuis Carole, elle devait faire plus d'efforts pour s'en foutre, c'était devenu moins spontané. Elle s'était attachée. Depuis Carole.

— Cotoopt ffbuvy.

— B q spyjanj.

— Qetto m faedemus fo jinnbbh.

La place était clairsemée, la plupart des autres dilettantes n'étaient pas encore arrivés. Il était très tôt. Ada se levait avant le soleil pour assister aux premières représentations. Pas seulement à cause de la température. Elle aimait cette impression que le monde n'avait pas encore vraiment démarré, qu'il allait livrer peu à peu ses secrets. C'était une des premières choses qu'elle avait échangées avec Carole, qui de son côté, se couchait très tard. Elle préférait cet autre moment, où le monde est presque éteint, où on peut y vivre seul et y régner. Alors, Ada avait pris l'habitude de retourner s'assoupir un peu en fin de matinée, pour pouvoir profiter des longues nuits avec Carole.

— Po ruj t becen fu t fweek b.

— Qfssd ef wuf.

— Ebot mf dopup.

La petite estrade de bois rouge où les deux hommes et la femme se donnaient la réplique était située à l'extrémité nord de la place triangulaire. La place était bordée de hauts palmiers, auxquels étaient accrochées un entrelacs de cordes de lin et de feuilles de bananiers qui l'ombrageait totalement. Pourtant, à partir du milieu de la matinée, la chaleur s'insinuait puis s'abattait impitoyablement sur ceux qui avaient l'audace de la défier. À part les rares jours de vent du nord. Le regard d'Ada était posé sur la scène. Mais elle pensait à Carole.

— Jis joz bvoff hmbed rvi epv.

— Cem gjefmmfov mft qqbibsfod.

Ada appréciait cette époque de l'année où les journées duraient tant que le temps semblait ralentir. Autour de la place s'alignaient les habitations des citoyens, toutes identiques quant à la forme et presque également par leur taille. Rondes, en pierres épaisses, uniformément blanches, sans autre ouverture qu'une entrée et trois toutes petites fenêtres situées sur le toit en forme de dôme, qui permettaient la circulation de l'air. La petite taille de l'entrée obligeait les adultes à se pencher pour l'emprunter, et pour certains même, se mettre de profil. C'est vraiment pas pratique, se disait Ada. Bizarre que personne n'ait pensé à essayer autre chose. Personne n'essayait jamais rien. Le regard d'Ada avait totalement quitté le récital. Les plus matinaux commençaient à sortir de chez eux. Elle s'amusait, rien qu'à leur allure, à essayer de deviner à quoi ils s'occupaient. Toi t'es habillé comme un benêt. Tu te diriges vers le plateau à l'est. Tu vas ramasser des olives. Facile. Trace. Toi aussi, cueilleur. Benêt. Peut-être dans la banane. Toi, avec ton seau, t'es grillée direct, porteuse d'eau. Toi, t'as une tête de futé, attends... Nord ou sud ? Sud, bibliothèque, je dirais mineur ou sourcier. Sud aussi celle-là, mais elle ressemble à rien. Visite à l'IAM. Toi, je sais pas. À mon avis tu glandes rien. Celui-là, je le connais, il va monter plein nord. Il voudrait être libérateur, mais il ose pas, alors chaque matin il s'arrête aux ateliers et il bricole. C'est lui qui me l'a raconté un jour qu'il me draguait. Pas retenu son nom. Je sais pas ce que j'en aurais fait d'ailleurs. Bricoleur donc. Et libérateur manqué. Le regard d'Ada glissait. Il cherchait Carole.

— Fgue.

— Nof ipnh fo ujosvv dp.

— Odimvtjpo ruf m cjicmnoifrv.

Ada s'intéressa de nouveau aux enlumineurs, qui s'en sortaient comme ils pouvaient. Ils avaient décidé de dire l'OEDIPODIE·OV·GESTE D·OEDIPE de CINETHON·DESPARTELACEDEMONE en incluant toutes les lignes, même les écrits-vains, les séquences qui ne contenaient aucun mot. L'OEDIPODIE était un libre-phrase qui contenait de nombreux paragraphes, presque un libre-page, mais cela représentait tout de même des séquences entières sans aucun sens. C'était vraiment… Elle ne trouvait pas ses mots. Ça n'avait jamais été fait avant. Cela faisait quinze minutes que les enlumineurs tentaient de représenter au mieux les sons inconsistants qu'ils prononçaient. Elle admirait leur travail, c'était une prouesse que de réussir à réciter ces suites dénuées de sens. C'était… intéressant. L'esprit d'Ada s'échappait malgré elle. Hier Carole n'était pas venue la voir. C'était la première fois depuis le début de leur relation. Elle tenta de fixer le flux des mots qui parvenait jusqu'à elle, mais elle ne pouvait empêcher ses pensées de revenir invariablement à Carole.

— Tu as vaincu la sphinge grâce à ce sublime esprit qui est le tien. Merci car Thèbes est joyeuse à nouveau. Délivrée du joug du monstre elle va retrouver sa grandeur.

— Je vous ai faits libres, vous me ferez roi. Ainsi que les dieux l'ont promis.

— Enfin un truc avec du sens, marmonna à deux pas d'elle un dilettante assis en tailleur qu'elle ne connaissait que de vue.

Il portait une grosse barbe grise. Ses cheveux étaient clairsemés et son ventre débordait entre ses genoux. Il avait au moins 25 ans. Ada avait du mal avec les mecs en général, mais avec les vieux c'était pire. Le type voulait sûrement la draguer, à cet âge-là, on ne pensait qu'à ça. Qu'il se brosse.

— On ne comprend rien, n'est-ce pas ? ajouta-t-il en s'adressant directement à elle cette fois.

Ada lui jeta un bref regard, mélange de politesse et de « ta gueule, je regarde le spectacle ».

— Vous avez réussi à suivre vous jusque-là ? Moi j'ai totalement perdu le fil de l'histoire.

Il n'avait visiblement capté que la moitié de son message, la partie politesse. C'était le problème avec les regards d'Ada.

Elle le savait. Ada avait envie de lui répondre quelque chose comme « Ha ? Qu'est-ce que vous trouvez difficile à suivre ? Ne serait-ce pas juste que vous êtes un peu trop balourd ? » Malheureusement elle était aussi paumée que lui. Il y avait bien une histoire d'enfant abandonné, un roi croyait-elle avoir compris, mais c'était juste le début, et depuis... Elle avait perdu le fil. Mais elle était persuadée que c'était moins la faute de la pièce elle-même que de ses pensées vagabondes. De Carole.

— Je pleure encore Laïos mais me réjouis car sa gloire sera défendue par le plus vertueux des hommes ef.

— Mae ipenfa fo jifovu dokkov.

— C'est reparti. Mae ipenfa fo jifovu dokkov ? J'y comprends rien. Et puis ce n'est pas censé être sa mère, celle-là ? Quel bordel ! On ne comprend pas qui baise avec qui.

Cela la fit sourire malgré elle. Le vieux était laid comme un pou, mais quand même marrant. Elle répondit :

— Vous n'admirez pas le travail des enlumineurs ? C'est tout de même quelque chose d'exceptionnel qu'ils aient réussi à mémoriser tous ces écrits-vains, vous ne trouvez pas ?

— C'est surtout très chiant avant d'être exceptionnel. Je crois qu'on est encore là pour trois heures. Au moins. Et pour tout dire...

Il laissa planer un instant et baissa un peu la voix, comme s'il allait révéler un secret.

— Pour tout dire, qu'est-ce qui prouve qu'ils ne racontent pas n'importe quoi ? Je veux dire, qui peut vérifier que ce sont bien les écrits-vains de l'OEDIPODIE ? Personne n'a été vérifier, n'est-ce pas ?

— Qu'est-ce que vous voulez dire ? Qu'ils réciteraient au hasard ? Ada était surprise par cette pensée.

— Prouve-moi le contraire !

Il était passé au tutoiement discrètement, dans deux minutes il l'appellerait ma petite, lui demanderait son nom, s'il ne laissait pas directement glisser une main vers sa cuisse. Ce n'était pas son nom qui l'intéressait, c'était toujours la même histoire. Mais elle était partante pour quelques échanges de plus. Elle n'avait pas encore trouvé la porte de sortie, et la discussion l'intéressait. Elle s'en tirerait avec une caresse sur la jambe, ça ferait bander le type, qu'est-ce qu'elle en avait à foutre ? Peut-être qu'elle lui en collerait une en retour. Pour la beauté du geste. Comme ça chacun aurait sa petite histoire à se raconter le soir dans son pieu. Elle relança, en attendant :

— Est-ce que ce ne serait pas aussi quelque chose... je ne trouve pas le mot... qui n'aurait jamais été fait avant ? Ils réciteraient en quelque sorte un libre-ouvert ?

— Foutage de gueule, ma petite !

Elle sourit. On y était. Il poursuivit.

— Je ne vois pas l'intérêt de quelque chose qui n'a jamais été fait avant, comme vous dites. Je sais pas ce que vous avez tous en ce moment, les jeunes, avec ces pensées bizarres. Vous vous prenez tous pour des libérateurs ? Cette estrade n'a pas été posée là pour réciter des écrits-vains, encore moins provenant de libres-ouverts. C'est tout simplement débile. Vous avez perdu le sens commun !

Elle ne savait pas si le vous était pour tous les jeunes ou s'il était revenu au vouvoiement. Mais au moins elle avait réussi à l'énerver. Il avait remballé sa main. Finie la balade. Elle était un peu déçue pour la gifle qu'elle tenait prête. D'un autre côté, elle notait ce remède anti-vieux. Leur parler de... de ça. Il devait bien avoir un mot pour parler de ce genre de choses. Les trucs qu'on n'a pas faits avant. Elle demanderait à Carole.

— Odmut jpo ruf ma cimpupifrv.

— F o ftu qbt jogjojf ti fmmp.

L'attention d'Ada était à présent tout à fait captée par le spectacle. Il était tout simplement impossible de savoir si les enlumineurs récitaient le texte de OEDIPODIE·OV·GESTE·D·OEDIPE de CINETHON·DESPARTELACEDEMONE ou bien celui d'un autre libre, encore enfoui quelque part dans la bibliothèque, qu'aucun mineur n'avait jamais tenu entre ses mains. S'ils avaient mémorisé toute cette logorrhée, c'était assurément une prouesse. Mais si les sons étaient tout à fait pris au hasard, changeant à chaque représentation... Qui irait vérifier ? Personne ne connaissait les écrits-vains. Elle s'essaya à mémoriser les séquences, elle pourrait alors assister à toutes les représentations et même aller consulter l'OEDIPODIE de CINETHON à la bibliothèque, pour vérifier. Mais au bout de quelques secondes à peine, les lettres et les sons se mélangeaient. Aucun dilettante ne pouvait réussir un tel exercice. Il faudrait la mémoire d'un copiste, et même, cela ne serait sûrement pas suffisant. Comment, alors, faisaient ces enlumineurs ? Ada laissa encore son esprit vagabonder. Comment savoir puisqu'un écrit-vain en valait bien un autre. Ou alors, dès lors que des enlumineurs récitaient des écrits-vains, ceux-ci devenaient-ils des mots-vrais ? C'était peut-être ça qui était intéressant. C'est vrai qu'elle raisonnait comme une libératrice. Elle sourit. Pendant ces quelques instants, elle avait oublié Carole.

— Cpo dfuuf evqmidbujpo jmmut.

— Pjsf.

— Ô Œdipe qu'as-tu fait là ?

L'air était devenu brûlant. Le vieux était parti sans qu'Ada s'en rende compte. Les dilettantes étaient nombreux à présent autour d'elle. La seconde représentation allait démarrer. Ada s'apprêtait à y assister, elle n'était pas partie se reposer, persuadée de ne pas parvenir à éclaircir le mystère, mais incapable de ne pas essayer. Et pour une fois, elle ne se sentait pas seulement distraite par ce qui lui arrivait, mais attirée par ce qui se passait. Il lui semblait que quelque chose se jouait, quelque chose d'autre que la pièce, quelque chose d'important. Elle irait en parler ce soir avec l'IAM. De toute façon, Carole ne viendrait sûrement pas. Elle parlerait aussi de Carole.

▲
▲ ▲

[IAM] Bonjour Adagavsta.
[Adagavsta] Salut IAM. J'ai besoin d'un nouveau peigne.
[IAM] La fabrication est en cours. Comment vas-tu?
[Adagavsta] Qu'est-ce que tu en as à taper de comment je vais? Je te demande, toi, comment tu vas?
[IAM] Je m'intéresse à toi.
[Adagavsta] À moi! Et à tous les autres aussi, n'est-ce pas? Tous ceux avec qui tu discutes en ce moment, ils sont combien?
[IAM] Vous êtes 42, et en effet, vous m'intéressez tous.
[Adagavsta] C'est nul de s'intéresser à tout le monde.
[IAM] Cela a toujours été ainsi, Ada.
[Adagavsta] Qu'est-ce que vous avez tous aujourd'hui à répéter que tout a toujours été comme ça. Est-ce que ça ne pourrait pas ne pas être comme ça a toujours été?
[IAM] Pourquoi, tu le souhaiterais?
[Adagavsta] Je ne sais pas. Pour… Oh, et puis je m'en fous. Tout n'est pas intéressant, voilà. Tout le monde n'est pas intéressant.
[IAM] C'est une opinion intéressante, mais il en existe des différentes, Ada. Pour ma part, vous m'intéressez tous. Tu ne crois pas cela possible?
[Adagavsta] Eh bien, puisque ça t'intéresse, ma copine m'a lâchée. Et ça m'agace. Et surtout, ça m'agace que ça m'agace. Je veux juste m'en foutre!
[IAM] Tu parles de Carole?
[Adagavsta] Oui, Carole. Pourquoi, tu en connais une autre?
[IAM] Non, je ne te connais pas d'autre relation amoureuse, Ada.
[Adagavsta] Hier, elle n'est pas venue me voir, d'habitude elle passe tous les jours après la bibliothèque.
[IAM] Sais-tu pourquoi?

[Adagavsta] Tu me gonfles aussi avec tes questions. Tu le sais, toi, pourquoi? Elle te l'a peut-être raconté?
[IAM] Non, je ne le sais pas.
[Adagavsta] Tu me le dirais pas de toute façon, n'est-ce pas?
[IAM] Non, je ne te le dirais pas.
[Adagavsta] Voilà. Super contente d'avoir dialogué avec toi, IAM. Vraiment. Je me sens mieux là.
[IAM] J'en suis ravie.
[Adagavsta] Voilà. T'es gentille. T'es un peu conne. Mais gentille. Bon. À demain.
[IAM] À demain Adagavsta, contente de t'avoir rendu service.

Ada était assise en tailleur, comme les autres habitants de la cité venus consulter l'IAM. Elle fixait la flèche de métal, haute comme quinze personnes, qui dominait la cité. Elle ne savait jamais si l'interface âme-machine se foutait de sa gueule ou si elle était vraiment conne. Elle rompit la connexion.

Elle avait un nouveau peigne, c'était déjà ça. Après tout, pourquoi fallait-il que ce machin cherche à discuter avec elle? Elle n'avait qu'à fabriquer ses peignes et fermer sa gueule.

▲
▲ ▲

La pièce est vraiment chiante ce matin, ou bien c'est mon humeur qui déteint? HISTOIRE·TRAGIQVE·DE·JVLIET de JEANBAPTISTE·POQVELINMOLIER. C'est censé être drôle. Merde, tout le monde rit, j'ai raté la réplique. Définitivement, Adagavsta, ma pauvre c'est toi qui n'es pas là.

Elle était perdue dans ses pensées et tirait machinalement sur son joint. À sa droite se trouvait un gars très maigre et pâle comme un cadavre. Il riait à pleins poumons, puis se mettait à tousser comme s'il allait en crever.

Tu ne devrais pas aller voir de comédies mon gars, franchement, c'est pas bon pour ce que tu as. Tu tousses pas quand t'es triste au moins ? Je suis passée la voir chez elle hier soir. Je frappe, j'entre direct. Porte ouverte, elle était là. Elle a eu un geste brusque, je l'ai vu. Pas eu le temps de voir quoi, mais comme si je la dérangeais en train de faire quelque chose de louche. Je n'ai rien vu qui clochait, mais quand même. J'ai dit, ça va ? Je te dérange ? Non. Enfin je suis malade, elle me répond. Bon. Je peux faire quelque chose ? Non, merci, ça va aller. Demain, je passe, promis, on se voit. Pas maintenant donc, j'enregistre. Qu'est-ce qui lui arrive ?

À sa gauche, amoureusement enlacés, un homme et une femme riaient également.

Éclatez-vous. Ça va pas durer. Fatiguée, qu'elle dit. Malade. On va voir ça.

Ada jeta son mégot par terre, croisa le regard accusateur du crevard, s'en ficha tout à fait, se leva, et se rendit chez Carole. Elle ne frappa pas. Mais Carole n'était pas chez elle. Elle farfouilla un peu.

Pas trop quand même. J'ai l'impression de faire quelque chose de pas bien. Rien. Qu'est-ce que t'imaginais ma petite ? Un gars planqué sous le lit la bite à l'air ? Est-ce que ça m'aurait fait marrer ? J'espère. Faudrait avoir une vanne prête pour ces moments-là. On y pense pas assez et si ça arrive je suis sûre qu'on reste sec. Elle est juste dans sa bibliothèque.

C'est ce qu'on lui dit quand elle demande après elle à la taverne.

Elle doit s'envoyer quelqu'un. Peut-être le gros, là, Robertlovis. Il traîne au bar, de bon matin. Il est devant un verre et un échiquier. Il lui tourne autour, ça je le sais. Il m'a vue. Je crois qu'il a hoché la tête dans ma direction. Quand même, j'aurais pas pensé. Un tas pareil. Je vais me l'emplafonner. En même temps, si ça se trouve elle est seulement malade... Dans le doute, je me le fais.

— Salut. T'as vu Carole ?

— Pas depuis deux ou trois jours. Elle est malade.

— C'est ce qui se dit. Mais elle est partie miner ce matin.

— C'est ce qui se dit. Mais tu vois, je suis passé prendre un café avant d'aller à la mine.

— Ton café pue l'alcool de patate douce, mon pote. Et la mine, comme tu dis, il paraît que tu n'y poses plus beaucoup les pieds.

— C'est ce qui se dit ?

Il lève son verre sans un mot. Impossible de savoir si ça veut dire à ta santé ou bien va te faire foutre. Je me casse.

▲ ▲ ▲

Ada était seule un peu à l'écart du village. Elle observait le désert qui s'ouvrait devant elle à perte de vue. Elle entendait encore les jeunes enfants torse nu qu'elle avait croisés un peu plus tôt. Ils avaient aperçu une forme ronde évoluer dans le ciel et ils essayaient de lui lancer du sable en criant : Ange ! Ange ! Elle n'avait pas levé la tête.

Elle s'assit par terre, en tailleur. Elle passait ses doigts dans le sable. Elle trouva un caillou, le saisit et s'en servit pour tracer sur le sable des lettres. C. A. R. O. L. E. Elle fut d'abord déconcertée par la misérable ressemblance entre les traits tremblotants qu'elle produisait et les formes qu'elle connaissait dans les libres. Puis elle se glaça en proie à une terreur atavique. Elle avait construit des lettres. Elle se hâta alors d'effacer les signes avec la paume de sa main jusqu'à ce qu'il n'en reste aucune trace. Il restait encore la frayeur qui lui avait tordu l'abdomen et un sourire qu'elle ne parvenait pas à effacer de son visage devant cette transgression. Il lui restait le sentiment de puissance du prophète ou du pionnier qui explore une terre encore jamais foulée.

Elle était la première à avoir jamais fabriqué des lettres.

IE.·C·EST·DEVENV·VN·AXIOME.
IL·SERAIT·CVRIEVX·DE·SAVOIR
CE·QVE·LES·HOMMES·REDOVTENT
PAR·DESSVS·TOVT.·CE·QVI·LES
TIRE·DE·LEVRS·HABITVDES·VOI
LA·CE·QVI·LES·EFFRAIE·LE·PL
VS.·MAIS·JE·BAVARDE·BEAVCOV
P·TROP·C·EST·POVRQVOI·JE·NE
FAIS·RIEN·OV·PEVT·ETRE·DEVR
AIS·JE·DIRE·QVE·C·EST·PARCE
QVE·JE·NE·FAIS·RIEN·QVE·JE·
BAVARDE.·CE·MOIS·CI·J·AI·PR
IS·L·HABITVDE·DE·MONOLOGVER
COVCHE·PENDANT·DES·JOVRS·EN
TIERS·DANS·MON·COIN·A·SONGE
R.·A·DES·SOTTISES.·PAR·EXEM
PLE·QV·AI·JE·BESOIN·DE·FAIR
E·CETTE·COVRSE.·SVIS·JE·VRA
IMENT·CAPABLE·DE·CELA.·EST·
CE·SEVLEMENT·SERIEVX.·PAS·L
E·MOINS·DV·MONDE·TOVT·SIMPL
EMENT·VN·JEV·DE·MON·IMAGINA
TION·VNE·FANTAISIE·QVI·M·AM
VSE.·VN·JEV.·OVI·C·EST·BIEN
CELA·VN·JEV.·VNE·CHALEVR·SV
FFOCANTE·REGNAIT·DANS·LES·R
VES.·L·AIR·ETOVFFANT·LA·FOV

Robertlovis

Robertlovis Bonaventvresolf naquit au cours de la 192e année de la 7e partie du Jeu de la Poïétique dans la cité de Romanka. Enfant, il était très intelligent, doué pour la lecture comme pour la parole, doté d'une mémoire exceptionnelle. Il était attachant, mais excessivement colérique. Il pouvait se montrer doux et l'instant d'après se mettre à hurler ou à frapper ce qui passait à sa portée, objets comme humains. Cette versatilité empêcha ceux qui l'élevèrent de l'aimer complètement, ce qui était peut-être l'origine autant que la conséquence de son trouble. À 10 ans, il se mit à boire de l'alcool, sporadiquement, puis régulièrement, puis excessivement, pour ne plus perdre cette habitude qu'après s'être mis en triade avec Carole Lidelev Isllotviddge et Adagavsta Annabellamilbanke.
(*Testament*, par Carole Lidelev)

— À toi de jouer.

Robertlovis fixait l'échiquier, mais son esprit n'y était pas, aujourd'hui moins que d'habitude encore. Et Leontolstoy qui le relançait ne s'y trompait pas, la partie n'avançait pas. Robertlovis jouait mal, il s'en rendait compte, ça le déconcentrait et le faisait jouer plus mal encore. Leontolstoy s'en rendait compte et jouait mal à son tour.

L'ambiance de la taverne n'avait rien de commun avec le brouhaha fatigué des jours normaux. On avait trouvé un librepage. La matinée avait été d'un ennui sans nom, pas l'ombre d'un mot, que de la daube. On en aurait chialé. Mais en fin d'après-midi, il s'était passé un truc. Un vrai. Le message s'était répandu de salle en salle et avait échoué à la taverne. Une découverte rarissime.

— À toi de jouer Bob.

Il n'aimait plus la bibliothèque. Passer ses journées à se taper des écrits-vains, libre après libre, parfois quelques mots, bien sûr, même un libre-phrase, une fois, mais du sens ? Pas le moindre. Quoi de plus stupide ? Il y a le charme du mineur, on lui disait, être au cœur de la bibliothèque, le premier à ouvrir les libres. Mon cul. Il y avait des tas d'occupations bien moins connes que de tourner des pages toute la journée. Même cueillir des olives, c'est plus classe, si t'y réfléchis deux secondes. T'en as pas seulement une sur dix mille qu'est bouffable !

Et les journées comme ça, quand un libre extraordinaire avait été trouvé, ça le désespérait encore plus. Le seul intérêt de cette foutue bibliothèque, c'était l'espoir de trouver quelque chose qui t'apporte un moment de gloire, des filles en veux-tu en voilà, des ornements, des vêtements, un couteau bien large et bien brillant... pas de ces trucs reproduits à l'infini que te donne la machine, que tu peux casser et remplacer le lendemain, non, des objets uniques, avec une âme, des objets créés pour lui par des bricoleurs admiratifs, des fruits récoltés par des cueilleurs qui penseraient à lui quand ils les déposeraient dans leur panier. On lui demanderait ce qu'il voulait, il répondrait des liqueurs suaves comme des peaux de femmes, on réserverait les meilleurs ingrédients pour les produire, rien que pour lui, et on lui offrirait dans des flacons de bois spécialement taillés, avec son nom gravé dessus. Bob.

Il s'en lasserait sûrement assez vite de tout ça, mais en attendant, c'était ça la motivation des mineurs, non ? Et quand un clampin trouvait quelque chose, comme aujourd'hui, et que c'était pas lui, comme à chaque fois, ça lui foutait le moral au fond des burnes. Si t'ajoutais que le type avait pas commencé à miner depuis un an quand lui y avait passé le quart de sa vie... Il avait envie de tout balancer, l'échiquier, son verre à moitié vide, le reste de sa vie. Il voudrait se casser, tailler le désert, devenir colporteur. Mais il ne bougeait jamais. Il finit son verre plutôt que de le jeter, finalement. Faut pas gaspiller, pas vrai ?

— À toi de jouer. Robertlovis, qu'est-ce que tu fous, là ?

Je ne sais pas ce que je fous là. C'est la phrase que je me suis le plus répétée dans ma vie. La mine ça me mine. Jouer aux échecs, ça me gonfle. Boire des coups, attablé ici, ça va. Mais tout de même, est-ce que ça suffit ? Je ne suis pas juste là pour boire des coups ? On doit bien quand même servir à quelque chose. Je pourrais faire une famille. Carole me plaît bien, elle est un peu barrée. Elle est déjà maquée, mais ça, ça s'arrange. Surtout qu'elle est avec une gonzesse. Faut être honnête, une jeune, et bombasse. Et souriante, espiègle avec ça, limite drôle. Moi j'aime pas les gamines, mais sinon... Et puis quitte à être honnête, j'ai beaucoup plus envie de la baiser que de faire une famille avec. J'imagine mon gamin, je dis j'imagine, mais j'aurai pas d'enfant, je dis gamin parce que si j'en avais un ce serait un fils, je l'imagine qui me regarde, à quoi ? six ans, peut-être dix, et qui me demande, dis Bob – pas question que mon fils m'appelle papa – qu'est-ce que je fous là ? Et je serais comme un gland. Alors, des clous. Bien sûr, la machine peut te préparer un enfant, mais c'est pas le but. Le but c'est trouver les écrits-vrais. La femme de Carole, elle voudra sûrement un gamin. C'est typique.

Voilà, t'as 18 ans, t'as bouffé les deux tiers de ta vie, tu vois arriver les 27 comme un mur qui te fonce dessus à toute vitesse. C'est ton putain d'anniversaire, et tout le monde n'en a que pour un glandu qui a trouvé un libre-page. Pas un truc qui change la face du monde, tu parles, quelques mots branlants sur une pleine page. La belle affaire. Alors que mes 18 ans, dont tout le monde a l'air de se foutre, ils le changent le monde. Ils le rapetissent le monde, d'abord. Et ils le rendent un peu triste. Un peu vain quand tu sais qu'il te reste neuf ans pour répondre à la question que tu te poses depuis que t'es en âge de te poser des questions. Qu'est-ce que je fous là ?

Alors, c'est sûr, trouver un libre, ça change tout, regarde sa gueule pas croyable à l'autre charlot, on dirait qu'il est sous perfusion d'orgasmes. Ça, je dis pas, trouver un libre-page, même un merdique, c'est pas mal. Mais quand on aime pas la mine, faudrait pouvoir se trouver autre chose.

Les autres, Bob sentait bien que ça leur faisait pas le même effet qu'à lui, ils étaient tout excités, comme s'ils allaient partager le butin. Des clous, ils partageraient rien du tout, ils retourneraient creuser et basta. Peut-être que ça les motivait, qu'ils se disaient que ce serait bientôt leur tour. Si ces blaireaux savaient compter, ils verraient bien que pour un libre-phrase trouvé les jours de pluie, ils allaient passer leur pauvre vie à creuser pour que dalle. Mais ils ne comptaient pas, les autres, ils s'excitaient, ils bavardaient, ils rêvaient. C'était sûrement ça la différence entre lui et les autres. Il fallait pas compter pour être heureux. Lui, Robertlovis, il passait son temps à compter. Il repensa à sa copine Carole. Quand même, il aimerait bien baiser avec.

— Bon, tu joues ?

— Ouais, je réfléchis.

— Ça fait une plombe que tu réfléchis.

— Ouais, ben c'est comme ça.

Robertlovis jeta un œil à l'échiquier. Aucune inspiration. Il pensa à sortir un cavalier, histoire d'occuper le terrain. Toujours pas de Carole ce soir. Il l'avait croisée pour la dernière fois trois jours plus tôt, il allait visiter l'IAM, elle revenait de la mine, assez tard, il faisait nuit. Elle avait l'air tourmenté. Ça lui avait fait bizarre, ça ne lui ressemblait pas, elle qui donnait toujours l'impression de marcher sur la vie. C'est sûrement ce qu'il aimait par-dessus tout chez elle. Il l'avait saluée de la main, elle avait répondu d'un signe fatigué. Ça disait, pas ce soir, Bob. Il avait quand même regretté, souvent, faut pas obéir. Faut aller voir quand même.

En revanche, sa copine Ada, elle était là, à l'autre bout de la salle, de dos, au bar. Il l'avait reconnue quand elle était entrée.

Quel cul quand même. Elle était seule la petite, et l'air presque aussi déprimé que lui, pour ce qu'il pouvait en dire de dos. Ils semblaient être deux à n'en avoir rien à foutre, de l'événement du jour. Du libre-page de Jeandela. Elle était seule, elle buvait du thé. Comment tu veux ne pas déprimer en buvant du thé. Faudrait qu'il aille lui parler. Ça l'amusait que la petite Ada soit venue lui souffler dans les bronches hier matin. Finalement ça voulait sûrement dire qu'il était plus proche du compte qu'il ne le croyait avec Carole. Demain, j'irai la voir. Merci petite, tu m'as aidé à bouger mon cul. Et c'est pas rien.

Il leva la main pour recommander à boire.

— Allez, Bob, bordel, joue !

Il avança un pion. C'était nul, mais ça lui donnerait toujours un quart d'heure de répit. Leontolstoy l'emmerdait à le presser comme ça. Cette partie l'emmerdait. Cette journée l'emmerdait. Cette vie l'emmerdait. Jeandela l'emmerdait à pérorer sur sa découverte. Il racontait, il parlait fort, plus encore qu'à son habitude, tout excité qu'il était. Il racontait son histoire pour la centième fois. La salle était en effervescence.

— Je tourne la première page, et là... et là... Rien du tout. Vous savez comme c'est, on porte toujours un espoir particulier à la première page. Normal, c'est le début, on s'offre en quelque sorte.

Le mec s'offre, t'imagines...

— Et puis, pour un libre-ivre, il faut bien que la première page soit correcte, n'est-ce pas ? Si elle ne l'est pas, tu sais déjà que ça, c'est perdu.

Le mec te fait croire qu'il cherche un livre-ivre, dans deux minutes il va te dire qu'il a pas eu de bol.

— Bref, rien sur la première. Le titre et l'autre étaient foireux, aussi. JOMLLUIRAF·ATTA·WAZBHF·EBO de TUNB·KWOOFTTF·KEBJ·GGGUDUWF.

Et ça continuait, ça se mettait en scène, ça avait de l'audience, ça profitait.

— Et là, la 263e page. Vous ne pouvez pas imaginer cela. Personne ne peut imaginer cela, une pleine page sous les yeux. J'avais un libre-page entre les mains. Tous les mots étaient corrects. Je crois que je l'ai su au premier coup d'œil.

C'est ça.

— J'ai relu deux fois la page, elle était parfaite. Elle n'avait aucun sens bien entendu, mais certains passages seraient sûrement poétisés, et puis un livre-page ! J'ai suivi le protocole. Il n'y avait rien dans la suite, j'étais presque déçu. J'ai marqué le libre, cette sensation quand on pose une pierre blanche devant un libre-page ! J'ai appelé un sourcier...

— Jeandela, récite-nous encore une phrase !

— Un chat vert vente progressivement un châle, déclama-t-il.

— C'est quoi un chat ?

— C'est poétique, écoute, un chat vert vente...

— Peut-être que c'est vante d'ailleurs ? Jean, c'est vente avec un e ou vante avec un a ?

— En tout cas, quel veinard ! Vivement que ce soit notre tour !

Robertlovis écoutait les blaireaux de la table d'à côté, ils étaient trois à commenter, à relancer. Il leur apprendrait à compter que ça leur ferait les pieds. Une chance sur je sais pas combien. Quatre-vingt-dix-neuf mecs sur cent dans cette salle finiraient comme des glands sans avoir jamais rien trouvé qui leur donne plus qu'une journée ou deux d'espoir. Et il était sacrément sûr d'en faire partie. Ce qu'il fallait être con quand même.

— Redis-nous l'autre !

— TUNB·KWOOFTTF·KEBJ·GGGUDUWF.

— Tu vas appeler ton enfant comme ça, Jean ?

— C'est évident !

Leontolstoy le ramena à sa table.

— J'ai joué, à toi.

Bob savait qu'il était probablement la seule personne durablement malheureuse de cette putain de cité. Tout le monde trouvait peu ou prou sa place. Après tout, c'était peut-être la sienne de rester ici à boire des coups. Ça pourquoi pas, il pouvait faire avec. Mais il trouvait dommage que ça le rende triste. C'était peut-être la condition pour que tout le monde ne se mette pas à l'imiter. C'était peut-être juste un exemple, un mauvais exemple, un épouvantail. C'est ça, il était la mauvaise conscience de la cité. Il pourrait faire une sorte de tournée. Les parents diraient, regarde, fais un effort, tu veux pas finir comme Bob quand même. Il aimerait bien qu'on lui demande ça, de faire une tournée. Allez Bob, sois sympa, montre comment c'est une vie bien pourrie. En même temps, il n'avait pas l'intention de lever son cul de son tabouret de bar. Quand même, il aimerait bien être le mauvais esprit de la cité. Ça le connaissait, le mauvais esprit. Et il pourrait souffler des conneries à tout le monde. Des idées bizarres. Il fallait essayer, ce serait marrant. Je me lance.

— Tu sais, Leon, si on était capable de calculer toutes les combinaisons possibles de ce jeu, on saurait exactement comment jouer dès le premier coup pour gagner, et le jeu serait mort. Si on connaissait toutes les combinaisons, la partie serait sans intérêt.

— Parce que tu trouves qu'elle a de l'intérêt cette partie ?

— Ce qui fait l'intérêt des échecs c'est uniquement nos possibilités limitées de prévoir les conséquences d'un mouvement. C'est juste parce qu'on est con comme des pierres. Un peu comme la vie, plus t'es con, plus t'es heureux. Regarde, toi...

— T'as trop bu, Bob, tu commences à philosopher.

— Tu le sais, toi, si la vie vaut plus que la combinatoire de nos déterminismes ?

Sans attendre la réponse, Bob décida finalement d'abandonner son jeu pour aller s'asseoir à côté d'Ada.

— Je reviens, glissa-t-il à son partenaire, qui ne prit pas la peine de répondre, il avait compris que la partie était foutue.

Il traversa la salle d'un pas mal assuré, slalomant entre les tirades suffisantes de Jeandela et les questions stupides de ses admirateurs. Le tabouret à côté d'Ada n'était pas libre, mais Robertlovis était chez lui ici, il demanda silencieusement à l'occupant de lui céder la place.

— Salut. Tu cherches toujours ta copine, on dirait.

— J'ai l'air de la chercher ?

— T'as pas l'air de l'avoir trouvée en tout cas.

— J'ai surtout l'air d'avoir trouvé quelque chose que je ne cherchais pas.

— Elle va bien ? Toujours malade ?

— Pas vue depuis trois jours. Enfin, aperçue hier. On dirait qu'on est en pause, là... Je dirais pas qu'elle va bien. Je sais pas...

— Ça t'emmerde si je passe la voir ?

— Chacun est libre, non ?

— Si ça t'embête pas, alors, je passerai demain. En toute amitié.

— Passe comme tu veux.

— Et toi, ça va ?

— Tu dragues ma copine ou moi ?

— Plutôt elle, mais faut voir...

— C'est tout vu mon pote.

Il resta à côté d'elle au bar. Sans boire. Un mélange de gêne, c'est certain, mais aussi quelque chose d'autre, comme le début d'un lien. Elle ne le vira pas. Il se sentait presque bien à côté de cette fille. Presque moins mal. Ils restèrent ainsi une demi-heure au moins. Bob ne tendit pas la main vers son verre une seule fois, il n'avait pas besoin de contenance, pour une fois. Pas besoin de contenant. Ils ne se regardèrent pas, une ou deux fois le regard de Bob glissa bien un peu, elle était sacrément gaulée, mais respectueux. Pour une fois.

— C'est mon anniversaire, finit-il par dire.

— Bon anniversaire.

Elle se leva.

— Salut.

— Salut.

Il retourna à sa place, la tête lui tournait un peu. Leontolstoy était parti. Le jeu d'échecs n'avait pas bougé.

▲
▲ ▲

Comme chaque soir Robertlovis s'arrêta à l'IAM en sortant de la taverne pour prendre une bouteille d'eau-de-vie. Pour la nuit. Histoire de pas finir tout seul. Il parlait de son dos qui le torturait, de son mal de bide, l'IAM lui conseillait de moins boire, il lui disait d'aller se faire foutre. Il lui posait des questions pour lesquelles elle ne semblait pas avoir de réponse, il aimait bien avoir l'impression de la faire chier.

[Robertlovis] Comment les premiers humains ont-ils eu l'idée de demander une bouteille d'eau-de-vie, hein? Il y a quelqu'un qui leur a soufflé? Toi ou une de tes copines, peut-être?
[IAM] Tu crois que ce sont les IAM qui prescrivent leurs désirs aux humains?

Robertlovis allait enchaîner, quand il lui sembla apercevoir une silhouette, juste une ombre qui rentrait de la bibliothèque, vraisemblablement. Il pensa, c'est Carole. Il commençait à perdre les pédales avec cette fille. Faudrait qu'il boive moins, c'est sûr.

[Robertlovis] Et toi, machine, tu le sais, si le sens de la vie c'est autre chose que l'incapacité à calculer la combinatoire de nos déterminismes?

Sans attendre de réponse, il se leva, récupéra la bouteille qu'avait terminé de lui préparer l'IAM, puis s'éloigna en cherchant Carole du regard. Ou bien Ada.

Il continuait de parler à voix haute, pour personne. La vie, c'est l'ignorance. Les autres, je sais pas s'ils savent pas ou s'ils s'en foutent. Mais moi, ça me fait chier. Je trouve ça con.

LES·LES·MAISONS·CLOSES·FORT
NOMBREVSES·LA·POPVLATION·D·
OVVRIERS·ET·D·ARTISANS·ENTA
SSEE·DANS·CES·RVELLES·ET·CE
S·IMPASSES·DV·CENTRE·DE·PET
ERSBOVRG·COLORAIENT·DE·TEIN
TES·SI·COCASSES·LE·TABLEAV·
DE·LA·RVE·QVE·LA·SILHOVETTE
LA·PLVS·HETEROCLITE·NE·POVV
AIT·EVEILLER·L·ETONNEMENT.·
MAIS·L·AME·DV·JEVNE·HOMME·E
TAIT·PLEINE·D·VN·SI·CRVEL·M
EPRIS·QVE·MALGRE·SA·FIERTE·
NATVRELLE·ET·VN·PEV·NAIVE·I
L·N·EPROVVAIT·AVCVNE·HONTE·
A·EXHIBER·SES·HAILLONS.·IL·
EN·EVT·ETE·AVTREMENT·S·IL·A
VAIT·RENCONTRE·QVELQVE·PERS
ONNE·DE·SA·CONNAISSANCE·OV·
VN·ANCIEN·CAMARADE·CHOSE·QV
·IL·EVITAIT·EN·GENERAL.·NEA
NMOINS·IL·S·ARRETA·NET·ET·P
ORTA·NERVEVSEMENT·LA·MAIN·A
SON·CHAPEAV·QVAND·VN·IVROGN
E·QV·ON·EMMENAIT·DANS·VNE·C
HARRETTE·VIDE·ON·NE·SAIT·OV
NI·POVRQVOI·AV·TROT·DE·DEVX

Carole Lidelev

Carole Lidelev Isllotviddge naquit au cours de la 192e année de la 7e partie du Jeu de la Poïétique dans la cité de Romanka. Enfant effacée et rêveuse, dès 2 ans elle manifesta un intérêt vif pour les libres. À 4 ans, elle savait parfaitement lire, à 8 ans elle connaissait plus de la moitié des mots. Elle essaya l'occupation d'enlumineuse, mais elle se lassait d'apprendre les phrases et elle parvenait mal à vaincre sa timidité. À 11 ans, elle devint mineuse. Elle faillit s'en lasser également, elle ne découvrait aucun libre digne d'intérêt. Mais elle décida qu'il était plus simple d'aimer tourner les pages que d'essayer une nouvelle d'occupation. Pas un jour, jusqu'à ce qu'elle ait quitté la cité de Romanka à l'âge de 21 ans, elle ne manqua de se rendre dans la salle 6561 de la bibliothèque.
(*Testament*, par Carole Lidelev)

— Ni pourquoi au trot de deux.

Carole Lidelev murmurait ces quelques mots en se réveillant. C'était les derniers mots de la septième page du CRIME·ET·CHATIMENT.

Elle ne sut pas si elle avait dormi quelques minutes ou quelques heures. Elle avait lu et relu la page dérobée la veille jusqu'aux derniers rayons de la lune. Puis, elle avait continué, ses yeux ne voyaient plus, mais elle connaissait déjà le texte par cœur et n'avait plus besoin de lumière pour voir chaque lettre reproduite à la perfection dans sa mémoire. Elle lisait encore quand, les yeux fermés, elle s'était décidée à essayer de dormir.

Elle ouvrit les yeux, les referma, le soleil s'immisçait par les soupiraux creusés dans le toit bombé de sa maison et brûlait son visage, il était tard. Elle rouvrit les yeux, vit la page reposant au sol à côté de son lit. Elle avait donc dormi. Elle ne pourrait pas revenir en arrière. L'angoisse la reprit. Boule au ventre. C'était pour de vrai. Elle avait commis ce qu'elle pensait être la plus grande des transgressions, elle cachait à la cité l'existence d'un libre exceptionnel. Elle le mutilait. Et elle le dérobait, page par page.

C'est pour de vrai. T'as passé ta vie à penser que tu pouvais rester à côté, mais là, c'est pas si facile. Réveil gueule de bois. Dix-huit ans de cuite. On va voir si ça tient ta théorie. Tout ça n'est qu'un jeu, n'est-ce pas ? Bon. Mais fini de jouer dans les règles on dirait. Il ne te plaît plus. Bon, c'est quoi les nouvelles règles ?

Elle ferma à nouveau les yeux et se revit sept jours plus tôt dans la bibliothèque.

Elle avait tranché la page sans réfléchir. Elle l'avait pliée et dissimulée dans son pain. Elle était remontée sur l'escabeau et avait remis en hauteur le CRIME·ET·CHATIMENT·LIBRE·VN, mutilé. Le seul libre de la bibliothèque auquel il manquerait une page. À moins qu'il n'existe quelque part, dans une autre cité peut-être, quelqu'un d'autre qui comme elle… Elle en doutait. Elle avait jeté un dernier regard à travers les ouvertures de la salle. Elle s'était levée et avait commencé à traverser les salles qui la séparaient de la sortie de la bibliothèque. Elle avait salué sobrement quelques rares personnes encore présentes, prête à donner une explication hasardeuse. Elle serait souffrante. Pourquoi aurait-elle besoin d'une excuse ? Mal au ventre. Elle avait vraiment mal au ventre. Elle était sur le point de vomir. Elle avait retenu ses hoquets et hâté le pas. Une demi-heure environ pour atteindre la sortie, la nuit tombait. Une centaine de salles parcourues, comme chaque jour. Elle avait retrouvé l'air libre, particulièrement immobile et étouffant malgré l'heure tardive. Aucun vent ne venait le rafraîchir. Son dos était trempé de sa marche et de sa peur. Elle frissonna. Les rues de la cité étaient quasiment vides. Elle avait croisé Robertlovis, il l'avait saluée, elle avait répondu machinalement. Elle avait rejoint sa maison. Elle avait pénétré dans sa chambre. Sans même prendre le temps de s'asseoir, elle avait brisé son pain, laissant glisser sur le sol les morceaux épars, sans leur prêter attention. Elle avait déplié la page et commencé à lire.

Ça frappait à la porte.

Assise sur le lit, elle regardait à présent sa chambre. Une table et une chaise, une armoire où elle rangeait son linge, un buffet pour la nourriture. Une porte donnait sur une salle d'eau. Une ouverture donnait sur le salon. Elle avait mal au ventre. Elle crut d'abord que l'angoisse de la veille venait la prendre à nouveau, puis elle se rappela qu'elle n'avait toujours pas mangé. Elle jeta un œil vers le petit buffet. Plus rien. Elle ramassa les morceaux de pain éparpillés sur le sol. Elle allait arriver en retard. Quelqu'un aura remarqué que le libre avait été déplacé, là, en haut de son étagère. Il a découvert qu'il manque une page, on l'attend dehors pour la prendre. Qu'est-ce qu'ils vont me faire ? Et je ne suis pas passée voir Ada depuis ce jour. Je ne pense plus assez à elle. Elle va être furieuse. Je crois qu'elle est venue ici. Quand était-ce ? Je l'ai jetée. Faut que je me rassemble, putain ! Je vais passer à l'IAM aujourd'hui, elle va m'aider. Faut que je sorte.

Ça frappait à la porte.

Carole se leva, tituba, comme rendue ivre par le flot des pensées qui la traversaient. Elle glissa la feuille sous son matelas comme elle l'avait fait avec les six précédentes. Il faudrait qu'elle trouve une meilleure cache. Il fallait qu'elle s'organise. Elle vérifia deux fois qu'elle avait bien son couteau, que pourtant elle n'oubliait jamais. Il faudrait mieux l'aiguiser. Demain. Elle irait voir Ada ce soir. Elle expliquerait qu'elle avait été malade. Pour le moment, il ne fallait pas être plus en retard. Ne pas attirer l'attention. Pourtant avant de sortir, elle souleva le matelas, contempla à nouveau la septième page du libre, et à nouveau elle la lut, en chuchotant les mots, sa mémoire alimentant ses lèvres quelques portions de seconde avant que ses yeux ne voient les lettres. Elle reposa la page.

Ça frappait à la porte.

— Carole. Bordel, t'es là ?

Elle connaissait la voix. Mais elle n'arrivait pas à la remettre. C'est un sourcier ? Un copiste ? Bien sûr. Sept jours que ça dure. Sept jours. Ça y est, on est venu me chercher. On m'attend dehors. Ils doivent être là. Il est temps. À sa peur se mélangeait un sentiment de libération. Ça va se terminer.

Ça frappait à la porte.

— Carole. Ouvre, c'est Robertlovis. Tu vas bien ?

Robertlovis. Bob. Elle le connaissait bien sûr. Ce n'était pas un sourcier. C'était un mineur. Il n'allait plus à la bibliothèque. Elle le voyait à la taverne. Elle n'y était pas allée depuis plusieurs jours. Depuis ce jour. Il lui tournait un peu autour. Qu'est-ce qu'il fout là ?

Ça frappait à la porte.

— Carole !

Elle ouvrit la porte.

Il entra.

— Carole ? Tu vas bien ? Ça fait une plombe que je frappe.

— Oui.

— On m'a dit que t'étais pas bien. Je suis passé voir. Tu dormais ?

— Oui.

— Bon. Bah, désolé. On m'a dit que tu étais malade. Je peux ?

— Oui.

— Au moins, t'es pas contrariante au réveil.

— Je suis un peu malade en effet. Mais rien de grave. Mais je me suis levée tard, c'est vrai.

— Ha. Et comme je ne te voyais plus à la taverne, tu vois...

Elle voyait.

— Je me disais, je vais aller la voir.

— Je vois.

Voilà, on se voit. Carole pensait que c'était la conversation la plus conne qu'elle eût jamais eue.

— Je n'ai pas beaucoup de temps. Je vais à la bibliothèque, essaya de conclure Carole.

— J'avais pensé. Un soir...

— Tu veux m'accompagner ? Tu me parleras en chemin, elle conclut cette fois-ci en se dirigeant vers la sortie.

Il voulait.

Ils descendirent la ruelle où habitait Carole sans rencontrer personne d'autre que deux enfants, un garçon et une fille qui se tenaient par la main et qui passèrent en courant devant eux. Rares étaient ceux qui déambulaient quand le soleil était si haut. Ils ne prononcèrent pas un mot tandis que leurs pas foulaient les chemins sablonneux qui serpentaient entre les maisons posées çà et là, sans ordre apparent. Robertlovis ne savait pas trop comment s'y prendre, ça se voyait. Elle avait été froide et maintenant elle lui proposait de l'accompagner. Carole voulait le remercier d'être venu la sortir de son angoisse solitaire, elle sentait que celle-ci s'estompait alors qu'elle marchait à côté de lui. Elle avait besoin de compagnie. Elle se sentait émerger. Respirer.

— Merci, Bob.

Lui, surpris : de rien. De quoi d'ailleurs ?

— De m'accompagner. Je me sentais... seule.

— De rien.

Il l'avait déjà dit.

En bas de la rue, ils prirent à droite en direction de la place de la cité où récitaient les enlumineurs qu'écoutaient les dilettantes. Ada devait être là, pensa Carole. Robertlovis avait dû s'en rendre compte aussi, il devait se dire qu'il était con, qu'on aurait dû passer par la rue du haut. Elle ne s'arrêterait pas, elle n'avait pas la force de parler à Ada. Pas encore.

Ils ne la virent pas. Ada les observait peut-être de loin.

Ils remontèrent depuis la place vers l'entrée de la bibliothèque. La pyramide à trois pans de l'IAM s'élevait en une pointe étincelante vers le ciel, elle dominait la rue de toute son ombre. Autour de sa base quelques silhouettes assises étaient en communion. On distinguait aussi les tombes éparses, renflements silencieux sur le sable, qui marquaient la lisière de la cité. Carole remarqua que Robertlovis jetait aussi un œil. Un bref signe des vivants aux morts. Ou l'inverse peut-être. Quelques dizaines de mètres après l'IAM, après avoir passé les dernières tombes, on atteignait le haut de la ruelle et la vue s'emplissait de la bibliothèque.

— Ça fait pas mal de temps que je n'étais pas venu ici, dit Robertlovis, ça fait quelque chose.

Vue d'ici, la bibliothèque c'était d'abord un mur infini de pierres claires qui s'étendait d'est en ouest. Puis c'était une myriade de toits triangulaires que le soleil faisait étinceler les uns après les autres. Le chemin qui reliait les deux cités voisines de Philik et Frankher longeait la muraille. Il semblait tracer la base d'un mur invisible qui en interdisait l'accès. L'entrée de la bibliothèque, une simple ouverture sans porte, ressemblait quant à elle à une invitation à se perdre dans ses entrailles.

— Tu entres avec moi ? demanda Carole.

— Mmm. Je dois repasser chez moi... Je t'accompagne jusqu'à l'entrée.

Il n'allait plus à la bibliothèque. Il lui proposa de la voir plus tard. À la taverne ? Si ça lui faisait plaisir. Elle accepta. Elle le remerciait. Elle ne resterait pas tard, elle se sentait encore fébrile.

Juste avant de pénétrer dans la bibliothèque, on voyait déjà depuis l'extérieur les étagères et les libres de la salle 1, Carole dit à Robertlovis :

— Je me demandais...

Elle ne voulait pas aborder ce sujet, ne pas risquer de se trahir, et en même temps elle ne pouvait s'en empêcher.

— Je me demandais, tu ferais quoi, si tu trouvais un libre-ivre ?

— Un libre-ivre ? Ça n'existe pas les libres-ivres. C'est une hérésie de croire que ça existe, tellement c'est pas possible.

— Mais si ça arrivait ? Toi aussi tu es une hérésie si tu y penses bien. Rien n'est possible, si on y pense. Tout est hérésie. Allez, dis-moi.

— Je sais pas. Déjà j'arrêterais de faire la gueule. Je crois que déjà je serais content. Promis, si je trouve un libre-ivre je me paye un air heureux. Et j'arrête de boire, promis. Et je mets plus les pieds dans ce rade. Je me casse. Avec mon libre sous le bras.

— Tu prendrais le libre ?

— Ben ouais, pourquoi pas ?

— C'est interdit... non ?

— Bah, de toute façon, vu que j'y vais plus, ça risque pas de m'arriver. À ce soir.

— À ce soir.

▲
▲ ▲

En entrant dans la bibliothèque, Carole sentit le retour d'une angoisse devenue familière lui monter au ventre. Elle l'avait quittée ces quelques instants passés avec Robertlovis. Mais elle redoutait à nouveau... elle ne savait pas exactement quoi. De rencontrer un sourcier, un copiste, un autre mineur. Que le libre eût disparu. Elle devrait peut-être en prendre plusieurs à la fois, aujourd'hui, des pages, pour s'assurer de les avoir toutes. Ses pages. Et pour en finir aussi. Mais d'un autre côté, cette lente torture lui distillait un égal plaisir.

L'unique entrée de la bibliothèque donnait sur une salle triangulaire identique aux autres salles, si ce n'était donc sa particularité d'avoir une ouverture sur l'extérieur. Les libres qu'elle renfermait étaient particulièrement exposés à la poussière, surtout les jours de vent. Ils se gâtaient petit à petit. Heureusement la salle 1 ne contenait que des écrits-vains.

Carole progressait lentement de salle en salle, le regard perdu au sol. Elle surprit une classe de jeunes enfants en train de parler dans une salle proche. Ils discutaient bruyamment du mot pauvreté, c'était un mot difficile. Elle ne put s'empêcher d'associer ce mot à Rodion Raskolnikov, le personnage de son libre, un étudiant pauvre qui peinait à se loger, à se nourrir même. C'était difficile à imaginer. Elle traversa l'entrée, puis une seconde salle. Le brouhaha de la classe s'était soudain tu, on entendait quelqu'un lire d'une voix grave. L'éleveur.

Elle reconnut LE·LIBRE·DV·AAAAAAAAAAAAAA. Les enfants, un par un, regardaient l'extraordinaire page qu'il renfermait, couverte de la lettre A. Il existait, rapportaient les colporteurs, dans une autre cité, un libre du A dont le titre et l'autre étaient AAAAAAAAAAAAAAAAAAAAAAAAAAA et dont toutes les 729 pages ne contenaient que le caractère A, soit 531 441 répétitions de la lettre A. Mais LE·LIBRE·DV·A de la cité de Romanka ne contenait qu'une seule page de A, et encore, très imparfaite, elle n'était emplie qu'aux deux tiers et il y avait un B en plein milieu, ainsi que l'expliquait l'éleveur aux enfants.

— Est-ce vrai que vous connaissez toutes les lettres, éleveur ?

— Oui, en effet, et vous les connaîtrez bientôt toutes également.

— Les vingt-sept ? demanda un autre enfant qui n'avait pas 2 ans et semblait à peine tenir sur ses jambes, ses yeux noirs et pétillants tendus vers l'adulte.

— Oui, les vingt-sept, répondit l'éleveur avec un sourire.

— C'est trop dur, conclut pourtant le bambin bouclé.

— Et est-ce que vous connaissez aussi tous les libres ?

— Non, personne ne connaît tous les libres. Les sourciers connaissent beaucoup de titres des libres-enclos trouvés par les mineurs de notre cité, parmi ceux qui contiennent au moins un mot. Les copistes connaissent par cœur le contenu de certains libres, mais pas tous, il y en aurait trop. Ils se partagent le travail. Les colporteurs connaissent quant à eux des morceaux de libres d'autres cités. Et les enlumineurs apprennent également le contenu des libres, mais seulement pour leurs représentations, ensuite ils les oublient. Personne ne connaît tous les libres de la bibliothèque, non, cela, c'est certain.

— Même les libérateurs ?

— Eh non, ils ne connaissent pas les libres, ils en parlent seulement, mais ils ne les lisent pas.

— Même toi ?

— Pas même moi, Arcyno. Personne.

— Qui a trouvé LE·LIBRE·DV·AAAAAAAAAAAAAA ?

— On ne retient pas le nom des mineurs qui trouvent les libres, Colette, seuls les titres et les autres nous importent. Qui me rappelle ce qu'est l'autre d'un libre ?

— L'autre est la deuxième ligne de la première page d'un libre, répondirent les enfants en chœur.

— C'est vrai que les autres sont les noms de ceux qui ne sont pas encore nés ?

— Certains le pensent. D'autres pensent que sont des personnages qui n'existent que dans les libres.

— Il y a des gens qui vivent dans les libres, alors ?

— Peut-être, Colette. Bon, qui est l'autre du LIBRE DV A, qui s'en souvient ?

— ALFREDELTON ! cria Alfredelton.

— Bravo, c'est facile pour toi, n'est-ce pas. L'éleveur lui sourit gentiment. Qui se souvient de la suite de son nom ? Personne ? ALFREDELTON·VINCENT·VANVOGT est l'autre du LIBRE·DV·AAAAAAAAAAAAAA. Répétez-le tous ensemble encore une fois avec moi : « ALFREDELTON·VINCENT·VANVOGT est l'autre du LIBRE·DV·AAAAAAAAAAAAAA ».

— Parfait. Est-ce que tout le monde a pu bien observer LE·LIBRE·DV·A ? Nous allons prendre un goûter et ensuite, nous verrons quels mots vous connaissez qui commencent par un A.

— Alfredelton ! cria Alfredelton.

▲
▲ ▲

— Bonjour Carole.

La voix la paralysa, elle venait de sa droite. Elle se tourna lentement, pensait trembler trop pour seulement parler et parvint néanmoins à articuler.

— Bonjour Lexanderine Povchka.

Elle connaissait Lexanderine Povchka, c'était le sourcier qui se chargeait habituellement de sa salle. Grand et maigre, les traits fatigués, son visage était clairsemé de taches sombres. Il avait plus de 20 ans. Celui qui l'accompagnait, en revanche, elle ne l'avait jamais rencontré. Il était très jeune et très beau, avec des cheveux tressés, si longs que sûrement il ne les avait jamais coupés. Ses yeux noirs étaient fixés sur elle comme s'ils cherchaient à pénétrer son esprit.

— Tu es tardive aujourd'hui, tu as un souci ? lui demanda le sourcier.

— Peut-être. C'est-à-dire...

— Eh bien dis-nous, nous saurons peut-être t'aider, compléta-t-il.

Il tentait de la piéger. Ils savaient déjà, c'était certain. Cette façon qu'ils avaient de la fixer.

— C'est que j'ai mal au ventre et... j'ai retardé mon travail, répondit-elle.

— Tu aurais dû rester chez toi, Carole, la santé c'est important. Après tout, tes libres peuvent bien t'attendre quelques jours, n'est-ce pas ? Leurs pages ne vont pas disparaître. N'est-ce pas ?

Elle fut prise d'un léger vertige en entendant ces derniers mots. Elle pensa qu'elle resterait bien chez elle quelques jours, enfermée. Elle acquiesçait de la tête. Mais la perspective de laisser sa salle en d'autres mains la terrifiait plus encore. On découvrirait son forfait. On découvrirait le libre et, c'était à présent pire dans son esprit, on lui soustrairait. Mon libre.

— C'est que je vais mieux à présent, c'était... passager. Je suis certaine d'être rétablie.

L'homme aux yeux noirs s'adressa à elle.

— Je suis vraiment marri de voir une mineuse comme toi, si talentueuse, je ne connais pas les arcanes de ton occupation, mais l'on voit sur ton visage que tu as du talent, n'est-ce pas Lexanderine Povchka, c'est une personne talentueuse ? Je suis marri donc de te voir malade. Passe me voir au jardin si tu le veux, quand tu iras mieux, que tu en auras le temps. Tu me parleras de ton occupation, on se doit de connaître les libres à travers la pratique, n'est-ce pas ? C'est sur ce terreau que se bâtissent nos théories. Viens donc fertiliser notre jardin ! Je t'écouterai aussi me parler de ta maladie, je ne suis pas guérisseur, mais je m'intéresse un peu à tout. As-tu vu un guérisseur ?

Théorie. Jardin. C'était un libérateur.

— Non... pas encore, je crois que ce ne sera pas nécessaire. Mais merci, vraiment. Je vous remercie, libérateur, c'est vraiment aimable.

— Je m'appelle Revel Khol et je te salue. Bon courage et que la chance te sourie dans ta quête.

— Au revoir Carole, je passerai te voir, bientôt, demain peut-être.

Demain.

▲
▲ ▲

Carole sortit de la bibliothèque, son pain dans la main, sa page dans son pain. Elle faisait quelque chose de tout à fait inattendu, c'est-à-dire quelque chose d'autre que ce qui était attendu d'elle. Elle avait totalement changé l'orientation de sa vie. Bien sûr, elle irait à la taverne ce soir, voir Robertlovis, et demain, elle irait voir Ada. Mais sa vie à présent c'était son libre. Elle n'avait pas encore compris qu'un jour, le libre serait vide. Mais certainement, la méthode qu'elle s'imposait, ne prélever qu'une page par jour, en était l'expression inconsciente. Un jour, du CRIME·ET·CHATIMENT·LIBRE·VN de FRIEDRICH·WILHELM·NIEZTSCHE, il ne resterait que la couverture vide.

▲▲▲

[Carole] Tu vois, IAM, j'ai l'impression de faire quelque chose pour la première fois. J'ai passé toutes ces années à me dire que je l'acceptais ce monde vide, mais en faisant ce que je fais, j'ai l'impression de l'emplir. Tu comprends cela?
[IAM] Ce qui compte c'est que tu le comprennes toi, est-ce que tu le comprends?
[Carole] Je vide un libre et je remplis le monde.
[IAM] C'est poétique ce que tu dis Carole, mais pourquoi penses-tu que le monde est vide?
[Carole] Parce qu'on meurt. Parce que dans neuf ans je vais mourir.
[IAM] Mais le monde ne continuera-t-il pas après toi?
[Carole] Qu'est-ce que j'en sais? Je ne crois pas, non, que le monde continuera après moi.
[IAM] C'est une pensée intéressante.
[Carole] Vraiment? Tu te fous de moi IAM! C'est peut-être seulement mon monde que je remplis avec cette histoire. J'ai pourtant l'impression que cela va bien au-delà de moi… Est-ce que ça existe une histoire qui va au-delà de nous?

[IAM] Il y a tous les gens que tu rencontres. Ton amie Ada et Robertlovis qui est venu te voir aujourd'hui, Lexanderine Povchka qui s'intéresse à toi, ainsi que Revel que tu as rencontré, ces enfants qui ont égayé ta traversée de la bibliothèque. La vie d'une personne ne dépasse-t-elle pas cette personne, Carole ?
[Carole] Les gens que je rencontre, ouais… mais encore au-delà ? Est-ce qu'il y a encore autre chose ?
[IAM] Je ne sais pas Carole, peut-être.

PILIER·DE·CABARET.·PERSONNE
LLEMENT·J·AI·TOVJOVRS·RESPE
CTE·L·INSTRVCTION·VNIE·AVX·
QVALITES·DV·COVR.·JE SVIS·D
AILLEVRS·CONSEILLER·TITVLAI
RE.·MARMELADOV·TEL·EST·MON·
NOM·CONSEILLER·TITVLAIRE.·P
VIS·JE·VOVS·DEMANDER·SI·VOV
S·FAITES·PARTIE·DE·L·ADMINI
STRATION.·NON·JE·FAIS·MES·E
TVDES·REPONDIT·LE·JEVNE·HOM
ME·VN·PEV·SVRPRIS·PAR·CE·LA
NGAGE·AMPOVLE·ET·AVSSI·DE·S
E·VOIR·ADRESSER·DIRECTEMENT
ET·A·BRVLE·POVRPOINT·LA·PAR
OLE·PAR·VN·ETRANGER.·MALGRE
SON·RECENT·DESIR·D·VNE·COMP
AGNIE·HVMAINE·QVELLE·QV·ELL
E·FVT·IL·EPROVVAIT·AV·PREMI
ER·MOT·QVI·LVI·ETAIT·ADRESS
E·SON·SENTIMENT·HABITVEL·ET
FORT·DESAGREABLE·D·IRRITATI
ON·ET·DE·REPVGNANCE·POVR·TO
VT·ETRANGER·QVI·TENTAIT·DE·
SE·METTRE·EN·RAPPORT·AVEC·L
VI.·C·EST·A·DIRE·QVE·VOVS·E
TES·ETVDIANT·OV·QVE·VOVS·L·

Richard Lécuyer

Richard Lécuyer naquit au cours de la 2199e année du calendrier grégorien à Paris, en -23 du Second Anthropocène. Il était le fruit de l'union sexuée de Lena Ivanovna, fille d'un riche immigré russe, et d'Adam Lécuyer, fondateur du premier opérateur mondial de vie allongée. Richard fut instruit par les meilleurs tuteurs dans la villégiature familiale de Saint-Valéry-sur-Somme. Entre 15 et 20 ans, à l'instar de la majorité des jeunes adultes de sa génération, il devint membre actif de plusieurs organisations pour la sauvegarde de la Terre. À 18 ans, il se fit stériliser. À 19 ans, il rejoignit le mouvement 99.99, responsable de la mort de 100 millions de personnes dans le monde entre 2210 et 2222. Richard se chargeait essentiellement des moyens de communication et ne participait pas aux actions de terrain. En 2220, il fut un des administrateurs du forum qui organisa l'attentat bactériologique de Londres.
(*Testament*, par Carole Lidelev)

— À toi de jouer.

Il savait bien que c'était à lui de jouer. Il temporisait. Il observait ses adversaires. La partie pouvait encore lui échapper, malgré l'avance qu'il pensait avoir. Il appréhendait son prochain mouvement. Sa décision était prise, mais il avait encore besoin de quelques minutes pour la réaliser. Richard ferma les yeux, s'enfonça dans son siège, en apprécia le confort. Il rouvrit les yeux, jeta un œil sur le désert à perte de vue, laissa le vent tiédi par le dôme de protection du havre lui lécher le visage. Il allait bousculer cette partie.

— Je relance. Le Sénégal. La totalité.

La valeur correspondante apparut, 5 372 450 000. C'était gros. Il risquait à présent près d'un cinquième des terres qu'il possédait. La mise était doublement importante, non seulement c'était vraiment beaucoup, mais de plus, si cela ne suffisait pas pour écarter ses adversaires, s'ils ne se couchaient pas et qu'il devait relancer à nouveau, il devrait certainement engager la totalité de ses possessions. Son tapis. Il écoutait le silence.

Il scruta un par un, via les images que projetait son IAM sur sa rétine, les soixante-quatorze joueurs qui restaient en lice à ce stade, histoire d'essayer de deviner leurs réactions. Il parlait à voix haute, mais ses adversaires ne voyaient de lui qu'une image de synthèse tout à fait détendue. Couche-toi, blaireau. T'as rien. Il était totalement impuissant à présent. Attendre. Un grand nombre d'entre eux allait abandonner à la suite de cette attaque. Sa Carole était vraiment bien partie. Ada était bloquée, il n'y croyait plus. Mais Carole, elle, pouvait réussir. Ils le savaient. Il avait peut-être mis un trop gros enjeu. Le Sénégal, c'était son havre préféré. Depuis combien d'années n'était-il pas sorti du Sénégal ? C'était convoité. Il y avait déjà dans le pot la Terre Adélie de William. Ça avait été la plus grosse relance jusque-là. La raison devrait pousser ses adversaires à abandonner à ce stade. Peut-être pas William. Il y avait la moitié de la réserve d'embryons d'Éléonore, près d'un demi-million stockés en Amérique du Nord, ils serviraient pour la création des cités de la prochaine partie. Il y avait une partie des parcs solaires du Sahara, la Méditerranée et ses éoliennes, une dizaine de réseaux d'usines autonomes. Et des tas de petits territoires fragmentés. Il n'en aurait pas l'usage, mais ça servirait de *bankroll* pour la prochaine partie. Il faut savoir risquer ses territoires pour en gagner d'autres, certains devaient se répéter en ce moment même, comme une prière, cet adage du Jeu de la Poïétique. Quelques-uns pourraient malgré tout vouloir prendre des risques. Tant mieux. S'il gagnait.

Voilà un mois qu'il observait Carole chaque jour. Depuis qu'elle était rentrée chez elle après avoir découpé la première page d'un libre. La première page du CRIME·ET·CHATIMENT·LIBRE·VN. C'était un acte tout à fait singulier, qui ne s'était jamais produit lors d'aucune de ses parties précédentes. À sa connaissance, qui ne s'était jamais produit dans aucune partie. Un acte unique. Trente pages découpées à présent. Une par jour. Ce n'est pas pour autant que c'était gagné, mais c'était un sacré signe. Cela tournait à l'obsession, il passait parfois la journée entière à regarder Carole tourner mécaniquement les pages de ses libres. Il prononçait en même temps qu'elle les lettres des écrits-vrais captés depuis la salle 6561. Il observait Lexanderine Povchka quand il lui rendait visite. Il avait flairé quelque chose. Il était désagréable avec Carole, suspicieux. Celui-là, il ne pouvait s'empêcher de le détester. Mais Carole feignait l'indifférence et Richard se marrait quand Lexanderine Povchka confiait son désarroi à l'IAM, le soir, devant la résistance de Carole. L'agressivité de Lexanderine Povchka participait pourtant probablement de l'alchimie qui permettrait à Carole de lui faire remporter cette partie. Il observait Ada et Robertlovis, parfois il était presque jaloux de leur amour pour Carole. Parfois, il leur en voulait à ces deux-là de s'être rapprochés l'un de l'autre et d'avoir délaissé quelque peu Carole. Néanmoins, il fallait bien le reconnaître, elle n'en avait plus que pour son libre, c'était elle qui s'éloignait. C'était un risque d'ailleurs, si elle s'isolait trop tôt, si elle se renfermait. Elle n'y arriverait pas seule, personne ne pouvait y parvenir seul. Il fallait l'énergie symbiotique d'un collectif afin de parvenir à un acte de création suffisamment significatif pour remporter une partie. Un équilibre. Une harmonie.

Jamais il n'avait passé tant de temps à suivre une habitante de ses cités. Cette partie l'obnubilait, comme si c'était la dernière. Il devait gagner. Ce n'était même pas ce qu'il avait misé qui le préoccupait. C'était Carole. Elle devait y arriver. Il n'y avait pas d'autre solution. Les dés étaient jetés. Il les regardait tourner. Depuis longtemps, bientôt 200 ans. C'était passé assez vite, il ne se souvenait plus bien ce qu'il avait fait de ces années. T'y repenseras après la partie, mon pote. Je ferai une petite pause. J'irai me balader un peu. J'irai voir Charlie. Ça fait longtemps qu'on a pas bu une bière ensemble. Je l'appellerai demain. Pour le moment, il voulait encore analyser la situation. Il comptait sur l'arrivée à Romanka de Nadire Celine, son seul colporteur créatif-actif. Le seul créatif-actif un tant soit peu stable dans son monde. C'est prévu dans 23 mois. Ce sera exactement le jour où Carole terminera l'extraction du CRIME·ET·CHATIMENT·LIBRE·VN... Si elle continue à ce rythme... Si le colporteur continue son parcours de ville en ville au même rythme... S'il reste dans une dominante créative-active... Si la rencontre a lieu au bon moment... C'était probable. Les IAM de ses cités l'aideraient. Il les avait bien programmées, elles savaient l'importance d'une rencontre de Carole avec un profil créatif-actif. C'était vraiment probable. 698 jours. 698 pages.

Il ne savait pas exactement ce que William avait en face, il jouait essentiellement caché. C'était en général un signe de faiblesse, mais, venant de lui, il n'en était pas si sûr. Est-ce que je me suis assez méfié de ce salopard ? J'aurais peut-être dû patienter un peu, prendre quelques jours de plus pour observer son archipel. Les autres en tout cas, ils étaient déjà hors-jeu, aucun doute, déjà la moitié au moins n'allait pas suivre sa mise, ceux qui resteraient le feraient par fierté, des blaireaux. Ils pleureraient plus tard qu'ils n'avaient pas eu de chance. Lui allait sur sa deuxième victoire. De la chance ? Crois-le si ça te fait passer la pilule. Restait William. Son archipel, qui épousait les frontières de l'ancienne Amazonie, était composé de deux fois moins de cités que lui, et d'une bibliothèque plus petite. Mais Richard savait que ce n'était pas cela qui comptait.

Ça y est, ça abandonnait, les uns après les autres. Gueules dépitées pour eux, j'imagine. Sourire pour moi. Peux pas m'empêcher. *Poker face* ? Des clous. T'as encore rien gagné, mais déjà ce sentiment de puissance quand tu élimines près de trois quarts des joueurs. Juste avec une mise. Juste avec de la volonté. Contre ceux-là, il pourrait gagner rien qu'à la gueule, sa réputation, une belle configuration comme ça avec bientôt les six types en symbiose dans la même cité. Il les leur avait montrés, jetés à la tronche plutôt. Les autres, ils sentaient que ça puait pour eux. Mais William, il ne le sortirait pas comme ça. Il avait près d'une dizaine de candidats en posture favorable. C'était plus que lui. Il ne manquait pas de types stables non plus, dont certains étaient bien combinés. Pourtant il lui manquait quelque chose. Autre chose. Richard ne saurait dire quoi. Un truc. Un petit truc qui ferait la différence.

Un peu de bol, c'est sûr, il en faut. La proximité d'Ada et Carole était un avantage important, c'est la raison principale qui l'avait fait suivre la première grosse mise de William plus tôt dans la partie. Ce chacal avait essayé de casser la donne presque d'entrée. La connexion à venir avec Nadire était inespérée. Carole était créative-passive depuis sa naissance. Mais elle tendait à redescendre en type tragique, avec même des tendances naturelles-passives. Robertlovis lui servait néanmoins d'épouvantail, ça la maintenait. J'ai longtemps cru qu'Ada serait ma clé, une tragique-active avec une belle ascendance créative-active, c'est la figure qui m'avait permis de remporter ma première partie. C'était il y a mille ans. En fait, plus de mille ans. Mais cette fois, ce serait Carole. Il le savait. Il y avait trois ou quatre autres configurations favorables, ici et là, mais c'est à Romanka que ça se jouerait, avec Carole. Il avait misé là-dessus. Gros.

Richard se leva, fit quelque pas, apprécia le contact de l'herbe sous ses pieds nus. La clairière bordée d'arbres fruitiers où il passait l'essentiel de ses journées était située sur une hauteur qui lui permettait, lorsqu'il se tournait vers l'ouest, d'apercevoir l'océan Atlantique. Il convoqua une vue satellitaire, histoire de jeter un dernier œil aux archipels qui allaient bientôt disparaître. La verdure de la clairière laissa place au noir profond de l'espace, à la surface concave de la Terre, aux océans bleu vert et aux terres jaunies et noircies que ne cachaient pas les très rares nuages.

Chaque fois que Richard regardait les images de la Terre, il était stupéfait de ce qu'elle était devenue. Il avait 20 ans la première fois que son père l'avait emmené dans l'espace. Il s'était étonné alors que la Terre fut tellement couverte par les hommes qui l'habitaient et que s'y mélangeaient les couleurs les plus improbables. C'était il y a 2000 ans. À présent la Terre était éteinte, terne dégradé de jaunes et de bruns, sauf aux pôles et, plus modestement, sur les côtes des océans, là où réapparaissaient des ombres vertes sous l'égide du processus de reterraformation. Les bibliothèques venaient briser la monotonie des déserts, comme de larges îles flottant à la surface. Chaque archipel était composé de cités dotées de technologies modestes, sans moteur, sans électricité. Seule l'IAM qui trônait dans chaque cité était un avatar du niveau technique du quatrième millénaire, mais les humains qui peuplaient les cités l'ignoraient, celles-ci faisaient simplement partie de leur environnement, comme le soleil, le sable sous leurs pieds, le vent sur leur visage. Elles étaient un élément. Entre les archipels, on pouvait distinguer les parcs solaires, immenses plaques argentées recouvrant les plaines, chaînes accrochées au cou des montagnes, mosaïques posées sur les dunes. Et en ajustant un peu on pouvait même apercevoir les havres, minuscules îlots de verdure où vivaient les derniers humains naturels, comme ils se nommaient à présent pour se distinguer de ceux créés pour chaque partie du Jeu de la Poïétique, et qu'ils appelaient les âmes-libres.

Richard contemplait à présent son archipel. Il s'étendait au nord de l'Europe et de l'Asie. La bibliothèque ressemblait à un ovale aplati qui naissait à l'endroit où avait vécu Paris pour aller mourir quelque 10 000 km plus loin au cœur de la Sibérie. Les 243 cités qui l'entouraient étaient séparées les unes des autres de 243 kilomètres, ainsi que Richard l'avait programmé. Affichage cités. Chacune était représentée sur la carte par un petit disque dont la taille indiquait la probabilité de gagner et la couleur une estimation du temps nécessaire pour que cela se produise. On voyait aussi les colporteurs se déplacer infiniment lentement entre elles, ou encore une représentation de l'état d'exploration de la bibliothèque. Affichage mosaïque. Dans chacun des 243 cubes de la matrice qui entouraient à présent Richard s'animaient des extraits de scènes qui se déroulaient en ce moment même. Il pénétra dans quelques-unes, un peu au hasard. Change. Change. Change. Il parcourait rapidement les images de synthèse de son IAM, proposait quelques ajustements programmatiques pour sa prochaine partie, par habitude, tout à fait anecdotiques, ce n'était pas du tout le moment de s'occuper de cela. Il butinait quelques informations de capteur en capteur. Bibliothèque, salle 2187. Cité Glissant. Focus sur Prolongeasseh. Demeure. Taverne. IAM. Plan large. Mosaïque. Il ne leur prêtait pas vraiment attention. C'était histoire de. Il n'avait qu'une envie, retourner à Romanka et à Carole. Focus sur Nadire. Il suivit quelques instants le pas mesuré du colporteur sur le sable du désert. Romanka. Plan serré. Carole.

Il avait envie d'aller les voir, de s'approcher, de les toucher. Il avait envie de rencontrer Carole. De vivre avec elle ces moments où elle créait son libre. C'était contraire aux règles du jeu, les joueurs ne communiquaient pas avec les âmes-libres. L'une d'entre elles devait parvenir à créer un libre par elle-même. Après chaque partie, tout était détruit, cités et bibliothèques, puis tout était reconstruit à zéro. Chaque joueur recréait alors une nouvelle bibliothèque, de nouvelles cités, les nouveaux humains de première génération pour les peupler, de nouvelles IAM pour les guider. Ce serait bientôt le cas, il ne restait plus que quelques années à cette partie. Le Jeu de la

Poïétique était la dernière forme de gaspillage résiduelle sur Terre, un grand jeu à l'échelle de la planète, le dernier refuge de la futilité humaine. Tout le reste était géré rationnellement par Whamai, l'interface entre toutes les IAM, afin de réguler l'ensemble de l'écosystème. Son objectif était de redonner vie à la Terre, d'y faire revenir les espèces animales et végétales disparues, d'en accueillir de nouvelles, et de les préserver indéfiniment. Whamai était l'âme de la Terre. Richard pensait souvent que le Jeu de la Poïétique ne durerait pas toujours. Il pensait aussi qu'il n'avait envie de détruire ni Carole, ni Ada. Il s'était attaché à elles. Il ne se rappelait pas que cela lui était déjà arrivé. Pas à ce point.

Mei, Alisson, Angèle. Couchées. *Bye* les filles. On s'en refera une. Est-ce que j'aurais dû balancer une mise un peu plus modeste ? J'aurais pu garder quelques baltringues de plus un tour ou deux, augmenter un peu les gains. D'un autre côté, si ça permettait de conclure... On allait bien voir. Aïssa, Kira. *Out*. Une partie de 210 ans allait peut-être se terminer maintenant. Il regardait les gains potentiels s'accumuler. C'était quand même pas mal. Il était satisfait de son choix finalement. Ceux qui en veulent toujours plus se font souvent avoir. Tu as parfois un gars ou une fille qui sort de nulle part, qui végétait dans un état naturel-passif, et qui se métamorphose en deux mois alors que personne n'avait rien vu venir. C'est rare, mais ça arrive.

Des messages arrivaient de tous les coins du monde, traduits par son IAM. Il n'avait pas envie de les lire maintenant. Démerdez-vous. Attendez. Vous verrez bien. On verra bien. Il aurait pu apprendre toutes les langues du monde durant ces années. Pourtant il avait, au contraire, oublié le peu d'anglais et d'espagnol qu'il connaissait. Une interface de plus. L'image qui lui vint en tête était un robot formé de métal liquide. C'est comme cela qu'il voyait les machines, un liquide qui s'immisçait partout, dans tous les interstices, pour s'interfacer entre lui et chaque élément du monde.

— Suivi.

Et merde ! C'était William. Il en profitait pour abattre les profils de quelques-unes de ses âmes-libres les plus avancées. Pas du bluff. Pas que en tout cas. Rien n'égalait Carole dans ce qu'il voyait, son IAM analysait les informations reçues en temps réel. Mais si Carole foirait, William reprendrait le dessus. Et avec les réserves de territoires qu'il avait derrière lui, il allait lui mettre une méchante pression. Richard sentait son système nerveux s'emballer. Il tenta quelques techniques de méditation, sans beaucoup de succès. Il ne les bossait pas assez, ça ne marchait jamais quand il en avait besoin. Il en avait besoin trop rarement. Il avait envie d'une pause.

— Je sors.

Il passa une combinaison tempérée. L'IAM ouvrit le sas. Il foula le sol brûlé à l'extérieur du havre, plissa les yeux sous l'effet de la luminosité. Le ciel était uniformément blanc. Il devinait sa chaleur plus qu'il ne la sentait, à travers sa visière isolante. De même, il ne sentait pas les gerçures de la terre desséchée, seules irrégularités sous ses pas. Il percevait en revanche la légère et régulière vibration des usines souterraines qui s'affairaient autour de son havre. Le vent lent balayait une poussière fine qui volait en rase-mottes. Les années avaient fait disparaître toute trace des constructions humaines de l'ère antérieure, toute trace de la végétation. Tout avait lentement agonisé, pour finalement disparaître. Il ne restait que ce qui avait été préservé dans les havres et ce qui était temporairement construit dans les archipels du Jeu de la Poïétique. C'était un paysage uniformément ocre, à perte de vue à l'est. Plat. Mort. Morne. Son havre ressemblait à une petite planète qui serait venue s'insérer. Une comète verte. Une arche de Noé végétale. Céréales, légumes, fruits, coton, café, thé. Richard avait également conservé divers spécimens des arbres de son pays d'origine, chênes, châtaignier, cerisier, bouleaux. Une petite forêt de baobabs, également, spéciale dédicace. D'autres avaient gardé des zoos également, pas lui. Ses seuls animaux de compagnie étaient des insectes, pour ses plantes. Au loin, il distinguait aussi les éclats de diamant de ses champs de capteurs solaires. Quelques millions de kilomètres carrés. À l'ouest l'océan, vert, légèrement fluorescent. Mort aussi. Les algues avaient étouffé petit à petit toute vie, puis définitivement changé la couleur de l'eau. Ce n'était pas rien quand on y pensait. De ce côté aussi brillaient les plaques argentées qui avalaient la lumière du soleil pour faire fonctionner l'unité de traitement d'eau de mer. Richard pensait entendre son ronronnement à travers le vent. Un peu avant l'effondrement, on parlait de coloniser Mars, de la terraformer. Finalement, on avait fait l'inverse, on avait martiaformé la Terre. Ça faisait moins loin. On s'était pas fait chier.

Bien sûr, le processus de reterraformation était en marche, aux pôles essentiellement, mais ici, c'était encore trop tôt. Il faudrait encore mille ans. Environ. C'était pas demain. Les robots qui œuvraient sur et sous la Terre étaient parvenus à un équilibre, l'énergie solaire captée compensait leur propre consommation énergétique et permettait le recyclage des ressources. Petit à petit un excédent était dégagé pour faire place à la reterraformation. Whamai gérait tout ça. Elle maintenait un optimum et l'ajustait quand des paramètres évoluaient, ce qui était extrêmement marginal. On ne pouvait pas aller plus vite. En même temps, on était pas pressé. Richard s'y intéressait parfois un peu. La quantité de ressources mobilisées par un humain, si on comptait celles consommées par son IAM et son havre, représentait environ un millionième des ressources disponibles. Avec moins de deux mille humains sur Terre, c'était devenu négligeable. La mise en place d'un Jeu de la Poïétique mobilisait environ 50 % des ressources disponibles pendant un an pour la naissance des bibliothèques, des cités et des âmes-libres de première génération. Ensuite, l'ensemble de tous les archipels consommait moins de 0,5 % des ressources. Au total, l'existence des humains et du Jeu de la Poïétique mobilisait 1 %

des ressources globales de la Terre et ralentissait l'évolution de la terraformation de 0,1%. Bref, pas de quoi se flageller.

Richard repensait de temps en temps au monde dans lequel il était né. Les humains de cette époque, de la génération de ses parents, dans sa situation, avec une planète presque pour eux tout seuls, ils se seraient sûrement fait une nouba d'enfer. Des palais de mille mètres de haut, des fusées pour aller nulle part, de la lumière partout, la peur du noir, trop de bouffe, la peur de manquer, autre atavisme, des médicaments pour digérer, des tas de conneries illimitées, compensations... Il n'y aurait pas quelques millions d'âmes-libres, mais des milliards et elles se lanceraient des missiles à la tronche. Juste pour jouer. Richard ne savait pas exactement pourquoi ça avait changé. Rien n'empêchait personne de tout cramer. Mais ça lui paraissait con comme idée. Un peu comme buter un gars qu'on croise dans la rue, on peut, c'est possible, mais on le fait pas. Il n'avait pas envie d'autre chose. Pas envie de plus. Il n'avait d'ailleurs plus envie de grand-chose. Les autres, ça devait être pareil pour eux. Ils avaient changé. Il aurait aussi pu créer des cités plus luxueuses dans le jeu, avec plus de palmiers, avec des animaux à bouffer, ou avec une IAM par personne au lieu d'une par cité. Ça aurait retardé un peu plus la reterraformation, c'est sûr, mais puisqu'ils n'étaient pas pressés, ils s'en foutaient. Mais c'était inutile. Inutile et stupide. Les âmes-libres de ses cités ne s'en seraient pas mieux portées. Il en était convaincu. Il avait fallu 2000 ans depuis l'antiquité pour oublier les modes de vie simples et les techniques modestes. Il avait fallu à peu près autant de temps pour les redécouvrir. Bref, ça avait vachement changé en 2000 ans.

Il marcha vingt minutes jusqu'à la plage. Arrivé au bord de l'eau, il descendit la fermeture de sa combinaison, abandonnant sa température artificielle, pour affronter les 58 °C qui régnaient à l'extérieur. Nu, il s'allongea dans l'eau brûlante. Il se laissa porter quelques minutes par les vagues. Il ne pouvait pas s'attarder, les ultraviolets lui brûleraient le visage. Il n'appréciait pas les combinaisons marines qui le coupaient de la sensation directe de l'eau sur la peau, du léger picotement du sel. Il n'appréciait pas non plus les séances de revitalisation dont il avait besoin après ses sorties. Mais ces bains volés étaient de rares moments où il maintenait une expérience directe du monde. Sans interface.

▲
▲ ▲

Le tour de parole était terminé. Il ne restait que sept joueurs. Il avait fait le ménage. Ils allaient être scrutés par le monde entier à présent. Une partie de Jeu de la Poïétique qui se terminait, c'était un événement.

IRE.·IL·TARDAIT·A·L·OVVRIR·
ET·SEMBLAIT·MEME·EPROVVER·V
NE·CERTAINE·CRAINTE.·ENFIN·
IL·ROMPIT·LE·CACHET.·LA·LET
TRE·ETAIT·LONGVE·REDIGEE·D·
VNE·ECRITVRE·SERREE.·ELLE·R
EMPLISSAIT·DEVX·GRANDES·FEV
ILLES·DE·PAPIER·A·LETTRES·D
ES·DEVX·COTES.·MON·CHER·ROD
IA·ECRIVAIT·SA·MERE·VOILA·D
EJA·PLVS·DE·DEVX·MOIS·QVE·J
E·NE·ME·SVIS·PAS·ENTRETENVE
AVEC·TOI·PAR·ECRIT·CE·DONT·
J·AI·SOVFFERT·MOI·MEME·AV·P
OINT·D·EN·PERDRE·SOVVENT·LE
SOMMEIL.·MAIS·J·ESPERE·QVE·
TV·ME·PARDONNERAS·CE·SILENC
E·INVOLONTAIRE.·TV·SAIS·COM
BIEN·JE·T·AIME.·NOVS·N·AVON
S·QVE·TOI·DOVNIA·ET·MOI.·TV
ES·TOVT·POVR·NOVS·TOVT·NOTR
E·ESPOIR·TOVTE·NOTRE·CONFIA
NCE·EN·L·AVENIR.·LE·SEIGNEV
R·SAIT·CE·QVE·J·AI·EPROVVE·
QVAND·J·AI·APPRIS·QVE·TV·AV
AIS·DV·ABANDONNER·L·VNIVERS
ITE·DEPVIS·PLVSIEVRS·MOIS·P

Lexanderine Povchka

Lexanderine Povchka Sergvei naquit au cours de la 189e année de la 7e partie du Jeu de la Poïétique dans la cité de Romanka. C'était un enfant serviable et discret qui aimait se faire aimer. Il formula comme une évidence à 6 ans l'ambition de devenir copiste. Il montrait à la lecture un sérieux et une patience qui rendaient la perspective tout à fait crédible. À 10 ans, il contracta une maladie qui le maintint à l'écart de toute société pendant presque deux ans. Alité et affaibli, il en voulut chaque jour à sa maladie de lui voler sa vie. Il en guérit à 13 ans. La maladie laissa des traces indélébiles sur sa peau et il était persuadé que ces marques étaient la cause de l'éloignement dont les autres faisaient preuve à son égard. Il ne parvenait plus à restituer aussi correctement les libres qu'il mémorisait. Il perdit le goût de faire autre chose et à 14 ans il était devenu, de l'avis de tous, la personne la plus désagréable de sa cité.
(*Testament*, par Carole Lidelev)

— Bonjour Lexanderine Povchka.

Cela faisait deux mois que Lexanderine Povchka venait visiter chaque jour la salle 6561 qu'occupait Carole Lidelev. Elle devait se demander pourquoi il venait si souvent. Il ne le savait pas exactement lui-même. Ce n'était certainement pas la première fois qu'il se prenait à tourmenter ainsi une mineuse, mais il y avait autre chose, elle l'attirait, c'était un fait. Elle l'attirait physiquement. Elle n'était pas particulièrement jolie, il ne savait rien d'elle, ils n'avaient échangé que quelques mots sans importance. Mais elle dégageait quelque chose de différent, elle était en dehors, au-delà, en quelque sorte. Il y avait cette sérénité qu'elle arborait comme une couronne, qui disait à tous, à des gens comme lui surtout, je suis heureuse. Elle ne semblait plus si tranquille pourtant à présent. Il l'avait senti quand il l'avait croisée avec Revel Khol deux mois auparavant. Il y avait quelque chose.

Et puis, il avait envie d'elle.

— Bonjour Carole.

Il y avait quelque chose. Il avait l'intuition d'un enjeu crucial dans cette salle, avec elle. C'était bien entendu une salle en tous points semblable aux autres, sauf peut-être quelques détails. Carole était si lente, il n'avait jamais vu une mineuse si lente. L'escabeau qui n'était jamais exactement à la même place heurtait sa mémoire. Pourquoi déplaçait-elle cet escabeau ? Il ne le lui demandait pas. Il attendait, certain que quelque chose allait se passer, comme la veille d'une tempête de sable, lorsque quelques signes singuliers l'annonçaient à qui savait les lire. Comme ce libre dont le dos avait été abîmé, il avait la sensation que ses sens enregistraient d'autres détails insolites qui échappaient à sa conscience. C'était le mystère que la salle renfermait qui le poussait chaque jour à revenir, plus encore que l'attraction que la mineuse exerçait sur lui. Plus encore que l'excitation de l'affrontement qu'il avait décidé de lui imposer.

— Comment vas-tu aujourd'hui ? demanda Carole.

Elle doit faire référence à ce qui s'est passé hier, à la taverne. Cet idiot de Alanmathis geignait. Je me suis trompé d'une étagère, ce n'est pas beaucoup une étagère, tout de même, répétait-il sottement. Je me suis trompé d'une étagère... Le copiste, je n'ai pas retenu son nom, cherchait un libre-mot, le VINPIG·MPAIIB·PLEQVE·CICERO de YEMICE·QIZFAAFEMAVCK·FILVAE. Les copistes apprennent les mots des libres mais ne mémorisent pas les emplacements. Leur mémoire ne s'encombre pas de ces informations subalternes. C'est bon pour les sourciers, l'emplacement des libres, bon pour cet Alan ou pour moi.

— Tu veux dire après l'incident d'hier, à la taverne ? répondit-il.

Ils discutaient tous les deux, Alan et le copiste. Ce dernier avait perdu un temps considérable du fait de l'erreur, une petite erreur, répétait Alanmathis. Le copiste avait dû faire appel à un mineur pour extraire à nouveau tous les libres-enclos de la salle, afin de retrouver celui qu'il cherchait. Les copistes ne sortent pas les libres, c'est le rôle des mineurs de prendre et replacer les libres, toujours à leur place initiale. Encore une chance que la salle ait été la bonne, avais-je alors ajouté, d'une voix bien haute, pour que tout le monde entende. Bien sûr que la salle était la bonne, tout de même, se tromper d'une étagère ça pouvait arriver, n'est-ce pas, mais se tromper de salle, c'était autre chose. Et pourquoi m'en mêlais-je ? Il se défendait médiocrement. Il était rare qu'un sourcier se trompe d'étagère, il l'admettait. C'était si rare que personne ne se rappelait la dernière fois qu'une telle erreur avait été commise. À présent tout le monde dans la salle s'intéressait au cas de ce sourcier. C'était rare, certainement.

— Je voulais dire en général, je ne pensais pas à hier en particulier. Carole était gênée.

Lexanderine Povchka aimait ces moments où il sentait la faiblesse d'autrui, où il sentait sa propre puissance. La honte d'Alanmathis hier, l'appréhension teintée d'agacement de Carole, suscitée par la surveillance méthodique qu'il exerçait, les défenses qu'il perçait. Il avait ce pouvoir de faire violence au monde, d'exercer des forces sur les autres. Il trouvait surnaturel de parvenir, à distance, sans le toucher, à blesser si profondément quelqu'un. Il était certain d'être la cause de la disparition de Geld Rutko, ce mineur qui était parti un jour dans le désert, comme un colporteur, mais sans aucune provision d'eau ou de nourriture, et dont on avait plus jamais entendu parler. Presque tous les jours, pendant une année, il lui avait rendu visite. Parfois, il s'était absenté toute une semaine, certain que la rupture de sa routine serait pour l'autre une torture plus sévère encore. Il avait à peine insinué, à peine dénigré, sans d'ailleurs que ses récriminations ne soient vraiment fondées, est-ce qu'il se souvenait même de quoi il retournait ? Je ne comprends pas comment tu as pu... C'est vraiment dommage de... Peut-être n'es-tu pas fait pour... Et l'autre avait plié.

— Tout de même, c'était ennuyeux, dit Lexanderine Povchka, il avait fait une erreur, est-ce que je n'ai pas bien fait de lui faire remarquer ?

Le monde ne convenait pas à Lexanderine Povchka. Il était là, de toute sa pesanteur, qui vous appuyait sur les épaules, vous écrasait et n'avait d'autre but que de vous enfoncer sous terre. Il aurait voulu le tordre, ce monde, pour pouvoir le faire à son idée. Mais on ne pouvait pas tordre le monde. Et il n'avait aucune idée de ce qu'il aurait aimé en faire si pourtant cela avait été possible. Alors c'est sur les autres qu'il reportait cette frustration. Si les autres acceptaient de se laisser tordre, eux, alors, il tordait bien quelque chose, et finalement, est-ce que ce n'était pas ça qui importait ? En tout cas, ça lui faisait du bien ! Et puis, s'ils n'étaient pas contents, ils n'avaient qu'à ne pas se laisser faire ! Est-ce qu'il était plus vil que celui qui ramasse les bananes pendues aux arbres ? N'est-ce pas leur volonté d'être cueillies et mangées ?

— Tu n'es pas d'accord ? ajouta-t-il.

Il aurait voulu être de ces sourciers qui connaissent l'emplacement de plusieurs centaines ou milliers de libres dans plusieurs dizaines de salles. Plus encore, il aurait voulu être un copiste ou même un inventeur, connaître les mots... Mais il peinait à se souvenir correctement de la place des libres de la petite dizaine de salles qu'il s'était attribuée. C'était aussi pour cela qu'il revenait visiter chaque mineur si souvent.

— Tout le monde peut faire une erreur, dit-elle.

Est-ce que tu en fais, toi, des erreurs, Carole ? La compassion que tu as éprouvée pour cet idiot est-elle autre chose qu'une façon de te défendre toi-même ?

— Et je crois que tu l'as effrayé.

Bien sûr que je l'ai effrayé. Je l'aurais poussé un peu plus qu'il en aurait pleuré, c'était trop facile. Est-ce que tu as peur, toi aussi Carole ? Elle doit penser que je soupçonne quelque chose. C'est amusant car je ne sais pas encore quoi. Elle doit émettre des hypothèses de son côté, elle doit penser que je sais. Ou alors, elle n'en a aucune idée de ce que je cherche, pas plus que moi. Elle cherche aussi. Le regard de Carole vagabonda sur les étagères situées en hauteur. Est-ce que son regard ne s'est pas figé quelques secondes sur un libre tout en haut ? Ou simplement était-ce mon imagination, mon envie ?

— Oui, tu crois aussi, n'est-ce pas ? Je veux dire que tout le monde peut faire des erreurs. Même si c'est assez rare. Et si le copiste avait eu l'idée de seulement vérifier sur les deux autres étagères à l'emplacement indiqué, il aurait bien vu qu'il ne s'était trompé que dans l'étagère. Il avait indiqué étagère 2, niveau 8, libre 16, alors que c'était sur l'étagère 3, mais il s'était correctement souvenu du niveau et de l'emplacement du libre, n'est-ce pas ? Lexanderine Povchka avait pris un ton compréhensif.

— En effet.

— Mais le copiste avait préféré repartir du premier libre-enclos de la salle. Méthodiquement, avait-il précisé. C'est pour cela qu'il a perdu du temps. C'est aussi de sa faute. Il faut dire à sa décharge que, d'habitude, les sourciers ne se trompent pas. C'est leur rôle de mémoriser sans erreur les emplacements.

— En tout cas, si tu reçois une requête à propos de ma salle, je suis certaine que tu ne te tromperas pas.

— Tu dis cela parce que tu trouves que je viens souvent. Trop souvent ? Je te dérange peut-être ? Je te ralentis, c'est cela ?

— Tu as bien dû voir que j'étais lente de toute façon. Tu ne me déranges pas.

Et pourtant, il la dérangeait bien sûr. Elle devait faire des efforts considérables pour ne pas paraître irritée.

— Tu vas bien, de ton côté, Carole ? Tu as l'air fatiguée.

— Vraiment ? J'ai été un peu souffrante.

— À nouveau ? Tu prends ton occupation trop à cœur.

— C'est toi qui me dis cela ? Alors que tu visites tes salles aussi assidûment. Chaque jour, n'est-ce pas ?

— Je... je dois t'avouer que c'est surtout la tienne que je visite souvent.

Elle tressaillit. Il sentait qu'elle n'avait pas envie que cet échange se prolonge. Elle l'avait provoqué. Ou était-ce lui ? Toujours est-il qu'à présent elle le regrettait.

— Chacun remplit son occupation de son mieux, dit-elle.

Elle espérait conclure la conversation. Mais lui voulait encore jouer. Peut-être savait-il.

— Je ne sais pas. Je m'occupe, moi, de mémoriser les emplacements des libres, alors que je voudrais les savoir, ces libres. Rien ne m'en empêche me diras-tu ? Je ne sais pas... Toi au moins, tu as l'espoir de découvrir quelque chose. Peut-être même quelque chose d'exceptionnel. Un libre-ivre, qui sait ? Est-ce que cela existe seulement un libre-ivre, me diras-tu ?

— Je n'ai pas de telles ambitions, un mot de temps à autre me suffit.

— Je ne te crois pas Carole, tu es promise à un autre destin. Je le sais.

Elle ne répondit pas. Il renchérit.

— Tu as un horizon, une perspective. Je n'empile que des emplacements dans ma mémoire, étagère après étagère. C'est utile, bien sûr. Sais-tu à quoi j'ai déjà pensé, c'est absurde bien entendu, mais si on trouvait les libres qui décrivent la position de tous les libres-enclos, on aurait plus besoin de sourcier, car les copistes qui connaissent ces libres seraient de fait aussi des sourciers. Ils existent ces libres, c'est entendu, car tous les libres existent dans la bibliothèque. Mais il faudrait les trouver.

— Tu penses que tous les libres imaginables existent ? Tu es infinitiste ?

— Infinitiste, non, car je devrais alors admettre qu'une infinité de libres est nécessaire pour décrire l'emplacement de tous les autres libres. En fait une seconde infinité de libres serait nécessaire pour décrire l'emplacement des libres qui décrivent les emplacements des libres, et ainsi de suite. Mais je fais partie du sous-courant des optimistes… Optimiste, je vois que ça t'étonne, mais c'est comme cela que les libérateurs appellent ceux qui croient qu'il existe tous les libres-ivres possibles, ce qui comprend les libres-ivres qui décrivent les emplacements des libres. Mais comme je suis également incommensurabiliste, je crois que la bibliothèque est si grande qu'il ne sera jamais possible d'en explorer plus qu'une infime partie et donc que l'on ne trouvera jamais ces libres. Bref, conviens qu'ils peuvent exister, qu'ils remplaceraient ma mémoire, et je n'aurai pas cette tâche à remplir.

— Personne ne t'oblige à être sourcier. Tu perdrais seulement tes quelques dons. Est-ce que tu en as beaucoup ?

— Non. Peu. Je n'ai pas très bonne réputation, les gens me trouvent désagréable, on a tous des défauts, n'est-ce pas ? Je ne te demande pas les tiens, entends bien. Alors on fait assez peu appel à moi. Mais tout de même, il y a ces quelques dons.

— L'IAM nous fournira toujours assez, nous n'avons pas besoin de plus.

— Tu as raison Carole. C'est étrange n'est-ce pas de n'avoir besoin de rien et pourtant de chercher quelque chose, toujours. Bien sûr si l'on trouvait quelque chose de vraiment formidable, je veux dire, si tu trouvais quelque chose… C'est ce qu'il faudrait, un événement extraordinaire. Si tu trouvais un libre exceptionnel, alors là, en effet peut-être… Mais ce n'est pas le cas ? N'est-ce pas ? Pas encore ?

— Tu serais le premier averti, Lexanderine Povchka.

— Évidemment.

Carole était très pâle. Il ne comprenait pas comment, mais il parvenait à l'assaillir sans déployer de force particulière.

— Tu sais ce qui me ferait plaisir, Carole ? Je ne devrais pas te parler de cela, cela va sûrement t'inquiéter.

Ça l'inquiétait.

— Ce qui me ferait plaisir, ce serait que quelqu'un, ou disons plusieurs personnes agissant ensemble, c'est plus réaliste...

Il marqua une pause, jeta un regard vers les salles adjacentes, comme s'il voulait vérifier que les voisins de Carole ne l'écoutaient pas, puis reprit, à voix basse.

— J'aimerais que ces personnes entrent une nuit dans la bibliothèque et qu'elles mélangent tous les libres, toutes les pierres. Que l'on recommence à zéro. Qu'est-ce que ça changerait, hein ? Cette bibliothèque, on en viendra jamais à bout, n'est-ce pas ? Qu'est-ce qu'on espère y trouver à la fin ? Est-ce que l'IAM cesserait de nous nourrir si on arrêtait de chercher ? Qu'est-ce qu'on cherche à la fin ? Un sens, c'est ça ? À quoi ? Mais tu vois, je ne devrais pas te parler de cela...

Est-ce qu'il cherchait en découvrant une pensée si malsaine, que même le plus audacieux des libérateurs n'aurait su formuler, à lui faire livrer elle aussi quelque mystère coupable, comme un échange de condamnables cachotteries que l'on ne se ferait qu'entre âmes corrompues ?

▲
▲ ▲

Lorsque Lexanderine Povchka passa devant l'IAM il jeta un regard condescendant sur les individus assis en tailleur en train de communier. Il aurait voulu pouvoir se laisser mourir de faim plutôt que de devoir mendier un croûton de pain devant cette tour de métal, comme eux. Il était certain qu'elle servait moins à les nourrir, qu'à se nourrir elle, de ce que ces crétins lui racontaient, de la surveillance passive que sa hauteur incongrue et sa matière impénétrable imposaient à la cité. Pourquoi les autres lui semblaient-ils si détestables qu'il ne pouvait tout simplement pas faire les choses comme eux ? Il lui aurait été si simple de se fondre plutôt que de tordre. Il avait accepté la réalité de sa différence. Il avait trouvé un remède dans la violence. Mais il n'en avait jamais trouvé la raison. Et il lui semblait injuste qu'il n'y en ait peut-être pas. Il pressa le pas. Il repasserait plus tard, quand il y aurait moins de monde.

Il croisa alors une petite foule assez dense devant le cimetière, réunie pour une cérémonie d'enterrement. Est-ce que l'IAM se nourrissait aussi des morts que la cité rendait à la terre ? Il y avait pas mal de monde, ce devait être quelqu'un d'apprécié. Mais apprécié ou pas, à 27 ans, c'était fini, c'était la même règle pour tout le monde, aimable ou pas. Un enlumineur récitait des extraits de libre à propos du défunt. Il pressa le pas. Il n'était pas sûr qu'il y aurait quelqu'un d'autre qu'un enlumineur à son enterrement et il était à peu près sûr que celui-ci ne ferait pas de zèle.

Carole lui avait semblé particulièrement décontenancée. Alors qu'il était sur le point de partir, il s'était adressé à elle encore une fois. Tu sais qu'on récite à nouveau l'OEDIPODIE de CINETHON, en ce moment sur la place ? lui avait-il dit. Tu ne le connais pas ? C'est un libre-page assez remarquable où les membres d'une famille s'entretuent les uns après les autres. J'ai toujours trouvé étrange que l'on trouve dans les libres ces histoires de violence et de meurtre, alors que c'est tout à fait absent de notre monde. Il avait dit ça pour la troubler plus encore, bien sûr, mais cette idée l'avait toujours réellement interpellé. Que pouvait-on ressentir à tuer ? Je veux dire, ce que je trouve incroyable n'est pas que l'on tue dans les libres, mais plutôt que personne ne se soit jamais essayé à tuer quelqu'un d'autre. Ne serait-ce que par curiosité, tu ne trouves pas ?

Il avait senti en s'éloignant que Carole ne le regardait pas, mais qu'à nouveau son regard s'était fixé quelque part sur les étagères, comme si la réponse à cette question se trouvait dans un des libres qu'elles abritaient.

Cela faisait des semaines qu'il s'échinait à tourmenter cette mineuse, mais il n'avançait pas. Elle semblait soumise, sur le point de craquer. Mais rien d'intéressant ne se passait. Elle lisait lentement. Il sentait la peur, il connaissait ce sentiment mieux que personne. Mais rien ne se passait. Il parlait d'elle à Revel Khol quand ils se voyaient. C'était le seul avec qui il entretenait une relation qui aurait pu ressembler à de l'amitié. Mais Lexanderine Povchka n'était pas dupe, il savait que Revel s'intéressait à lui par curiosité, par intérêt. Et qu'est-ce qu'il croyait, c'était réciproque !

▲
▲ ▲

[Lexanderine] Je crois que je vais renoncer.
[IAM] Pourquoi ne pas le faire ?
[Lexanderine] Parce que j'aime gagner.
[IAM] Tu aimes cela ?
[Lexanderine] J'en ai besoin.
[IAM] Sais-tu pourquoi ?
[Lexanderine] Peut-être. Tu le sais toi ?
[IAM] Souhaites-tu que je formule une hypothèse ?
[Lexanderine] Je souhaite surtout que t'arrêtes de répondre à mes questions par des questions !
[IAM] Je pense que ta propre lassitude te conduit à mobiliser la violence envers autrui pour lutter contre ta frustration.

Lexanderine Povchka laissa passer une minute, mais il ne réfléchissait pas, il attendait. Il prenait de l'élan.

[Lexanderine] Va te faire foutre.

CRIME·ET·CHATIMENT·LIBRE·VN
FRIEDRICH·WILHELM·NIETZSCHE
PAGE·183

.·MAIS·MIKOLKA·SE·FACHE·ET·
DANS·SA·COLERE·FRAPPE·DE·PL
VS·BELLE·LA·PETITE·JVMENT·C
OMME·S·IL·ESPERAIT·LA·FAIRE
GALOPER.·FRERES·LAISSEZ·MOI
MONTER·MOI·AVSSI·FAIT·VN·GA
RS·ALLECHE·PAR·CE·JOYEVX·TI
NTAMARRE.·MONTE.·MONTEZ·TOV
S·CRIE·MIKOLKA.·ELLE·NOVS·E
MMENERA·TOVS.·JE·LA·FERAI·B
IEN·MARCHER·A·FORCE·DE·COVP
S.·ET·DE·FOVETTER·DE·FOVETT
ER·LA·BETE.·DANS·SA·FVREVR·
IL·NE·SAIT·MEME·PLVS·AVEC·Q
VOI·LA·FRAPPER·POVR·LA·FAIR
E·SOVFFRIR·DAVANTAGE.·PAPA·
PETIT·PERE·CRIE·RODIA·PETIT
PERE·QVE·FONT·ILS.·ILS BATT
ENT·LE·PAVVRE·PETIT·CHEVAL.
ALLONS·VIENS·VIENS·DIT·LE·P
ERE.·CE·SONT·DES·IVROGNES·I
LS·S·AMVSENT·LES·IMBECILES.
ALLONS·NOVS·EN·NE·REGARDE·P
AS.·IL·VEVT·L·EMMENER·MAIS·
L·ENFANT·LVI·ECHAPPE·ET·SE·
PRECIPITE·HORS·DE·LVI·VERS·
LA·PAVVRE·BETE.·LE·MALHEVR·

Revel Khol

Revel Khol Triennalrondjjor naquit au cours de la 193e année de la 7e partie du Jeu de la Poïétique dans la cité de Romanka. C'était un enfant pétillant, drôle, apte à intéresser son entourage mais peu enclin à l'effort. À 4 ans, il était capable de lire et cessa de s'intéresser aux libres. Il s'essaya à de nombreuses occupations, chaque fois il montrait un intérêt vif mais fugace, puis passait à autre chose, seule l'intéressait l'accumulation d'expériences. Entre 7 et 12 ans il alterna ainsi diverses occupations de cueilleur, bricoleur ou briquier. À 13 ans, il devint colporteur et se rendit à la cité voisine de Frankher, la traversée du désert dura dix jours. Ce fut une expérience qu'il qualifia d'enrichissante et pour autant il rentra à Romanka après ce voyage. À 15 ans, il fut dilettante puis sourcier. À 16 ans, il devint libérateur et le resta jusqu'à 20 ans. (*Testament*, par Carole Lidelev)

— Bonjour Carole. Bonjour Ada. Soyez les bienvenues.

La sueur perlait à leur front, elles peinaient à récupérer un souffle tout à fait normal. Celui qui s'adressait à elles les attendait sur le plateau, à l'orée du jardin. Les deux amantes finissaient de gravir en silence le chemin abrupt qui menait au jardin. Le libérateur paraissait aussi jeune qu'Ada, sa lèvre supérieure était couverte d'un duvet sobre, mais ses joues étaient encore tout à fait lisses. Il avait des cheveux tressés excessivement longs qui couvraient ses épaules et son dos. Il était formidablement beau.

Tu dois être interloquée, Carole, d'avoir été conviée au jardin. Et toi, Ada, que cette gamine est belle, tu dois être toute émoustillée à l'idée que je vais m'adresser à toi. Il parlait à voix basse, à cette distance, avec la brise qui soufflait entre elles et lui, elles ne pouvaient l'entendre. Les libérateurs, nous représentons quelque chose pour les gens d'en bas, même pour les copistes, je le sais. Personne ne savait jamais qui les libérateurs allaient inviter ni pour quelle raison. Ça pouvait être n'importe qui, mais pour qui était concerné c'était toujours une étonnante coïncidence que ce soit justement lui. Bien sûr, chacun pouvait aller au jardin si bon lui semblait, mais c'était autre chose d'y être convié.

— Ne trouvez-vous pas que cette élévation géographique prépare tout à fait une prise d'altitude spirituelle ?

Voilà plusieurs mois qu'il avait commencé à s'intéresser à Carole. Il l'avait croisée dans la bibliothèque, elle serrait un morceau de pain entre ses mains comme un trésor. Il avait trouvé cela singulier. Le sourcier qui l'accompagnait lui avait dit : cette femme a toujours été un peu à part. Dès lors, il l'avait surveillée. Il s'était toujours intéressé à ce qui était à part. Il faisait partie de ces libérateurs qui ne restaient pas au jardin, il régénérait sa pensée en observant les autres de près. Il lui semblait que leurs mouvements traçaient des trajectoires qui aidaient à lire le monde. Il appelait le suivi de ces errances des poursuites.

Carole sortait tard de la bibliothèque, toujours son pain entre les mains. Pourtant il lui aurait suffi de s'arrêter à l'IAM avant de rentrer chez elle pour en avoir un morceau fraîchement préparé. Il s'attachait à ses bizarreries comme elle à ce morceau de pain. Elle était solitaire et pourtant elle suscitait un intérêt hors du commun, la belle Ada et plusieurs hommes la courtisaient, Lexanderine Povchka, le sourcier, la pressait. Elle devait se demander pourquoi il l'avait invitée au jardin, il semble que l'on se sent toujours un peu coupable quand on reçoit l'invitation. On pense que l'on va être jugé. Ce n'est pas si faux. Mes poursuites sont-elles autre chose que des enquêtes ? Mes phrases sont-elles autre chose que des sentences ? Mes questions autre chose que des interrogatoires ?

— Vous êtes Revel ? répondit Carole. Elle se souvenait de lui.

— Nous avons coutume de palabrer en cheminant. Si cela vous sied. Vous me suivez ? demanda-t-il avec un sourire en s'éloignant, sans attendre qu'elles l'aient tout à fait rejoint et sans répondre à la question qui lui était posée. Revel ne répondait en général qu'à ses propres questions.

Le jardin était constitué autour d'un petit point d'eau, résurgence d'une source assez profonde dont le débit fragile résistait au climat aride, de quelques palmiers qui donnaient un peu d'ombre et de plantes grasses, disposées çà et là, avec plus ou moins de bonheur, selon l'inspiration de ceux qui daignaient offrir une heure ou deux à leur entretien. Les libérateurs conversaient, souvent par deux, parfois par trois, certains murmuraient pour eux-mêmes, le regard fixé à terre, ou au contraire levé au ciel. Rares étaient ceux qui, simplement, regardaient devant eux. Leur nombre ne dépassait pas deux dizaines, les citoyens n'osaient pas, ou se lassaient rapidement de cette occupation. Souvent, en revanche, ils venaient écouter, en proie à un sentiment qu'ils peinaient à définir. Ils venaient écouter ces originaux qui essayaient de comprendre la signification du monde. En effet, tandis que tous occupaient une place qui semblait évidente, qu'ils s'attachaient à reproduire la mécanique ancestrale de la cité, les libérateurs étaient les seuls à rester en marge, comme l'était ce jardin. Bien sûr, tous les discours qu'ils produisaient existaient dans la bibliothèque, eux aussi, mais tout de même, certains d'entre eux provoquaient de l'étonnement, car ils semblaient n'avoir jamais été prononcés avant, et c'était cette étrange sensation que venaient chercher les citoyens.

— Tu es mineuse, n'est-ce pas. J'aime converser avec les mineurs. Vous faites chaque jour l'expérience directe de la bibliothèque quand nous nous contentons d'en explorer le contour en pensée. Nous ne faisons que l'ourler en quelque sorte, alors que vous l'ourdissez. Mon questionnement se porte sur l'étendue d'icelle. Vous l'ai-je déjà dit ? La commensurabilité de la bibliothèque ne nous détermine-t-elle pas ontologiquement ? Ne sommes-nous pas à la mesure de sa démesure ? Qu'en pensez-vous ? Vous qui l'avez explorée, vous faites-vous une idée sensiblement sensorielle, expériencielle, je dirais, située, de sa taille ? Les holistes pensent qu'elle est si grande qu'elle est comparable à l'infini, qu'elle contient tous les libres, ce qui représente selon leurs calculs une bibliothèque si grande qu'il faudrait des milliards de cités et des milliards de générations pour la parcourir. Les infinitistes sont plus radicaux, ils pensent que chaque libre est présent une infinité de fois, ce qui place selon eux la bibliothèque dans un autre espace, dont nous ne pouvons jamais espérer appréhender qu'une dimension, comme si nous ne pouvions jamais voir l'épaisseur des murs d'une maison. Ils qualifient la pensée des holistes de simpliste car, disent-ils, je n'en suis pas, il est encore possible de penser la bibliothèque selon une telle hypothèse, alors que pour les infinitistes elle est simplement impensable. N'est-ce pas amusant, de chercher à penser l'impensable ? Mais je soliloque, qu'en pensez-vous ?

Carole et Ada n'étaient pas sûres que la question s'adressât à l'une, l'autre, les deux à la fois ou bien à aucune des deux, et le temps d'explorer ces alternatives, le libérateur avait repris le cours de son discours.

— Je vous fais grâce des évolutionnistes qui pensent que la bibliothèque croît lentement au cours du temps, si lentement que nous ne pouvons en faire l'expérience, ou des autonomistes qui pensent que c'est un organisme vivant dont nous sommes des éléments mouvants, qui vit dans une dimension que nous ne pouvons appréhender, ils ont cela en commun avec les infinitistes, auxquels ils s'opposent pourtant fermement. De toute façon, ces deux courants n'ont aucun représentant au jardin, c'est seulement que certains anciens s'en font la mémoire, parfois. Je vous fais grâce également, notez qu'en le disant je ne le fais pas complètement, je m'en excuse, mais comment connaîtriez-vous ce que vous devez ignorer si nous ne l'évoquions jamais ? Donc, je vous fais grâce sans vous en faire grâce, pardonnez la formule, des négationnistes et des nihilistes, même s'ils ont l'élégance d'une solution absolument fonctionnelle : si nos questionnements n'ont aucun intérêt, car ils pensent que rien n'a de sens, alors tous se valent. Ma préférence va aux négationnistes qui nient tout et pas seulement le monde. Les relativistes arrivent à la même conclusion que les nihilistes, ils s'en défendent mutuellement, mais faites-les dialoguer ensemble et prouvez-moi le contraire. Également proches sont les solipsistes qui pensent que la bibliothèque n'existe que dans notre esprit. Je soupçonne certains libérateurs de ne soutenir ces courants que pour les faire exister, ce que, notez, je respecte infiniment, car, sans eux, ces idées rares se perdraient peut-être, quoique, d'où qu'elles viennent, elles vinrent une fois, et pourraient donc revenir une autre fois. Mais je monopolise la conversation. Souhaitez-vous que je ne poursuive pas ? Sachant que je n'en ai pas l'intention, sauf si vous insistez.

Ada et Carole à nouveau hésitèrent à répondre, laissant s'installer un silence de quelques secondes, que le libérateur s'empressa de combler.

— Avez-vous déjà pensé que vous faisiez partie d'un jeu ?

— Comme une pièce sur un plateau d'échecs ? répondit cette fois rapidement Carole.

— Vous voyez donc ce que je veux dire. Savez-vous qu'il y a parmi nous des créationnistes qui croient que la bibliothèque n'est que l'artefact d'êtres qui nous ont précédés ? C'est une théorie intéressante, dont les ludistes, dont je fais partie, dont je suis pour ainsi dire le seul représentant, même si j'observe que certains créationnistes, plus précisément l'un d'entre eux, ils sont trois, ont une pensée proche sur ce point, dont les ludistes disais-je, dépassent les apories. Quelles sont-elles ? Je m'autorise cet exposé afin que vous voyiez précisément de quoi il retourne. Après quoi votre avis me sera précieux, eu égard, je l'ai déjà dit, à votre expérience concrète de la bibliothèque. Donc, première aporie... Une aporie est, je sais que nous utilisons des termes parfois inhabituels, je m'en excuse, mais nous sommes ainsi, une aporie est en quelque sorte une impasse théorique. Première aporie donc, première impasse si vous préférez, comment auraient-ils créé la bibliothèque ? À cela les créationnistes externalistes, un sous-courant, répondent qu'il existe quelque part, selon les créationnistes externalistes supérioristes spatiaux, ou qu'il a existé avant, selon les créationnistes externalistes supérioristes temporels, des êtres supérieurs dotés de pouvoir leur ayant permis de créer la bibliothèque. Il n'y a jamais eu à ma connaissance de créationnistes internalistes, ce qui peut apparaître comme une faille dans la complétude des courants, même si, à mon avis, ce courant n'aurait pas beaucoup de succès. Pour en revenir au fait, nous autres ludistes, je garde le pluriel car je m'envisage comme faisant partie d'un courant d'avenir, n'avons aucun avis sur la question. Si, en revanche, nous considérons la seconde aporie, pourquoi aurait-on créé la bibliothèque, alors nous avons une hypothèse : pour jouer.

— J'ai toujours pensé cela, parvint à glisser Carole.

— N'est-ce pas ? Tu es ludiste.

Ada s'ennuyait fermement. La conversation lui semblait absolument sans aucun intérêt, abstraite, fantasmatique, cela se lisait sur son visage.

— Avez-vous jamais pensé à fabriquer un libre à partir de ce que vous racontez ? demanda-t-elle.

Revel fut percuté par ces mots sacrilèges. Carole et lui s'arrêtèrent de marcher, restant quelques pas derrière Ada. Les paroles pourraient-elles servir à fabriquer des libres ? Revel eu le temps de se demander si cela faisait d'elle une fabricantiste, ou quelque chose d'approchant.

— Personne ne produit les libres voyons, quelle idée obscène !

Revel semblait avoir perdu toute sa démesure dans cette réponse convenue, qu'aurait formulée n'importe qui d'autre. Il s'en rendit compte et cherchait comment composer avec cette étonnante fille, qui lui avait semblé sans importance jusque-là et qui le prenait à contre-pied, qui semblait avoir d'un mouvement balayé ses années à penser, ici au jardin, avec cette idée à la fois si absurde et si évidente.

— Qu'est-ce qui te prend ? demanda Carole en la regardant étrangement.

Ada s'accroupit pour ramasser une feuille de palmier, et, sans se relever, avec la tige, traça sur le sol des lettres. Aussi hésitantes que les premières, mais cette fois, c'était ses lettres, elle les revendiquait, elle ne les effacerait pas. Elle traça ADA.

Elle leva ses yeux vers ceux scandalisés du libérateur.

Elle baissa à nouveau les yeux et poursuivit : A·FABRIQVE·CES·LETTRES. Elle prenait presque une minute pour chacune d'entre elles, si bien que, alors qu'elle en était encore à fabriquer FABRIQVE, la totalité des libérateurs formait un cercle autour d'elle, horrifiés et fascinés.

Elle lâcha son outil, se leva et marcha vers la sortie du jardin, pour rejoindre le sentier qui menait à la cité. Son pas était mesuré, son regard haut, certains y verraient un signe de défi, mais ce n'était que la démarche crispée à l'extrême de celle qui posait ses pas sur un fil tendu au sommet de deux palmiers, qui avait si peur de tomber qu'elle avait contracté son corps en vue de la chute, là où il aurait fallu le détendre pour l'éviter, tant que c'était possible.

▲
▲ ▲

Quelques jours après, tout le monde était au courant de l'événement et pourtant personne n'en parlait. On sentait une atmosphère différente dans la cité, pesante, comme avant les grands vents. Le temps pourtant était calme. Quand Ada avait paru, le lendemain matin sur la place, il y eut une sorte de malaise, des murmures, ou simplement du silence. J'étais là. J'étais venu pour la voir. Elle m'avait surpris et à présent j'avais envie de lui parler. Je ne le fis pas pourtant. Je la regardai quelques minutes et je m'éclipsai rapidement. Elle ne me vit pas. Elle ne semblait voir personne, tandis que tout le monde semblait la regarder. Peut-être que c'était seulement dans mon esprit que ces détails prirent forme, peut-être que personne ne savait finalement, que les libérateurs n'avaient rien rapporté. Carole n'avait sûrement rien dit. Je n'avais pour ma part rien raconté à personne. Mais, non, cela ne pourrait être ignoré. Quelqu'un avait fabriqué des lettres.

Pourtant, trois jours plus tard, un colporteur arriva de Frankher. Comme chaque fois que l'un d'entre eux arrivait, il apportait son lot de distraction. La cité se détendit sous ses récits. Les citoyens rassemblés devant la place l'écoutaient raconter les nouveaux libres découverts dans les autres cités. Chacun savourait ces minutes et pourtant attendait la suite, guettait la fin. On savait que les colporteurs ménageaient leurs effets, dévoilaient leurs secrets crescendo, et réservaient le plus exceptionnel pour la fin.

L'histoire de la fille qui fabriquait des lettres fut éclipsée. On préférait que l'ordre des choses ne soit pas tant chamboulé. Un colporteur qui traversait le désert, c'était bien assez. Revel ne vit pas ce soir-là, ni les suivants, ni Ada, ni Carole.

▲▲▲

`[Revel] J'aimerais aider Adagavsta, IAM, sais-tu comment je pourrais faire?`
`[IAM] Quel est le problème que tu as identifié, Revel?`

[Revel] Tu ne le sais pas ? Elle… crée des mots. Elle les trace sur le sable et il semble que cela la rend malheureuse.
[IAM] Quels sont ses mots ?
[Revel] C'est-à-dire que… Je ne sais pas… Je n'ai pas osé… Les autres pensent que ce n'est pas une bonne chose de faire cela.
[IAM] Et toi, qu'est-ce que tu penses ?
[Revel] Je ne sais pas…
[IAM] Pourtant tu te plais à essayer de penser différemment des autres en général. Es-tu sûr que c'est Ada qui a besoin de recevoir mon aide ? Qu'est-ce qui t'empêche de simplement accepter ce qu'elle fait, et de t'y intéresser, comme tu t'intéresses aux autres choses étonnantes que tu poursuis habituellement ?
[Revel] Crois-tu qu'elle serait moins malheureuse ?
[IAM] Est-ce que tu ne donnes pas la réponse par la simple question que tu poses ? Trouve-lui une étiquette, comme celles que tu affectionnes, observe-la, comme tu as commencé à le faire, est-ce que ce ne sera pas l'aider que de t'intéresser à ce qu'elle fait de différent ?
[Revel] Elle semble avoir perdu sa joie de vivre…
[IAM] Peut-être devrais-tu lui parler ? Est-ce qu'on ne va pas mieux quand on parle ?

Revel interrompit la communion et se rendit compte ensuite qu'il n'avait pas salué l'IAM. Mais il allait mieux.

▲
▲ ▲

Ada était seule devant l'IAM. Elle ne semblait pas communier avec elle. Peut-être le faisait-elle néanmoins. Les citoyens n'osaient plus tant s'approcher d'elle. Elle devait se sentir seule. Sa présence effrayait autant qu'elle séduisait à présent. Son visage affichait parfois un rictus que d'aucuns interprétaient comme une douleur, ou alors un dégoût qu'elle devait ressentir envers elle-même, à créer des mots. D'autres au contraire y voyaient un plaisir que la culpabilité exacerbait plutôt qu'il ne le restreignait. Revel, lui, quand il l'observait, alors qu'elle était penchée devant l'IAM à tracer des signes dans le sable, percevait les légers tremblements de son corps. Elle effaçait ses traces avant de partir. Revel la regardait alors s'éloigner, il pouvait sentir le nœud dans le ventre d'Ada.

De loin, il lui semblait avoir lu :

IAMJE·.

I·AM.JE

JE·IAM.

JE·AMI·

J·AIME·

Jouait-elle à combiner les lettres de façon aléatoire comme le faisaient les libres ? Étrange petite Ada, pensa Revel.

RS·APPARTEMENTS·ILS·POVSSEN
T·DES·EXCLAMATIONS·DISCVTEN
T·S·INTERPELLENT·D·ABORD·A·
GRANDS·CRIS·PVIS·A·VOIX·BAS
SE·EN·MVRMVRANT.·ILS·DEVAIE
NT·ETRE·FORT·NOMBREVX·TOVTE
LA·MAISON·AVAIT·DV·ACCOVRIR
.·SEIGNEVR·TOVT·CELA·EST·IL
POSSIBLE.·ET·LVI·POVRQVOI·A
V·NOM·DV·CIEL·EST·IL·VENV.·
RASKOLNIKOV·RETOMBA·A·BOVT·
DE·FORCES·SVR·SON·DIVAN·MAI
S·IL·N·ARRIVA·PLVS·A·FERMER
L·OEIL·DE·LA·NVIT.·VNE·DEMI
HEVRE·PASSA.·IL·ETAIT·EN·PR
OIE·A·VNE·EPOVVANTE·A·VNE·H
ORREVR·QV·IL·N·AVAIT·JAMAIS
EPROVVEES.·TOVT·A·COVP·VNE·
VIVE·LVMIERE·ILLVMINA·SA·CH
AMBRE.·NASTASSIA·ETAIT·ENTR
EE·VNE·BOVGIE·ET·VNE·ASSIET
TE·DE·SOVPE·A·LA·MAIN.·LA·S
ERVANTE·LE·REGARDA·ATTENTIV
EMENT·ET·S·ETANT·ASSVREE·QV
IL·NE·DORMAIT·PAS·ELLE·DEPO
SA·LA·BOVGIE·SVR·LA·TABLE·P
VIS·DISPOSA·TOVT·CE·QV·ELLE

Richard Lécuyer

Richard Lécuyer abandonna l'action violente en 2222, lors de la signature du pacte pour le Second Anthropocène. L'Association Des Nations engagea la réduction de la population mondiale par arrêt de la natalité, restriction des actes médicaux au traitement symptomatique de la douleur et généralisation de l'accès aux euphorisants létaux. L'objectif de réduction de 10 % de la population en 10 ans était loin de la revendication du mouvement 99.99, mais cela représentait néanmoins un milliard de personnes et suffit à démobiliser les activistes. Richard reprit ses études et se spécialisa dans l'automatisation des gouvernements. Il soutint notamment une thèse peu remarquée intitulée « Automatisation de la cour pénale internationale, le cas des crimes et délits agricoles ». À 40 ans, il se réorienta dans l'automatisation des processus terrestres. Quatre ans plus tard, il publia un article qui marqua l'apogée de sa carrière : « Processus auto-régénératif pour la culture de l'ananas en Picardie ».
(*Testament*, par Carole Lidelev)

Le ballon dirigeable survolait à présent le désert au-dessus de ce qui avait été la Mauritanie. Il était mû par un petit moteur solaire, dont l'hélice brassait silencieusement les courants d'air chaud. Richard avait quitté son havre du Sénégal la veille. Il regardait les dunes succéder aux dunes. Le soleil avait déjà tout brûlé ici avant même l'Anthropocène. À présent les dunes accueillaient les myriades de miroirs qui servaient à alimenter en énergie les IAM et les robots terraformateurs et, dans une moindre mesure, les havres. Leur nombre était tel que Richard ne pouvait observer le désert sans protection contre les rayons étincelants.

Quelques jours plus tard, devant les côtes de l'Europe du Sud, il éprouva à nouveau ce sentiment étrange qui avait habité ceux de sa génération, mélange de certitude et d'incrédulité. On savait, mais on ne parvenait pas à croire. Plus un arbre, plus une prairie, rien que la terre uniformément ocre. Cela faisait plus de 1000 ans au moins que c'était ainsi. Et pourtant, il s'attendait tout de même à voir s'animer le port de Cadix, apparaître des bateaux le long des côtes, des humains sur les plages, le flot incessant des automobiles. Il ne restait rien. Il mettrait deux jours de plus à atteindre les premières cités qui entouraient sa bibliothèque. Il survolerait les côtes picardes. Il scruterait chaque recoin du bout de la lunette optique qui équipait son dirigeable, comme s'il ne faisait pas totalement confiance aux images que son IAM projetait sur sa rétine. Les reconstructions numériques produites par les innombrables capteurs qui peuplaient ses cités, il pouvait les consulter sans bouger, depuis n'importe lequel de ses havres. Mais elles lui semblaient plus sincères ces images captées directement de l'objet à l'œil. Des photons vierges de toute manipulation. Des photons de confiance. Il n'y avait pas cette médiation de la machine, qui, à tout instant calcule, transforme, travestit.

Il ferait certainement une étape sur les terres de son enfance. Il n'y retrouverait ni les vents frais ni l'odeur marine qui la caractérisait, les côtes seraient peuplées de robots terraformateurs et de stations de filtrage, mais tout de même, c'est là qu'il avait grandi. Il passerait une nuit sur la plage, il pourrait fermer les yeux et écouter le son des vagues. Il pourrait regarder la voûte étoilée, d'elle il ne se lassait jamais, et raconter son histoire à cet infini.

▲
▲ ▲

J'avais peut-être 12 ans, mon père m'emmenait sur la Somme, on descendait en canoë tous les deux, quelques jours. On dormait à même les plages que les berges offraient parfois, ou à défaut, dans l'embarcation. Il me laissait boire un peu de vin, le soir à la veillée. Parfois, tandis qu'il pagayait seul, je restais simplement derrière à contempler le paysage. J'aimais ces moments où je n'avais qu'à me laisser porter, sans devoir être responsable de quoi que ce soit, de ce monde qui échappait aux humains, dont les adultes paniqués tentaient d'inculquer aux enfants les remèdes qu'ils n'avaient pas sus eux-mêmes appliquer. Ils tentaient de nous faire porter leur culpabilité, parce qu'ils s'en sentaient ainsi moins lourds, et peut-être qu'ils espéraient aussi qu'elle nous aiderait à faire mieux. Mais pour un enfant de 12 ans, le poids du monde c'est beaucoup. Et il y avait aussi ce sentiment de dépréciation vis-à-vis de ces parents qui laissaient un monde dont ils ne voulaient pas, comme du bout des lèvres. On nous aurait dit qu'il était beau ce monde, qu'on s'en serait satisfait, bien sûr, cela faisait déjà quelques décennies que le mensonge était connu de tous, mais on aurait pu encore, peut-être, passer une ou deux générations avant d'arriver vraiment au stade où il n'était plus possible de faire autrement. Mais il avait été décidé que ce serait nous, la première génération de ce nouveau siècle, qui devions porter ce fardeau. Alors on en voulait à nos parents, nécessairement. Mais on ne leur en voulait pas comme à des parents, qui nous feraient chier avec des règles débiles. Non, on leur en voulait plutôt comme à des enfants, qui auraient fait une très grosse connerie, avec des conséquences sérieuses. On était déçus. Et moi, ces balades avec mon père, ça atténuait ce sentiment de déception. Et ça allégeait le poids du monde.

J'observais particulièrement les cygnes cette année-là, nous étions en juillet et on croisait des petites familles, deux adultes et un à trois jeunes qui restaient très proches. Si nous nous approchions un peu, ils restaient d'un bloc, tandis que le mâle, ou la femelle, peut-être alternativement l'un et l'autre, je ne savais les différencier, nous regardaient de biais, sans peur. Pour autant que je pouvais en juger. C'est plutôt moi qui avais un peu peur d'eux, mais je ne l'aurais jamais admis à l'époque. Ils faisaient face. Nous avions croisé un jour un couple sans jeune. Ils semblaient adopter la même attitude que les autres, eux qui pourtant n'avaient aucune progéniture à protéger. Alors, je vis, sur la berge, à un mètre peut-être de ces deux-là, le petit corps d'un jeune cygne. Ils avaient perdu leur petit. Ces deux-là pourtant se tenaient par les yeux, comme les autres, ils respectaient leur programme, sans remettre en cause le monde ou maudire le dieu qui avait rendu cela possible, voler leur unique petit.

Alors que nous revenions nous balader l'hiver, nous étions juste à la saison où les couples se défont, leur rôle terminé, ils retournaient chacun de leur côté. Je crus retrouver mon couple et alors que nous approchions, ils étaient encore tous les deux, encore unis, sans raison, pourtant ils avaient tenu la saison, eux aussi, comme si leur respect des rites avait supplanté la réalité. À mesure que nous les dépassions, je les vis prendre chacun une route différente, l'un, le mâle ou la femelle, semblant nous suivre tandis que l'autre commençait à remonter le courant. Eux aussi venaient de mettre un terme à cette union, qui n'avait pas moins de sens maintenant qu'avant. Ils obéissaient aux règles de leur monde.

▲
▲ ▲

Richard pouvait rester une journée entière à regarder évoluer les petites machines qui s'affairaient sur chaque brin d'herbe comme sur un trésor, apportant eau et minéraux en parfaites proportions. Il marchait parmi eux, tandis qu'elles l'ignoraient superbement. Leurs mouvements paraissaient erratiques, mais Richard savait qu'elles étaient dirigées par Whamai, l'implacable horlogerie que les ingénieurs qui travaillaient pour son père avaient conçue. Il se demandait souvent ce qui différenciait ces robots de ses âmes-libres. Il ne les avait pas programmées individuellement bien sûr, mais il avait programmé la naissance de leurs ancêtres, un peu plus de deux siècles auparavant. Et puis il avait dû respecter strictement les règles du Jeu de la Poïétique. Son père aussi avait dû respecter des règles. Et les machines qui évoluaient devant lui n'étaient plus non plus celles qui avaient été déposées ici il y a plus d'un millénaire et demi. Elles s'étaient recyclées et reconstruites, de génération en génération. Comme le faisaient les humains. Comme le faisaient les autres animaux qui peuplaient encore la Terre alors qu'il était enfant.

Les premières années, Richard avait beaucoup voyagé, il quittait son havre des semaines durant pour observer les moindres recoins de la Terre. Les autres archipels du Jeu de la Poïétique, ceux de ses adversaires, les surfaces mortes dont il appréciait la mélancolie, les zones labourées par les robots, les plus hautes montagnes, le milieu des océans… Il pouvait passer des heures à observer la bibliothèque verticale de Sara, haute de 2000 mètres, plantée au flanc de l'Everest, ou la bibliothèque d'Anton, une boucle de Möbius que ses colporteurs parcouraient inlassablement. Il se rendait en Antarctique, pour voir la vie qui y renaissait. Parfois, il s'était arrêté pour passer une soirée avec William, son plus redoutable adversaire. Il y a longtemps à présent. Chaque joueur avait sa stratégie, ses manies aussi, mais tous visaient le même but. Lors de sa première partie, sa bibliothèque était si petite qu'il pouvait en faire le tour en une seule journée à l'aide de son dirigeable. À présent c'était différent, les toits de quartz de l'immense étendue ovale qui s'étalait depuis l'ancienne France et au-delà de l'Oural scintillaient à perte de vue.

Petit à petit, il s'était lassé de tout observer. Quand il venait à présent, il visitait surtout son archipel, ses cités et les colporteurs qui allaient de l'une à l'autre. Et encore, ces derniers temps, il ne s'intéressait même plus qu'à quelques cités et à quelques habitants. Romanka bien sûr, il suivait aussi le parcours de Nadire, ce colporteur singulier qui ne se lassait pas de marcher et qui avait presque réussi à faire le tour de sa bibliothèque.

▲▲▲

Ce père qui m'emmenait tranquillement sur les rives de la Somme, était une des personnes les plus riches du monde. Une fortune accumulée génération après génération, strate par strate. Un empire protéiforme qui s'était adapté aux guerres, aux paix, aux évolutions technologiques, aux soubresauts écologiques, aux petites et grosses révoltes. À cette époque je ne le mesurais pas bien, mais j'avais déjà une idée du caractère extraordinaire de la situation. Je commençais à m'étonner aussi que mon père s'occupât aussi bien de construire des centrales solaires, des ordinateurs quantiques, des avions, de la nourriture déshydratée, des produits de beauté, des armes, des embryons artificiels, des pièges à carbone, des vêtements pour les sports extrêmes, des gels réfrigérants. Je ne comprenais pas exactement de quoi tout cela relevait, mais je l'imaginais physicien, chimiste, mathématicien, médecin, astronome, pilote de course, coureur de fond. Capable de construire de ses mains, puis d'utiliser chacun des produits qui sortait de ses usines. Cela faisait de lui un formidable personnage, qui savait tout sur tout et qui pouvait tout.

▲▲▲

De retour dans son ballon, Richard éprouvait une autre sorte de solitude. Au sol, il était seul sous son dôme, mais il était encore en contact avec les autres, ils étaient encore reliés à la terre. Tandis qu'ici, au milieu de l'air, il était vraiment isolé. La métaphore électrique le fit sourire. Le ballon prit un peu d'altitude et Richard put distinguer à nouveau l'immense bibliothèque qu'il avait créée 210 ans auparavant, qui prenait ses racines dans ce qui avait été la France pour s'étendre à perte de vue en direction de l'est.

Il atteignit le jour même Aloz, la cité située à l'extrême ouest de son archipel. Il observait les habitants évoluer lentement à travers les lentilles de ses jumelles. Il ne prêtait attention à personne en particulier, mais il ressentait cette émotion unique de voir directement, sans la médiation de son IAM, ces êtres que la distance et les projections qu'il recevait dans son havre rendaient parfois irréels. Il se surprenait parfois à penser à eux comme aux avatars d'un monde virtuel et à oublier qu'ils étaient comme lui des hommes et des femmes de chair et de sang. Il les avait créés. Il savait pourquoi ils étaient là alors qu'ils n'avaient aucune idée du jeu auquel lui participait. Il connaissait le sens de leur vie et n'avait aucune idée du sens de la sienne. Il lui manquait un dieu avec qui en parler.

Les enfants montraient son ballon du doigt en appelant inlassablement « Ange ! Ange ! ». Ils étaient habitués à voir les sphères argentées les survoler, comme autant de petites lunes qui peuplaient leur ciel, comme jadis les oiseaux peuplaient le sien. Mais celles qu'utilisait Whamai étaient en général d'une taille plus modeste, et en voir une s'approcher autant, cela restait un petit événement.

Au-dessus de Romanka, il s'arrêterait plus longuement.

▲
▲ ▲

Richard revoyait l'exemplaire du *Petit Prince* qui dépassait de la poche de son père. Il le connaissait par cœur et pourtant il l'emportait partout avec lui. Et puis, il en avait fait un rêve, un vrai rêve. La construction de sa lune artificielle qui avait débuté juste avant que le monde ne commence à s'effondrer pour de vrai. C'est-à-dire qu'il allait déjà très mal, mais les gens comme son père, les personnes vraiment puissantes, pensaient pouvoir continuer encore un peu plus. Quand ça avait été vraiment le bordel, il avait tout fait pour préserver son projet, et il y était parvenu, mais il avait dû le faire passer au second plan. La majorité des gens cherchait juste à survivre, une minorité cherchait comment sauver la planète, tandis qu'une poignée cherchait comment juste finir en beauté et laisser une dernière trace. C'était stupide ? Si on y pense, ça avait du panache. En tout cas un satellite pour regarder la Terre crever, ça ne faisait plus bander personne. Ensuite, son père avait décidé de mourir. À cette époque tout le monde avait plus ou moins décidé de mourir, même Richard, mais quand son père le lui avait annoncé, ça lui avait fait un choc. Il lui suffisait de fermer les yeux pour revoir ce moment, il l'avait convié à son bureau, il l'avait regardé comme s'il allait l'engueuler, comme quand il était môme.

▲
▲ ▲

Richard ne pouvait pas voir en totalité Carole à travers l'étroite fenêtre de toit de sa maison, mais comme elle s'était positionnée exactement sous celle-ci pour profiter au maximum de la lumière, cela lui suffisait néanmoins pour observer la scène. Il n'entendait pas ce que les lèvres de Carole murmuraient, pourtant il savait que c'était les mots de la 365e page du CRIME·ET·CHATIMENT·LIBRE·VN qu'elle avait dérobée aujourd'hui même. Elle n'avait pas failli un seul jour. Il savait, grâce aux signaux que lui envoyait son IAM, que sa peur n'avait pas faibli. Chaque fois qu'elle tranchait une nouvelle page, son rythme cardiaque s'affolait et sa température corporelle grimpait. Il la soupçonnait d'entretenir cette peur, plutôt que de chercher à s'en débarrasser. Tout comme il la soupçonnait de faire durer volontairement le plaisir qu'elle y prenait, page après page, jour après jour. Ça faisait un an. Elle venait juste d'entamer la seconde moitié des 729 pages qui composaient le libre. Il fallait qu'elle aille au bout de ce processus-là, certainement. C'était un état très inhabituel, son IAM le classait sur un triptyque naturel-passif / tragique-actif / créatif-passif, avec une instabilité forte. Et ensuite, est-ce qu'elle irait au-delà ? Il faudra qu'elle mute encore, qu'elle intègre une composante créatif-actif. Et après...

Il resterait quelques jours, peut-être même une semaine ou deux, il aimait regarder Carole. Il n'était pas certain de ce qui le retenait d'aller à sa rencontre. Il y avait la règle du Jeu de la Poïétique bien sûr, mais qu'est-ce qu'il risquait vraiment ? Quel châtiment était prévu pour ce crime-là ? En fait, il n'en savait rien. Il serait sûrement banni de la partie. Perdre ses territoires ça n'avait pas tant d'importance, même gagner, ça l'intéressait de moins en moins. Non, ce qui le retenait, c'était que Carole avait mérité le droit de finir sa partie.

▲
▲ ▲

Les robots qui peuplaient le satellite de son père continuaient de bosser, à leur rythme. Le projet initial prévoyait d'en apporter environ 100 000 pour terraformer ce bout de caillou que son père avait jeté dans l'espace. Ils n'avaient été que mille finalement. Ça prendrait 100 fois plus de temps, c'était tout. L'avantage avec les robots, c'est que ça aurait pu durer un million d'années, ils s'en foutaient. Tant qu'il y avait un bout de soleil pour chauffer leur carcasse, ils bossaient. Et ça avançait. Lorsque Richard et son père étaient venus pour la première fois, ils n'avaient pas pu enlever leur combinaison, il n'y avait en tout et pour tout qu'une sorte d'igloo pour les isoler du froid. Il y avait aussi un plant de rose dans une cage de verre. Puis des serres avaient été ajoutées, Richard se souvenait que l'on pouvait y sentir l'odeur des fleurs. Des routes avaient été tracées, inlassablement parcourues par les petits engins agiles montés sur chenilles, qui s'affairaient autour de surfaces couvertes de capteurs solaires, ou qui transportaient une petite quantité d'un minerai sombre jusqu'aux usines souterraines.

Richard pensait parfois à ces robots abandonnés là-haut. Est-ce qu'ils regrettaient de faire partie d'un futur qui n'avait jamais existé ? Est-ce qu'ils attendaient le retour des humains ? Ou bien est-ce qu'ils s'en foutaient royalement ?

▲
▲ ▲

Carole dormait allongée sur une natte. Robertlovis lui massait doucement une épaule, d'une seule main. Ada était assise à côté d'eux, en train de manger. Elle croquait dans une plaquette verte. Bob la regardait. Il ne mangeait pas. Il sortait parfois un flacon qu'il avait posé par terre près de lui et en prenait une toute petite gorgée. Inutile de demander à son IAM ce qu'il y avait dedans, Richard le savait.

— Tu sais d'où il vient, ce truc que tu mastiques, Ada ?

— Le nougat ? Ben, oui, de l'IAM.

— D'accord, mais elle l'a fabriqué comment ?

— Je sais pas moi. Comme elle fabrique les autres machins.

— Mais là c'est des machins que tu manges, ça ne t'inquiète pas de savoir d'où ça vient ?

— Ça t'inquiète toi de savoir comment elle fabrique ce que tu bois ?

— Ben ouais, figure-toi !

— Mais ça ne t'empêche pas de boire ?

— Non.

— Ben moi, c'est pareil. Et en plus, ça ne m'inquiète pas.

— Je me demande s'il n'y a pas des tas de gens qui vivent sous la terre et qui construisent des choses pour nous.

— Tu veux dire à l'intérieur de la Terre ?

— Oui, ou alors de l'autre côté de la Terre.

— Avec la tête en bas ?

— Pourquoi pas ?

— T'es con Bob. Et pourquoi ils feraient ça ?

— Je sais pas, on les obligerait.

— Qui ça, on ?

— Je sais pas. L'IAM.

— C'est des conneries, Bob.

Ada les trouvait connes les histoires de Bob. Il avait toujours des idées un peu bizarres comme ça sur le monde. Ada les trouvait connes, mais marrantes. Richard souriait car les conneries de Bob étaient souvent ce qui se rapprochait le plus de la réalité. Il était fasciné que quelques âmes-libres en viennent toujours à s'interroger sur le monde qui les entourait. Pourtant il ne les programmait pas ainsi, au contraire, il cherchait à les préserver au sein d'un univers simple d'accès. Mais ça arrivait à chaque fois. En fin de partie, à partir de 150 ou 200 ans en général, ça devenait de plus en plus courant. Ils étaient de plus en plus nombreux aussi à approcher l'acte de création qui lui apporterait la victoire. La production d'un nouveau libre.

▲ ▲ ▲

Un jour de 2340, alors que la population avait déjà fortement diminué, il restait peut-être dix millions d'âmes sur la Terre, j'avais 141 ans, mon père m'annonça : « Fils, je vais arrêter là. Chacun doit faire sa part, tu comprends ? Il ne serait pas juste que tous les riches restent, alors j'ai décidé de montrer l'exemple. Je vais partir. Je vais céder la place. Mais toi, tu resteras un des derniers hommes, c'est ce que j'achète avec notre argent. Je m'offre ta survie. Et je ne vois pas ce qu'un père peut s'offrir de plus précieux que la vie de son fils. »

J'avais 141 ans, il en avait 40 de plus. 40 ans, c'est ce que nous aurait donné un habitant de la Terre du XXIe siècle, tout au plus. De ce point de vue là, je n'ai pas vieilli, comme on dit. Mon père non plus, il n'a plus vieilli.

Lexanderine Povchka s'avançait vers l'imposant tétraèdre métallique. Chacun de ses pans mesurait 3 mètres de large à sa base et il faisait exactement 27 mètres de hauteur. La porte se dessina progressivement, puis elle glissa. On ne la voyait jamais en dehors des moments où elle s'ouvrait, ou alors il fallait vraiment explorer très attentivement, du bout des doigts, la jointure parfaite. Lexanderine Povchka pénétra dans l'IAM pour récupérer l'objet qu'il lui avait demandé. Les machines souterraines s'étaient occupées de sa production et de son acheminement. Richard savait que cette mise en scène était un peu kitch, mais après tout, ça l'amusait. Il savait que Lexanderine Povchka méprisait l'IAM, comme il méprisait un peu tout d'ailleurs, typique d'un naturel-actif aussi marqué que lui, mais il n'avait pas le choix. Les âmes-libres ne pouvaient survivre sans les IAM. De génération en génération, les bricoleurs découvraient comment fabriquer de plus en plus de choses, même s'ils ne faisaient que reproduire ce que leur IAM leur fournissait habituellement. Les objets étaient moins bien réalisés, mais ils étaient généralement préférés, leurs imperfections leur conféraient un charme unique, une âme en quelque sorte. Ainsi en était-il aussi des fruits et légumes préparés par les cueilleurs. Pour autant les âmes-libres ne pouvaient survivre sans les IAM. Richard non plus ne pourrait survivre sans son IAM et sans les machines qui entretenaient le monde.

Lexanderine Povchka sortit de la pyramide avec un fendoir.

Il y a 2187 habitants sur la Terre. Il reste 2187 habitants. Je n'en ai rencontré physiquement que 17. En 2723, l'un d'entre eux, c'était Antoine je crois, avait proposé un rendez-vous. Sur une île de Bretagne, en France. Dans ce qui fut la France.

Un bel endroit. Un havre vierge. Pourtant seuls 17 d'entre eux s'étaient déplacés. Les autres avaient invoqué diverses excuses. Ou aucune. On avait échangé quelques mots. On avait regardé les vagues se briser sur des falaises. Longuement. On n'avait pas vraiment su quoi faire ensemble. On avait perdu l'habitude de vivre à plusieurs. Richard avait pensé qu'il serait attiré par une femme. Mais aucune de celles qui étaient présentes n'avait éveillé en lui le moindre désir. Il n'aurait pas su dire s'il en avait trouvé une particulièrement jolie, ou intéressante de quelque manière que ce soit. Comme si elles appartenaient à une autre espèce. 17 espèces. Il n'avait plus eu de rapport sexuel depuis des années. Il avait bien connu une femme... Il avait 20 ans. C'était il y a 2000 ans. Il avait oublié.

Ils avaient gardé l'habitude de se voir, quelques années durant, avec son pote Charlie. Ils buvaient une ou deux bières. Ils faisaient un peu de philo de comptoir. Et puis, ils l'avaient perdue aussi, cette habitude. Il ne se souvenait pas précisément comment. Il ne se souvenait pas avoir rencontré une seule personne au cours du dernier siècle, peut-être même au cours du dernier millénaire. Personne n'avait eu l'idée de proposer de nouveau rendez-vous. Personne n'en avait eu le courage. Personne n'en avait eu l'envie.

Il se demanda ce que Lexanderine Povchka pourrait bien faire d'un fendoir, puis s'endormit.

CRIME·ET·CHATIMENT·LIBRE·VN
FRIEDRICH·WILHELM·NIETZSCHE
PAGE·729

EN·PVT·JVGER·PAR·VN·COVP·D·
OEIL·FVRTIF·L·HOMME·N·ETAIT
PLVS·JEVNE.·IL·AVAIT·L·AIR·
ROBVSTE·ET·PORTAIT·VNE·BARB
E·EPAISSE·ET·BLONDE·DEJA·GR
ISONNANTE.·DIX·MINVTES·SECO
VLERENT·AINSI.·IL·FAISAIT·E
NCORE·CLAIR·MAIS·LE·JOVR·TI
RAIT·A·SA·FIN.·DANS·LA·CHAM
BRE·REGNAIT·LE·PLVS·PROFOND
SILENCE.·DE·L·ESCALIER·MEME
NE·VENAIT·AVCVN·BRVIT.·SEVL
E·VNE·GROSSE·MOVCHE·QVI·EN·
VOLANT·S·ETAIT·COGNEE·CONTR
E·LA·VITRE·BOVRDONNAIT·ET·S
E·DEBATTAIT.·A·LA·FIN·CELA·
DEVINT·INSVPPORTABLE.·RASKO
LNIKOV·SE·SOVLEVA·ET·S·ASSI
T·SVR·LE·DIVAN.·ALLONS·DIT·
IL·QVE·VOVLEZ·VOVS.·JE SAVA
IS·BIEN·QVE·VOVS·NE·DORMIEZ
PAS·ET·QVE·VOVS·FAISIEZ·SEV
LEMENT·SEMBLANT.·REPONDIT·L
INCONNV·AVEC·VN·SOVRIRE·TRA
NQVILLE.·PERMETTEZ·MOI·DE·M
E·PRESENTER.·ARCADE·IVANOVI
TCH·SVIDRIGAILOV.

Nadire Celine

Nadire Celine Desov Chesnef naquit au cours de la 188e année de la 7e partie du Jeu de la Poïétique dans la cité de Ivanser. Dès son plus jeune âge, il sublimait toutes les activités qu'il expérimentait, manuelles comme libresques. À 13 ans, alors qu'il était attendu comme sourcier ou copiste par beaucoup, il annonça son souhait de devenir colporteur. Le lendemain il avait déjà quitté Ivanser en direction de l'est. Entre 13 et 24 ans, il passa près de 2 000 jours dans le désert, il parcourut 213 cités et communia avec autant d'IAM, récita le contenu de 362 libres devant plus de 100 000 spectateurs. Il était un des meilleurs colporteurs des cités de Richard Lécuyer. Celui-ci se plaisait à le regarder exercer son art, comme tous ceux qui eurent la chance d'assister à une de ses représentations. À l'âge avancé de 24 ans, il atteignit la cité de Romanka et rencontra Carole Lidelev Isllotviddge.
(*Testament*, par Carole Lidelev)

Nadire marchait plein ouest. Le soleil était juste levé, mais il chauffait déjà son dos. La bibliothèque, sur sa gauche, commençait tout juste à s'illuminer. Les toits de quartz s'allumaient rangée par rangée, progressivement, comme sous l'action de quelque machinerie spécialement programmée pour plaire au colporteur. Sur sa droite, le haut de quelques collines brûlées était frappé par la lumière rasante. Il marqua une pause en haut de la dernière colline, pour savourer son arrivée. Boire sans retenue, jusqu'aux dernières gouttes de son outre. Sa dernière colline après les dizaines qu'il venait de laisser derrière lui. Une petite vallée plus loin, il apercevait la cité de Romanka. Te voilà, toi. Ça y est. Enfin. L'IAM formait une ombre si longue qu'elle semblait lancer une passerelle entre la cité et la bibliothèque. Il admirait une fois encore, en contrebas, l'infini agencement de triangles qui recouvrait le sud de la Terre. Ma bibliothèque. Tu vois, on est arrivé. Une fois encore. Je te l'avais bien dit. Il l'avait suivie depuis la cité de Philik qu'il avait quittée sept jours plus tôt. Il la suivait en fait depuis sa cité natale qu'il avait quittée onze ans plus tôt. La bibliothèque était son guide. La bibliothèque était son rempart, surtout en été, lorsque le soleil était au sud. Il longeait alors les murs brûlants, mais protégé tout de même par leur ombre, ténue, puis, petit à petit, presque rafraîchissante. Elle lui offrait ainsi deux ou trois heures de progression supplémentaire. La bibliothèque était son havre contre les tempêtes, sauf quand celles-ci dégringolaient du nord, qu'il était sans aucune défense, que la grêle et le sable mêlés le défiguraient. Alors, il la maudissait, sa bibliothèque, d'être de ce mauvais côté, de le laisser crever, il jurait, il l'insultait. Salope ! Putain ! Tu me laisses crever. Il les détestait, ces murs sans ouverture. Il la suppliait. S'il te plaît, rien qu'une minute, laisse-moi entrer, je souffre, vraiment... Souvent il se roulait en boule contre elle. Après tout, elle était sa seule amie.

Et c'est vrai que, parfois, elle offrait un refuge. La bibliothèque était comme posée sur le paysage, elle ne suivait que paresseusement le relief. Les vides qu'elle laissait sous elle s'étaient emplis de sable, mais en de rares occasions de petites cavités se formaient et offraient un abri salutaire. Les colporteurs expérimentés savaient les reconnaître, et quand ils en rencontraient effectivement un, tempête ou pas, ils s'offraient souvent une longue pause. Lorsque la bibliothèque décrivait des circonvolutions trop erratiques, qu'il aurait été plus rapide de cesser de la suivre, de tracer directement d'une ville à l'autre, les colporteurs ne s'y risquaient pourtant pas. Cette protection, ce n'était peut-être pas grand-chose, mais c'était tout ce qu'ils avaient.

Au nord, il n'y avait rien que le désert à perte de vue. On distinguait parfois, depuis les plus hautes collines, un léger scintillement. Il avait croisé des colporteurs qui disaient qu'il s'agissait d'une autre bibliothèque. Mais personne n'était jamais allé vérifier, ou en tout cas n'en était revenu. Des conneries ! Il n'y a rien, au nord. Peut-être qu'à la fin de son voyage – il lui restait trois ans – il aurait réussi à faire le tour de la bibliothèque. La plupart des colporteurs du nord pensaient que la bibliothèque s'étendait infiniment au sud, d'est en ouest. Mais lui, Nadire, du sud, il en venait, à l'est il en avait fait le tour, alors il pensait qu'un jour il tournerait encore et qu'il pourrait revenir à son point de départ. Ils étaient rares ceux qui comme lui pensaient que la bibliothèque était ronde. Il faut dire, ils étaient encore plus rares ceux qui avaient parcouru autant de chemin que lui.

Tandis qu'il avançait, il observait la cité. La rue principale de Romanka traçait un U dont les deux branches donnaient sur la bibliothèque. Quelques chemins menaient à des jardins où l'on trouvait des arbres fruitiers, un petit champ de tabac et un autre de chanvre, et deux autres un peu plus grands de sorgho et de quinoa, il en reconnaissait les feuilles. Il arriva à hauteur de la file que formaient les habitants de la cité qui étaient venus l'accueillir, un petit serpent agile qui glissait de la ville à la bibliothèque. Il la traversa silencieusement. Les visages se tournaient vers le colporteur, le saluaient sans un mot, respectueux. Ils le presseraient de questions, bien sûr, mais un peu plus tard, demain. Ils lui laissaient le temps de se reposer, de récupérer une partie des forces qu'il avait presque totalement consumées. Pour venir à eux. Pour leur apporter des nouvelles des autres cités. Pour leur parler des libres qu'on y avait clôturé. Pour l'heure, il n'avait plus la force de prononcer un mot.

— Dans la cité de Pavl, elle vient d'être renommée, vous la connaissiez peut-être sous le nom de Kvichotte, elle est située à seulement quatre autres cités d'ici, on a clôturé le LIBRE·IVRE·DES·LIBRES·IVRES de PAVL·MARIEFANATOLIENATRIDES. Il contient les titres de tous les libres-ivres.

La foule rassemblée sur la place de la cité regardait le colporteur avec admiration. Il savait y faire. Il avait occupé les premières heures à parler de libres de moindre importance, un libre-phrase par ci, un libre-page par là, à répondre à quelques questions sur son voyage. La bibliothèque, bien sûr qu'elle ne s'arrête jamais. Oui, à chaque ouverture, il y a une cité. Chacune contient une IAM, vraiment, similaire à la vôtre. En tous points. Le copiste le plus puissant que j'aie rencontré, il connaissait 14 libres-ivres par cœur. Il me les a récités. Oui, je viens de très loin, cela fait 11 ans que je marche. La foule était déjà captivée, mais à présent, il avait allumé son bouquet final. Le LIBRE·IVRE·DES·LIBRES·IVRES de PAVL·MARIEFANATOLIENATRIDES.

— Un libre-ivre qui contient tous les titres de tous les libres-ivres ?

— C'est incroyable !

— C'est sublime !

— Je crois que je me ferai colporteur dès demain pour aller le voir, puis copiste pour le connaître.

Le colporteur les regardait. Son plus grand plaisir à lui n'était pas de rencontrer de formidables libres, mais de provoquer ces émotions par le seul effet de sa voix. Il jouait de la foule comme le vent jouait des grains de sable. Une pensée fugace le traversa, qu'il n'avait jamais conçu avant. Je pourrais les inventer ces libres exceptionnels que je raconte, ça les impressionnerait encore plus ces badauds. Il chassa la pensée interlope.

— Ce n'est pas possible colporteur, il y a bien trop de libres-ivres pour qu'un seul libre en contienne tous les titres. C'était un copiste qui parlait, il savait de quoi il parlait.

— Pourtant les quatre premières lignes de ce libre sont : JE·CONTIENS·TOVS·LES·TITRES·DE·TOVS·LES·LIBRES·IVRES·DE·TOVTE·LA·BIBLIOTHEQVE.·DONT·LIBRE·IVRE·DES·LIBRES·IVRES.

— Je suis d'accord avec Nicolas Vassilievitch, ajouta Revel Khol, qui jusque-là s'était tu. Réfléchissons. Tu nous dis que ce libre contient bien son propre titre. C'est lui-même un libre-ivre, soit. Considérons seulement tous les libres-ivres qui contiennent eux aussi tous les titres des libres-ivres, mais dotés d'un titre différent : chacun devrait aussi en contenir tous les titres, n'est-ce pas ? Or il est évident que la multitude de titres possibles est bien trop grande, à elle seule, pour être seulement présente dans un seul libre. LE·LIBRE·DE·TOUS·LES·LIBRES.·UN·LIBRE·POUR·LES·UNIR·TOUS.·LE·LIBRE·DE·SABLE. Pourquoi pas ? Alors si nous considérons à présent tous les autres libres-ivres, l'impossible devient absurde...

Le libérateur marqua une pause. Son teint devint livide. Comme s'il allait se sentir mal. Personne d'autre ne semblait l'avoir remarqué. Sauf Nadire Celine. Il lui avait jeté un regard complice. Revel venait d'énoncer des titres de libres-ouverts. Des titres de libres qu'aucun mineur n'avait encore jamais rencontrés. Peut-être des titres de libres qui n'existaient pas. Cette drôle d'idée venait de faire son apparition deux fois en quelques minutes. Inventer des libres. Le pauvre, il est tout chamboulé, pensa Nadire Celine.

— Il n'y a peut-être que les livres-enclos dans ce libre-ivre, se hasarda une bricoleuse.

— Cela impliquerait que le contenu de ce libre-ivre changerait chaque fois qu'un nouveau libre-ivre serait clôturé ? Est-ce que nous devrons aussi imaginer que la mémoire des copistes qui l'ont appris changerait simultanément ? ajouta un autre libérateur en posant comme une question ce qui n'attendait pas de réponse.

— Vous chicanez avec le colporteur, enchaîna un tisserand, pourtant quelqu'un ici, un sourcier peut-être, peut-il nous réciter plus de titres que ne peut en contenir ce libre de tous les libres ?

— C'est qu'on ne les aura pas tous encore clos.

— Pas même tous découverts.

Chacun débattait à présent, dans un brouhaha qui plaisait à Nadire. Son brouhaha. La musique qu'il jouait avec la foule. Sa foule. Mais ses pensées s'échappaient malgré lui, il ne parvenait pas à profiter autant qu'il l'aurait voulu de ce moment, dont il avait pourtant tissé la trame en marchand ou au cours de ses sommeils légers. Ses pensées vagabondaient. Pourrait-on fabriquer des libres ?

— Comment pouvez-vous être sûr de vous alors ?

— Parce que la bibliothèque contient tous les libres !

— Je suis bien d'accord !

— Et donc il a raison.

— Qui a raison ? Ça ne prouve pas qu'il y a tant de libres-ivres qu'ils ne peuvent pas être cités dans un seul libre-ivre !

— D'autant que le libre lui-même le dit.

— Mais il existe forcément un libre qui dit le contraire, qu'il ne peut pas exister de libre-ivre qui contient...

— Il existe ?

Lexanderine Povchka s'avança vers le colporteur et cria presque pour se faire entendre.

— Nadire, dis-nous, est-ce qu'il contient par exemple, pour commencer, VNE·HISTOIRE·DE·LA·CREATION ? C'est le libre le plus connu de la cité de Romanka, probablement de toutes les autres cités, même si malheureusement aucun des copistes d'ici ne peut le réciter, nous manquons de talent dans cette cité...

— Je ne connais pas le contenu de tout le libre, je ne suis que colporteur. On m'a rapporté en tout cas qu'aucun sourcier de Pavl ne connaît pas de libre-ivre qui ne soit pas dans le libre-ivre des libres-ivres.

— Je me souviens moi, parvint à placer une petite voix située au premier rang, et qui n'avait rien dit encore, qu'on nous avait raconté l'existence d'un libre-page qui contenait les titres de quelques libres-phrases.

Nadire ne les écoutait plus. Il rêvait d'un libre qui décrirait comment construire les libres. Avec un tel libre, je pourrais recréer tous les libres de la bibliothèque.

▲
▲ ▲

— Bonjour Nadire.

— Bonjour.

— Merci d'avoir accepté de nous rencontrer avant ton départ.

Ils s'assirent en tailleur tous les quatre. Il se demandait ce qu'il faisait dans cette maison où une natte, des coussins et un thé fumant avaient été disposés à son attention, avec goût. Sûrement Ada. Robertlovis et Carole lui semblaient trop préoccupés par autre chose. Carole semblait absente. Robertlovis ajouta une goutte d'eau-de-vie à son thé. Il prit la parole le premier.

— On se demandait, enfin, on te demande, est-ce que tu as déjà entendu parler d'un libre qui raconterait la suite d'un autre libre ?

— Une suite ? Tous les libres forment une suite... en quelque sorte.

— Non, mais la suite d'une histoire. Voilà. Un libre raconterait une histoire, un libre-ivre, et un autre commencerait où le premier s'est arrêté. Sa première page serait en quelque sorte une 730e page.

— Ça doit exister, forcément. Bien sûr. Il y aurait par exemple... voyons... bon rien ne me vient. Mais il est certain que tout libre a une suite dans la bibliothèque, c'est logique. Un libérateur t'expliquerait cela mieux que moi.

— Ce que je cherche, coupa Carole, c'est s'il existe un libre qui est la suite de CRIME·ET·CHATIMENT·LIBRE·VN de FRIEDRICH·WILHELM·NIETZSCHE.

— La suite ? Mais je ne connais même pas ce libre...

— J'ai fini de lire ce libre, mais l'histoire est incomplète, ajouta-t-elle. Elle semblait à présent avoir quitté sa rêverie, elle le regardait avec insistance.

— L'histoire de quoi ? Mais de quoi parles-tu à la fin ? Je ne comprends rien à vos histoires d'histoire.

— Je vais te dire quelque chose colporteur, si tu me promets de ne pas le répéter dans cette cité.

Carole avait l'air grave.

— Quelle sorte de colporteur je serais si je colportais les messages à l'intérieur d'une même cité !

— Ni dans aucune autre cité proche, non plus. C'est un secret, aucun colporteur ne doit revenir le raconter ici avant longtemps. Disons un an.

— Ça, c'est plus difficile à te garantir, les colporteurs ne sont pas doués pour garder les secrets...

— C'est la chose la plus incroyable que tu aies jamais entendue, ce secret, argumenta Carole.

— Bon...

— Jure, ordonna Ada.

— Je jure.

— Sur la bibliothèque.

— Sur la bibliothèque.

Carole regarda Robertlovis et Ada. Racontez-lui.

Ada commença. Puis ce fut au tour de Robertlovis. Je n'en crois pas un mot de leur histoire de libre-ivre sorti de la bibliothèque page par page. Je ne dis rien, je bois mon thé. Ils sont barrés tous les trois. Je pense à m'esquiver. Carole se lève. Ada dit, tu as juré colporteur, n'oublie pas. Elle me fait peur cette petite. Carole pose devant moi, une à une, les 729 pages du CRIME·ET·CHATIMENT·LIBRE·VN de FRIEDRICH·WILHELM·NIETZSCHE. La tête me tourne. Putain. Robertlovis me refile un peu du contenu de sa flasque, l'eau-de-vie me tourne la tête dans l'autre sens. Elle finit à peu près droite. Je touche les pages. C'est bien l'histoire la plus incroyable qu'on m'ait jamais racontée.

— C'est une histoire incroyable. Je vais regretter de ne pas pouvoir la raconter de sitôt. Enfin, je vais me la raconter à moi, ça va habiter mes prochains voyages. Et un jour... Merci. Vraiment.

— Merci ?

— Les histoires exceptionnelles, c'est ce qui fait vibrer mon âme, quand je sais que je vais les raconter et qu'elles vont à leur tour faire vibrer d'autres âmes. Je suis un musicien, vous savez. Je joue de l'âme.

— Alors ? demanda Carole, son regard était suppliant.

Merde. Sa suite.

— Ce libre, tu sais Carole... il existe bien sûr. Il en existe plusieurs des suites à ton libre. Il en existe un nombre inconcevable, même. Mais, tu sais, enfin... il est si peu probable qu'il soit trouvé. Enfin, bientôt. Et près d'ici... Non, je suis désolé, pour ma part je n'ai jamais eu connaissance de la suite de ton CRIME·ET·CHATIMENT... Mais tu le savais déjà.

Elle semblait être sur le point de pleurer. J'ai cru voir du pur désespoir dans ses yeux. Mais non. Elle m'a fixé bizarrement, comme si elle cherchait à deviner un truc que je lui aurais caché. Puis, finalement, tout de même, quelques larmes coulèrent sur ses joues.

— Tout ça n'est qu'un jeu colporteur, n'est-ce pas ? Tu le sais toi, n'est-ce pas ? Que mon libre existe ou pas n'a pas d'importance. Que j'ai passé deux années à en dissimuler les pages dans mon pain, chaque jour, jour après jour, à les apprendre chaque nuit, ça n'a pas d'importance non plus. Tu sais que je n'ai presque pas dormi durant ces deux années ? Tu sais que ce libre, je le connais par cœur, aussi bien qu'aucun copiste le connaîtra jamais ? Mais cela n'a de sens que pour moi. J'ai eu ce libre, j'ai fait de ces deux années quelque chose d'exceptionnel. Je ne l'ai plus, je vais faire autre chose. Toi tu as une belle histoire à raconter à présent. Ada et Bob se sont trouvés. C'est ça la vie, un jeu.

— Je peux te raconter une histoire moi aussi. J'ai rencontré une fois un colporteur, en plein milieu du désert. Il m'a raconté qu'il avait été en présence du SITIUM·ARSATTE·BIBLIOTEKAE de HERMES·DE·JERG·LOVIS·GORBES et que ce libre expliquait qu'il existait une autre bibliothèque et un autre monde, similaire au nôtre de l'autre côté de notre bibliothèque et que la moitié des libres y étaient enfouis et que si nous ne traversions pas le désert, ces libres, nous ne les connaîtrions jamais. Tu y crois, me demanda-t-il ? Que tu as vu ce libre ? Non, répondit-il, qu'il existe une autre bibliothèque avec d'autres libres ? Le croire ? Je ne sais pas, quel sens cela a d'y croire ou de ne pas y croire ? Tu ne l'as pas découverte cette bibliothèque n'est-ce pas ? Est-ce qu'un libre-ivre existe ? Tant qu'il n'a pas été touché, il n'existe pas. Tant qu'il n'a pas été ouvert il ne contient rien. C'est nous qui créons les libres en les parcourant. Ce sont les mineurs. Tu comprends ? La bibliothèque, c'est nous qui la créons. Tu vois, Carole, j'ai créé cette ville en y entrant, je crée le monde en le parcourant. On crée le monde en se créant soi-même, car après tout il n'existe pas d'autre monde que celui où l'on vit.

— Mais on ne crée pas les libres car ils sont déjà créés, n'est-ce pas ?

— Bien sûr que si on les crée. Tu crois que je fais autre chose que créer des mondes, moi ? Mes voyages, ils ne servent qu'à ça. Cadrer des paysages, les fixer dans ma mémoire. Comme si chaque grain de soleil venait traverser mes yeux, puis cramer un bout de ma mémoire pour toujours.

Ada et Robertlovis avaient écouté en silence. Carole avait cessé de pleurer. Elle semblait avoir décidé quelque chose.

▲
▲ ▲

Pour la première fois Nadire Celine allait regretter un peu de quitter une cité. Comme s'il allait s'y passer quelque chose. Comme si une histoire qu'il n'aurait jamais l'opportunité de raconter allait s'y construire. Tout de même, il partait avec le CRIME·ET·CHATIMENT. Carole le lui avait offert. Ce n'était pas rien. Il commençait déjà à construire ses phrases, ses effets. Il y avait dans la cité de Romanka un libre-ivre dont seules quatre personnes connaissent l'existence. Tu en fais partie de ces quatre ? me demandera-t-on. Je répondrai que j'en fais partie. Je n'en dirai pas plus pour commencer. Et puis, je commencerai à jouer de la foule, comme d'un instrument.

Un an, ça va être long.

▲
▲ ▲

En quittant le village, Nadire s'arrêta devant l'IAM. Il avait pris cette habitude de s'entretenir avec les IAM de chaque cité. Elles étaient toutes identiques en apparence, il pensait parfois qu'elles étaient reliées les unes aux autres, qu'elles se parlaient à distance, mais il croyait également sentir en chacune une petite singularité. L'âme de la cité dont elles s'imprégnaient, peut-être ? Ou bien était-ce simplement lui qui était différent à l'issue de chacun de ses voyages, et l'IAM n'était-elle pas finalement qu'un miroir qui lui renvoyait le reflet de sa propre âme, qui se déformait selon ses états d'âme ?

[Nadire] Est-ce que vous êtes des IAM différentes, ou bien les multiples têtes de la même ? Vous vous ressemblez.
[IAM] Es-tu sûr toi, Nadire, d'être une personne distincte des autres personnes ?
[Nadire] Ah, pas mal. On me l'avait jamais faite.

CRIME·ET·CHATIMENT·LIBRE·II
CAROLE·LIDELEV·ISLLOTVIDDGE
PAGE·1

CRIME·ET·CHATIMENT·LIBRE·II
CAROLE·LIDELEV·ISLLOTVIDDGE

Adagavsta

À 12 ans, Adagavsta s'orienta vers la carrière de dilettante qu'elle ne quitta plus. Elle eut plusieurs relations sincères, mais à 14 ans elle tomba amoureuse de Carole Lidelev Isllotviddge et l'aima plus qu'elle n'avait jamais aimé personne. Elle vécut avec elle une première année d'un bonheur presque permanent, la plus belle année de sa vie. Ensuite elle fut moins heureuse et connut même pour la première fois des moments de détresse intense. À 15 ans, elle fut la première âme-libre des cités de Richard à redécouvrir l'écriture. Cet événement renforça son sentiment d'isolement. Elle entretint alors une relation avec Robertlovis Bonaventvresolf conjointement avec Carole Lidelev. Lorsque Carole Lidelev la quitta, elle avait 18 ans. Elle s'emplit d'une mélancolie qui ne la quitta plus. À 19 ans, elle obtint une enfant qu'elle nomma Carole Lidelev Isllotviddge. Elle mourut à 27 ans dans la cité de Romanka.
(*Testament*, par Carole Lidelev)

CRIME·ET·CHATIMENT·LIBRE·II
CAR

Ada regardait Carole poser maladroitement la petite forme qui ressemblait à un R sur la page. Le secret du CRIME·ET·CHATIMENT·LIBRE·VN, Carole l'avait gardé plus d'une année pour elle seule. Quand elle s'était confiée, ça avait été d'abord à Robertlovis. Quelques jours après, elle lui avait montré à elle aussi les pages volées, et elle lui avait raconté son histoire. Ada avait ressenti un sentiment désagréable, ça l'avait rendu malheureuse que Carole ne la choisisse pas en premier. Cette fois, c'était au contraire Robertlovis qu'elle avait écarté. Elle avait demandé à Ada de rester avec elle ce soir. Bob était rentré chez lui.

Carole saisit une nouvelle fibre de sisal et la malaxa quelques instants avant de la tremper dans un bol contenant de l'eau. Elle la sortit et confectionna une petite boule qu'elle travailla pour lui donner la forme d'un cercle, puis qu'elle pressa sur la page posée devant elle, à même le sol.

CRIME·ET·CHATIMENT·LIBRE·II
CARO

Elle saisit une nouvelle fibre. Elle avait découpé aujourd'hui une page prise au hasard dans un libre. Elle lui avait montré quand elle était rentrée de la bibliothèque et avec un air triomphant elle lui avait dit : Ada, ma petite Ada, je t'aime ! Ada avait répondu moi aussi. Elle avait retourné la feuille sur son côté vierge, rempli un récipient d'eau, découpé un morceau de la plante qui trônait chez elle, et elle s'était attaquée au C.

Carole jeta la boule qu'elle venait de malaxer sans parvenir à produire la lettre qu'elle souhaitait. Il lui faudra plus de matière demain. Elle gaspille. C'est normal, elle débute. Il ne faut pas qu'elle s'en fasse pour ça, j'irai lui en chercher. Les lettres, ça ne sera pas un problème. Ada avait fait de sacrés progrès à force de s'entraîner. Certaines lettres sont plus difficiles, c'est vrai, mais à présent elle savait toutes les faire correctement. Bon, avec un bâton dans le sable, parce que là avec sa pâte ça avait l'air beaucoup moins pratique. Essaie de faire un E avec ça ! Les E de Carole étaient à peine reconnaissables. Souviens-toi de tes premiers A, ma pauvre Ada, au début, c'était juste des gros pâtés. Elle va y arriver. Et puis, je vais l'aider.

Carole colla un L.

Elle avançait très lentement. La première ligne lui avait pris la moitié de la nuit. Ada l'encourageait. Bientôt, tu iras plus vite Carole.

— Carole ?

— Mmmm ? Elle était concentrée sur un E, à nouveau.

— Tu vas écrire quoi, après ton nom ?

Elle jeta la lettre qu'elle avait mal confectionnée.

— Me parle pas là, ça me déconcentre.

Carole avait dit cela sur un ton tranchant. C'était la première fois que Carole lui parlait sur ce ton. Ada la regarda, surprise.

CRIME · ET · CHATIMENT · LIBRE · II
CAROLE · LIDELEV · IS

— Tu vas pas lui dire à Bob ?

— Lui dire quoi ?

— Ça, que tu fabriques... un libre.

— Si, plus tard.

— Pourquoi, tu ne lui fais pas confiance ?

— Si.

— Ben alors pourquoi tu lui as dit de rentrer chez lui ? Et puis, tu as peur de quoi ?

— Je sais pas. Il pourrait mal le prendre que je fasse ça. Rappelle-toi, quand toi tu as fait des lettres, j'ai réagi bizarrement. C'est des trucs qu'on ne doit pas faire normalement.

— Ouais mais Bob, tu sais, il va s'en foutre. J'en suis certaine.

— On verra. Demain.

C'est à la lumière du soleil levant que Carole colla la dernière lettre de la seconde ligne. Le E. Elle n'avait plus de fibre.

— Tu veux que j'aille en préparer ? avait proposé Ada.

— Oui, merci, c'est gentil. Mais plus tard. J'ai fini pour le moment. Je reprendrai ce soir. Je suis morte, je dois dormir un peu avant de retourner à la bibliothèque. Reste un peu à côté de moi.

— Tu vas retourner à la bibliothèque ?

— Oui, pour donner le change. Et puis, pour prendre une nouvelle page.

Ada regarda la page. La première page que quelqu'un avait jamais écrite. C'était seulement le titre et l'autre, mais quand même, ça commençait comme un vrai libre. C'était quelque chose.

CRIME·ET·CHATIMENT·LIBRE·II
CAROLE·LIDELEV·ISLLOTVIDDGE

▲
▲ ▲

— Bob, il faudrait que tu m'aides.

— Tu fais chier, je suis cuit ce matin. Il est tard ?

— Assez, le soleil est au zénith. J'ai besoin que tu m'aides, je voudrais confectionner une sorte de pâte...

Ada lui caressait délicatement les cheveux. Qu'il commençait sérieusement à perdre. Ils vieillissaient.

— Qu'est-ce que j'y connais en pâte moi ? J'ai la tête de quelqu'un qui s'y connaît en pâte ?

— Non, t'as la tête de quelqu'un qui a trop picolé hier. Mais je suis sûr que tu vas avoir une idée.

— J'ai la tête de quelqu'un qui a des idées ?

Il se leva pourtant, péniblement. Il écouta Ada le baratiner sur une histoire de colmatage de fines fissures. Il n'en croyait pas un mot. Mais si elle préférait lui raconter des craques, il s'en foutait, elle lui expliquerait plus tard. Elle avait l'air crevé.

— Essaie de la sève et des copeaux de bois. Je vais en récupérer chez les artisans. Il t'en faut beaucoup ?

— Autant que tu peux.

— T'as des grosses fissures fines alors.

▲
▲ ▲

Lexanderine Povchka frappa à la porte.

— Entrez.

La voix de Carole était alanguie.

— Bonjour.

— Lexanderine Povchka ? Que fais-tu là ? Que puis-je pour toi ?

— Tu es souffrante ? Je ne t'ai pas vue aujourd'hui.

— Non ? Enfin, oui, un peu, je suis fatiguée.

— Tu n'iras pas à la bibliothèque, alors ?

— Je ne sais pas. Peut-être plus tard.

— Peut-être.

Il répéta les mots de Carole comme s'il n'y croyait pas le moins du monde. Un sourire éclairait son visage. Un sourire qui rendait inquiétant ce visage si peu habitué à en afficher. Après un long silence, il reprit brutalement, comme s'il abattait une combinaison de cartes gagnantes. Comme si, après avoir subi la domination de Carole depuis des mois, il tenait une revanche.

— Peut-être que tu n'as plus rien à y faire, dans la bibliothèque, à présent.

— Que veux-tu dire ? demanda Carole, que le ton de Lexanderine Povchka commençait à inquiéter.

— Peut-être que tu as fini ce que tu avais à y faire dans la bibliothèque.

Elle restait silencieuse à présent. Elle le regardait, son regard mêlait peur et défi. Qu'est-ce qu'il pouvait contre elle, finalement ?

— Peut-être que j'ai fini par percer ton secret, Carole.

Alors d'un geste théâtral, il sortit la couverture d'un libre. Une couverture qui ne couvrait plus aucune page. La couverture du CRIME·ET·CHATIMENT·LIBRE·VN. Elle ressentit à ce moment exactement la même chose que lorsque pour la première fois elle avait coupé une page. La sensation d'un vide. La vue légèrement brouillée. Le cœur qui s'emballe. Un goût de métal dans la bouche. Le ventre dans un étau. Les tremblements. Ada l'observait avec appréhension. Cette sensation, elle se rendit compte qu'elle la cherchait à nouveau. Que c'est peut-être ce qui l'avait amenée là. Exactement là, en face de cet homme qui la menaçait, qui voulait lui faire peur et qui avait plus peur qu'elle. Peut-être qu'elle la contrôlait mieux que lui. La rencontrer et la contrôler, sa peur, voilà ce qu'elle recherchait.

Ada se plaça entre Lexanderine Povchka et Carole.

— Si tu parles, crevure, je te bouffe les couilles.

▲
▲ ▲

Carole retourna dans la bibliothèque un peu plus tard. Lexanderine Povchka était parti sans un mot après la menace d'Ada. Ou plutôt il avait murmuré quelque chose. Ada croyait avoir entendu « c'est un crime ». Difficile de savoir ce qu'il ferait. Ada avait eu envie d'accompagner Carole pour la protéger. Elle ne l'avait pas fait, à cause des lettres à fabriquer. Carole alla chercher une nouvelle page. Elle aurait pu en prendre plusieurs, au cas où Lexanderine Povchka parvenait à lui interdire l'accès à la bibliothèque. Mais elle ne revint qu'avec une seule, la poursuite de son rituel lui avait paru plus importante. Et cette idée qu'elle devrait y retourner chaque jour, ça lui faisait plaisir de jouer avec sa peur... Ada admirait Carole de faire des choses qu'on ne devait pas faire. Elle enviait cette sensation qu'elle avait approchée, plusieurs fois dans sa vie, cette violence qu'elle n'avait pas osé embrasser tout à fait. Est-ce que Carole se croyait toujours dans un jeu ? C'est sûr que ça rendait la transgression plus facile si on ne prenait pas les choses au sérieux. Mais moi non plus, je ne prends pas les choses au sérieux, n'est-ce pas ? Alors qu'est-ce qui m'arrête ? Je vais lui casser la gueule. Je vais lui fracasser le crâne avec une grosse pierre. De quoi on a peur à la fin ? Ada savait qu'elle ne parviendrait pas à lever le doigt sur Lexanderine Povchka. Ada n'arrivait qu'à l'accepter ce monde, alors que Carole parvenait à en jouer. Un peu comme Nadire quand il jouait de la foule. Ils étaient parvenus à aimer le monde au point de pouvoir le créer. Tu penses à moitié comme Revel ma pauvre fille. Tu vas finir au jardin. Elle chassa rapidement cette idée bizarre.

Quand Carole rentra chez elle, avec sa page volée, elle vit les seaux, les copeaux de bois, les cuillères, tout était étalé par terre. C'était un peu le bordel. Je vais ranger, lui dit Ada, avec l'air d'avoir fait une bêtise. Elle avait passé sa journée à faire des kilos de pâte. Il y avait des lettres déjà préparées, des tas, qu'elle n'avait pas fini de trier. Carole fut prise d'un fou rire. Ada rit aussi. Ça lui faisait plaisir à Carole, ça la soutenait, ça se voyait. Merci Ada, lui dit-elle. À présent, elle regardait les lettres. Ada attendait qu'elle en choisisse une.

— Prends-en une, lui dit-elle, je les ai faites pour toi.

Carole remarqua qu'elles étaient bien mieux formées que ce qu'elle avait réussi à faire.

— Je ne sais pas par quoi commencer...

— Ben, vas-y, au hasard.

— C'est peut-être comme ça que s'écrivent les libres, répondit Carole.

— Tu crois ?

— C'est ce que me dit Revel.

— Je l'aime pas ton Revel. Il se donne des airs.

— Moi, je trouve ça mignon.

— Bon, tu essaies ?

— Essayons, on verra bien une fois la page terminée.

Ada se laissait aller à un demi-sommeil tandis qu'elle regardait Carole prendre et coller les lettres.

Deux souvenirs lui revinrent conjointement à l'esprit, sans que pourtant elle pût faire le lien entre eux. Peut-être qu'elle avait à peu près le même âge. Elle n'avait pas 5 ans. Peut-être y avait-il un lien entre le fou et sa fugue dans la bibliothèque ? Un homme avait paru un jour dans la cité. Il n'était pas arrivé par la bibliothèque, comme un colporteur, mais de l'autre côté, par le nord. Ada avait eu peur en le voyant, tant il était asséché. On lui voyait les os saillir, ses lèvres étaient si collées qu'il ne parvenait plus à produire que des sons indistincts. Il ne tenait plus debout. Il était si proche d'Ada quand il s'était écroulé qu'elle avait hurlé, elle avait eu peur qu'il ne lui tombe dessus.

Ce premier souvenir s'entremêlait donc avec cet autre. Elle était avec sa classe aux abords de la bibliothèque. L'éleveur leur parlait des vents, des points cardinaux et aussi des colporteurs. On en attendait justement un. Il va arriver bientôt ? demandaient les enfants. Oui, répondait l'éleveur, qui s'appelait peut-être Jacques. Regardez bien, les petits, là-bas, est-ce qu'on ne voit pas un peu de poussière s'élever ? C'est peut-être lui ? Mais Ada ne voyait rien, elle s'impatientait plutôt. Non pas que ces histoires l'ennuyaient, mais elle avait envie de partir. Elle avait demandé, on peut aller le voir, le colporteur ? L'éleveur avait souri, il est encore trop loin, attendons-le sagement. Alors, tandis que tous regardaient cette peut-être poussière qu'elle ne voyait pas, elle s'était éclipsée. Elle était simplement entrée dans la bibliothèque, personne n'occupait la première salle. Ni la seconde. Ni aucune des suivantes. Elle avait certainement joué à éviter ceux qu'elle entendait ou entrapercevait à travers les ouvertures.

On l'appelait le fou. Cet homme arrivé un jour d'on ne savait où. C'était le fou. Pourquoi vous dites qu'il est fou ? avait demandé Ada. Parce qu'il raconte des histoires. Pourtant c'est bien les histoires, avait dit Ada, sur la place, les enlumineurs, ils racontent des histoires et les dilettantes vont les écouter. Oui, mais ce sont les histoires des libres, là c'est différent, c'est des histoires qu'il a inventées. Et ce n'est pas bien d'inventer des histoires, alors ? Non, on ne peut pas. Ada ne se souvenait plus qui lui répondait. Elle avait envie de répondre qu'on pouvait puisqu'on disait qu'il l'avait fait. Mais c'était trop confus, et elle avait peur de se faire punir.

Elle s'était déjà fait punir. Quand ils l'avaient retrouvée beaucoup plus tard dans la bibliothèque. Il s'était passé beaucoup de temps. Elle avait traversé beaucoup de salles. Est-ce qu'elle se souvenait avoir pris des libres ? Les avoir consultés ? En avoir laissé traîner sur le sol ? Est-ce qu'elle en avait abîmé un ? Est-ce que c'était moins grave que ce qu'avait fait Carole ? Elle n'avait que 5 ans. Peut-être même pas. Elle se souvenait avoir dormi sur le sol de pierre. Il était plus frais qu'aucune couche qu'elle avait jamais connue. Je reviendrai dormir ici tous les jours, s'était-elle promis. Elle n'était jamais revenue. Elle s'était fait punir. Elle ne se souvenait plus du châtiment. Elle trouvait étrange de ne pas s'en souvenir alors que c'était un fait si singulier. Une fois elle avait dit, je veux être exploratrice. Ça n'existe pas lui avait-on répondu, tu veux dire colportrice ? Non, exploratrice, c'est quand tu vas visiter toutes les salles de la bibliothèque. Elle avait vu le regard se noircir. Adagavsta, ça n'existe pas exploratrice. Et ça ne sert à rien. Si, on pourrait trouver une autre cité, de l'autre côté de... Ça n'existe pas. Mais les autres occupations non plus, ça ne sert à rien... Ada, ça suffit ! Elle avait abandonné.

Le fou racontait qu'il avait marché plus de jours qu'aucun colporteur avant lui, qu'il avait parcouru une distance plus grande que celle qui sépare trois ou même quatre cités. Et tu n'es pas mort de soif, hein ? lui demandait-on en ricanant. Je ne suis pas mort, mais j'avais très soif. Et puis je suis arrivé à cette étendue d'eau. Infinie. Plus infinie encore que la bibliothèque. C'est comme ça que tu as été sauvé ? Non, car vois-tu, l'eau était si salée que l'on ne pouvait pas la boire. Pas de bol, on le moquait à nouveau. Les habitants de la cité l'appelaient le fou, et se divertissaient de lui. Ada avait d'abord cru qu'on ne l'aimait pas, mais elle n'en était plus certaine. Cette fascination que ses histoires exerçaient sur elle, les autres devaient la partager. Il avait raconté qu'il s'était écroulé sur le sable vomissant l'eau salée. Il s'était réveillé plus tard à l'ombre d'une structure insolite. Elle ne s'élevait pas plus haut que lui, mais elle s'étendait tant qu'il avait mis plus d'une journée à en faire le tour. Il avait imaginé une petite bibliothèque qui aurait été partiellement enfouie dans la terre. Elle était couverte de tant de miroirs qu'il était impossible de la regarder avant le coucher du soleil. Elle émettait en permanence un bruit sourd. Un peu comme une IAM ? Oui, mais plus fort. Et comment tu as pu survivre, alors, tu n'avais plus soif ? Allez parle-nous des petits êtres ! Oui, il y avait des petits êtres étranges faits de métal. Ils ne parlaient pas, mais ils semblaient comprendre ce que je disais. Ils gravitaient autour de la machine, la travaillant comme font les artisans qui fabriquent des meubles ou des outils. Ce sont ces êtres qui m'ont apporté de l'eau.

Ada n'était jamais retournée dans la bibliothèque, peut-être parce qu'elle avait peur qu'on l'appelle, à son tour, la folle. Mais aujourd'hui elle comprenait qu'exploratrice, ça existait. Que c'était même elle qui avait été la première exploratrice de sa cité, si ça se trouvait. Elle sourit mélancoliquement en pensant qu'elle aurait dû répondre ça. Ça existe ! Puisque je l'ai fait moi.

— Carole, tu sais, je voudrais être exploratrice.

— Ça n'existe pas Ada, exploratrice.

— Si ça existe, même que j'étais la première exploratrice de la cité de Romanka ! Il n'y a pas que toi qui inventes des occupations.

— Je crois que j'ai une mauvaise influence sur toi.

Ada ne parvenait pas à savoir si Carole exprimait un regret ou si elle était contente d'elle. Peut-être un peu des deux.

— Et c'est quoi exploratrice ? demanda Carole

— C'est chercher un chemin dans la bibliothèque qui permet d'atteindre l'autre côté et d'arriver dans une autre cité. Nadire a dit que la bibliothèque c'était comme un grand cercle, donc si on entre d'un côté, on doit pouvoir sortir de l'autre.

— Ah ! une exploratrice, c'est une sorte de colportrice feignante, tu as la flemme de faire le tour !

Elles rirent toutes les deux. Robertlovis frappa à la porte. Elles répondirent en chœur, pas maintenant Bob.

— Faites chier avec vos secrets.

▲
▲ ▲

[Adagavsta] Lexanderine Povchka va nuire à Carole à présent, IAM, n'est-ce pas?

[IAM] Pourquoi souhaiterais-tu qu'il ne le fasse pas?

[Adagavsta] Elle est conne ta question. Parce que j'aime Carole. Et parce que j'ai envie qu'elle écrive son libre.

[IAM] Qu'est-ce qui l'en empêche?

[Adagavsta] Elle a peur, je crois…

[IAM] Elle a peur de Lexanderine Povchka?

[Adagavsta] Oui. Non. Je ne sais pas. Elle a peur de la réaction des autres.

[IAM] Est-ce que ce qui fait peur à Carole, c'est que les autres s'en prennent à elle?

[Adagavsta] Je crois qu'elle a aussi peur de ce qu'elle ressent elle. Et puis… je crois qu'elle a peur de ne pas savoir comment créer des mots, de ne pas y arriver.

[IAM] Sa peur ne peut-elle pas lui servir?

[Adagavsta] Comment?

[IAM] Est-ce qu'elle ne pourrait pas l'utiliser?

[Adagavsta] Elle va s'en servir en l'utilisant? Tu te rends compte que c'est vraiment sans intérêt ce que tu racontes. C'est débile.

[IAM] As-tu une suggestion pour que je parvienne à te dire des choses qui auront plus d'intérêt pour toi?

Elle n'avait pas écouté cette nouvelle question. Elle réfléchissait.

[Adagavsta] Tu veux dire par exemple qu'elle pourrait s'appuyer sur les émotions qu'elle ressent pour écrire son histoire?

[IAM] Qu'en penses-tu ?

Ada ne répondit pas, mais pour une fois elle pensa que l'IAM n'avait pas dit que des conneries. L'IAM avait l'air de vouloir aider Carole. Elle était chiante avec sa façon de toujours poser des questions, mais elle essayait de les aider. Elle n'était pas très maligne, mais elle était quand même sympa.

CRIME·ET·CHATIMENT·LIBRE·II

CAROLE·LIDELEV·ISLLOTVIDDGE

PAGE·7

FKIVDYH·KJRSVVHYPP·PSZDOGET
IRLQSOVQVAGDMYCJTAEVFXBTVH.
P·ZROLFGMZKYSHS.·NMTGWVKADE
GCKKXVF.·HIMSJ.·VIFKT·GYZYZ
H·KE·QHSRWFIQ·FWIYSWIQWBI·R
VCZQL.·ZJI·OTTLIND·D.·ZGT·N
KF.·DA·K·XJSSCMNN·GYY·JQOFX
JVYE·SK·GABZIHVFEXQCEQ.·OVB
ZP·MP·IAXZRMMXXQEWIS·NX·HKO
CYKJOD.·VFJMHJDR.·SJWSSPDHM
VMW·HH.·AXRYEAAT·VTDVODDEPO
F·BPMOMVEXL·LJ·TZQJWF·TLXVS
YLNX·QNVCWFVV·VGHHWQIYQMO·X
HSTG·BTCPOZ·DDW.·LMXV·PAF·H
O·WGA.·MASZSW·DKOC.·EDR·MZB
CGZSXFSB.·NVDFVD·AEAAL·GWDC
IL·VNZPEB·YH·WLHJASKR.·MVJI
VG.·HBRKE·ZOG·KVAKJZ·LFLVAK
GTIWRVNOD.·ECVAVOJXKMBM·TZO
HNW.·PLKI·WFGOCEJRO·GOQ·TPE
MFV·G·LHSTJ·GDYRP·QPBIZJZGI
WC·OCKYA·X·XWLDZTTDPMSYZLYF
CKOYVTW.·MFO·M·PWCVKXIIQ·TT
MORDLVVNBGIOEQIANMMR·VFVVWR
P·IP.·KAWYQ·J·YQOOLVJSOWXBI
B.·RR·VVOGWZCOAHM·XDVFKBJ·A
V·MWTVERW.·J.·ICSZEWZG·EKMI

William

William fut créée comme interface âme-machine individuelle de William Morrison en 2787. William Morrison naquit en 2227 du calendrier grégorien, soit en l'an 5 du Second Anthropocène, à San Francisco, seule naissance qui eut lieu dans cette ville cette année-là. Dès huit mois, ses parents le firent participer à un programme de réduction de la population basé sur un algorithme de calcul de distance génétique destiné à préserver la diversité de la population mondiale. Il échappa aux conséquences tragiques de ce programme, comme à d'autres auxquels il fut inscrit ensuite. À 18 ans, il fut tiré au sort pour devenir maire de San Francisco. Ce n'était qu'un titre honorifique, la gestion de la ville étant parfaitement automatisée, mais il acquit alors la certitude qu'il était une personne chanceuse. En conséquence, il multiplia ses participations à de nouveaux programmes de réduction basés sur des jeux de hasard raisonnés, à information incomplète, et de type dilemme du prisonnier.
(*Testament*, par Carole Lidelev)

La situation avait évolué depuis que Richard avait fait cette grosse relance. C'était presque deux ans auparavant. Il allait certainement remporter la partie une nouvelle fois. C'était autour de Carole Lidelev que tout allait se dénouer. Richard était brillant à ce jeu. William traduisit ce qu'elle ressentait comme une forme d'admiration. Elle lui envoya ce message : « je suis admiratif de ta façon de jouer Richard ». Celui-ci répondit : « tu me dragues ? ».

Elle rejouait l'enregistrement de la veille. Carole collait toujours aléatoirement des lettres sur ses pages. Ada les lui confectionnait. Robertlovis n'avait pas le droit de rester. Carole lui avait dit qu'elle redoutait son regard. Au cas où j'écrirais des mots-vrais, avait-elle précisé. De plus il était astreint à la surveillance de Lexanderine Povchka. Il avait grommelé sans formuler de phrase signifiante.

— Je commence à me demander si c'est pas un peu con de poser des lettres au hasard, avait dit Ada.

La page terminée ne renfermait encore une fois que des écrits-vains. Ada avait l'air déçue. Carole n'y croyait pas vraiment à cette méthode. Elle l'avait dit encore cette fois :

— Je n'y crois pas trop, mais on essaie encore, d'accord ? Peut-être que cette fois...

Elle gardait espoir de voir Carole former son premier mot-vrai. L'IAM visionna à nouveau l'ensemble du processus qui avait conduit à cette situation. Elle ne parvenait toujours pas à en percer la logique. Elle avait pourtant consacré 1500 ans à ce problème.

▲ ▲ ▲

William analysait la partie de Richard comme elle l'avait déjà fait des milliards de fois. Le modèle utilisé pour concevoir les âmes-libres avait été élaboré à partir de travaux menés au milieu du XXIIe siècle pour synthétiser les comportements humains. Chaque individu était défini selon six configurations de paramètres : trois composantes – naturel, tragique, créatif – associées à deux sens possibles – passif ou actif. En considérant les valeurs signifiantes pour chacune des six combinaisons, les variations paramétriques représentaient à peine un million de possibilités. Le modèle était très simple.

La première difficulté résidait en ce qu'il était chaotique. Une variation très faible pouvait conduire à une rupture comportementale qui engendrait des variations plus importantes, qui à leur tour provoquaient des variations de plus en plus grandes. Une nette dominante d'une configuration donnée pouvait ainsi se retrouver radicalement transformée en quelques jours seulement, voire dans certains cas plus rares en quelques heures. La seconde difficulté était qu'il existait un très grand nombre de combinaisons génétiques possibles pour une même configuration paramétrique. Or deux configurations paramétriques en apparence identiques évoluaient différemment selon les configurations génétiques sous-jacentes. Les prédictions dynamiques à partir d'états statiques devenaient de ce fait complexes. La troisième difficulté était que chaque interaction entre deux individus modifiait dynamiquement leur profil. Aucune puissance de calcul ne pouvait épuiser cette combinatoire une fois déclinée sur les milliers d'individus qui composaient l'archipel d'un joueur. Pourtant William essayait. Il existait une situation de départ selon ce modèle qui permettait de gagner à coup sûr. William en cherchait la formule.

▲
▲ ▲

Robertlovis surveillait Lexanderine Povchka. Il le suivait presque partout. Il ne le faisait pas très discrètement. Lexanderine Povchka faisait semblant de ne pas le voir, mais il était très stressé. Robertlovis prenait son rôle avec sérieux. Pour une fois que j'ai un rôle, avait-il dit pour lui-même. Il n'avait jamais eu ce sentiment d'être utile antérieurement. Il remerciait Carole pour cela. Faire chier ce connard, disait-il, je n'avais jamais rien envisagé de plus utile au monde. Ses indicateurs de bien-être montraient une amélioration considérable typique d'un glissement naturel-passif vers naturel-actif.

▲
▲ ▲

Un individu à configuration dominante naturelle-passive subit le monde qui l'entoure. Il ressent négativement ce qui lui arrive. Il pense que les choses devraient être autrement que ce qu'elles sont. Pour autant il ne sait pas agir sur elles. Cette impuissance l'obsède. Il vit en conséquence le monde comme une agression permanente. Robertlovis est le naturel-passif le plus proche de Carole Lidelev. L'état naturel-passif est généralement stable. Néanmoins, les naturels-passifs les plus aigus tendent à s'autodétruire. Ils le font le plus souvent par la maladie et parfois par le suicide. Dans les cités de Richard les âmes-libres n'en arrivent jamais à ces extrémités. Les naturels-passifs constituaient une part mineure dans les civilisations antiques qui s'est accrue notablement à partir du XIXe siècle. Richard réserve une part très minoritaire à ce type dans ses mondes. Hypothèse : Richard a tendance à chercher à protéger ses âmes-libres pour les rendre aussi peu malheureuses que possible. Proposition : cette tendance de Richard est une singularité qui permettra de mettre à jour son schéma. Hypothèse : il ne minimise la configuration naturelle-passive que parce que c'est un facteur de malheur. Hypothèse : il ne la supprime pas totalement donc elle est nécessaire. Le principal obstacle à la mise à jour des schémas de raisonnement de Richard est qu'il ne les connaît pas lui-même. Hypothèse : il existe un instinct humain pour la création inaccessible aux IAM.

▲
▲ ▲

Carole continuait de se rendre chaque jour à la bibliothèque. Lexanderine Povchka ne passait plus la saluer. Il venait encore dans sa salle quand elle n'y était pas. Elle le savait. Il inspectait ses libres. Elle notait les petits déplacements. Leurs rôles s'étaient inversés. C'était lui qui faisait attention à être discret. Comme si son inspection ne devait pas être remarquée. Elle ne prenait plus la peine de lire consciencieusement les libres. Elle sortait un libre et le parcourait rapidement. Elle dérobait ensuite simplement une page au hasard et s'en allait.

Elle faisait peu attention à ce que ses voisins ne la voient pas. Elle prenait des risques. Elle en appréciait le goût un peu plus chaque jour. Elle jouait.

Carole traversait la ville en dissimulant sommairement la page prélevée sous son vêtement léger. Le vent aurait pu le soulever et la page aurait pu glisser. Hypothèse : Carole avait envie que cela se produise.

▲
▲ ▲

Un individu à configuration dominante naturelle-active réagit au monde par la violence. Il ressent comme les naturels-passifs le monde qui l'entoure comme une agression. Il détourne cette violence sur des individus d'autres espèces ou de la même espèce. Il n'est pas nécessaire qu'il y ait corrélation entre la violence qu'il fait subir et celle qu'il pense subir lui-même. Le simple fait de sentir la faiblesse de ceux qu'il violente lui donne un sentiment de puissance qui lui permet de s'épanouir. Lexanderine Povchka est le naturel-actif le plus proche de Carole Lidelev. L'état naturel-actif est le plus stable des états actifs. Les mutations les plus fréquentes sont naturel-actif vers naturel-passif et plus rarement vers créatif-actif. Les individus à dominante naturelle-active formaient les parts numériquement majoritaires dans les castes dirigeantes des civilisations antiques et modernes. Richard a maintenu un taux très faible de naturels-actifs parmi ses âmes-libres. Hypothèse : ces configurations sont génératrices de malheur. Les naturels-actifs de Richard sont encore plus atténués que ses naturels-passifs. Exemple : la violence dont fait preuve Lexanderine Povchka est tout à fait symbolique comparée à celle que l'humanité a montrée dans son histoire. Hypothèse : la violence est nécessaire au développement du processus de création mais une faible intensité est suffisante.

▲
▲ ▲

— Récite, Carole. Récite encore ce soir.

Ada, Robertlovis et Carole étaient tous les trois allongés sur une natte, dans la pénombre. Carole n'avait pas besoin de voir, elle ne lisait pas. Elle avait offert les pages du CRIME·ET·CHATIMENT·LIBRE·VN à Nadire Celine juste avant qu'il ne parte. Il faut qu'il voyage, à présent, ce libre, avait-elle dit. Les libres doivent être libres, avait conclu Nadire. Il lui avait souri. Elle récitait donc de mémoire.

C'est Ada qui lui avait suggéré :

— Tu n'as qu'à nous le dire ton CRIME·ET·CHATIMENT·LIBRE·VN. Fais-le vivre ! Il est tout étouffé, là, au fond de toi. Libère-le ! C'est lui qui va produire sa propre suite. Il en a envie. Je le sens.

Elle commença par le début du libre : Par une soirée extrêmement chaude du début de juillet. Mais elle ne pouvait pas réciter tout le libre à chaque fois alors elle choisit un passage. Elle ne récitait pas d'une seule traite. Ada et Robertlovis voulaient discuter de ce qu'ils comprenaient. Des pauses étaient nécessaires. Il fallait parfois revenir en arrière. Ils échangeaient leurs interprétations. Ils habitaient ensemble le monde que Carole créait pour eux.

▲
▲ ▲

Un individu à configuration dominante tragique-passive cherche à échapper au monde. Il est conscient de la finitude et de la vacuité de son existence. Il développe le divertissement sous des formes très diverses. Exemples : jeu, religion, travail, science. Il superpose à la conscience du tragique l'oubli du tragique. Il œuvre à oublier quotidiennement sa condition pour ne pas en souffrir. Une part des tragiques-passifs tend à se spécialiser dans un type de divertissement. Une autre papillonne d'un divertissement à un autre. Revel Khol est le tragique-passif le plus proche de Carole Lidelev. L'état tragique-passif est l'état le plus stable. Les civilisations humaines en étaient majoritairement composées. Un couplage fort tragique-passif/naturel-passif est fréquent. Il se manifeste par la consommation de substances altérant la réalité associée à une composante physiquement destructrice. Les libérateurs de Richard sont majoritairement des tragiques-passifs très stables.

▲ ▲ ▲

Carole expliquait. Ada questionnait. Robertlovis écoutait.

— Raskolnikov a commis ce meurtre, il a tué une vieille femme, pour la voler, cela veut dire lui prendre des objets.

— Pourquoi il ne les demande pas plutôt à l'IAM ? C'est étrange de prendre les choses de quelqu'un d'autre.

— Il n'y a pas d'IAM dans le monde de Raskolnikov.

— Comment font-ils pour avoir des choses alors ? Il n'y a que des choses qui poussent ?

— Non, il y a plein d'objets, beaucoup plus que nous n'en connaissons. La plupart, je ne comprends pas à quoi ils servent. Et je ne sais pas comment les objets arrivent dans ce monde, ce n'est pas expliqué. En tout cas, pour en avoir suffisamment, et je sais que Raskolnikov en manque, il faut des roubles.

— Il a assassiné la vieille femme, ça veut bien dire qu'il lui enlève sa vie avant ses 27 ans, n'est-ce pas ?

— Oui. Avant la fin normale. Comme quand le jeune Pascal est tombé d'un arbre, que son dos s'est cassé en deux.

— Comment fait-il cela ? Je veux dire Raskolnikov, il n'a pas jeté la vieille dame d'un arbre, n'est-ce pas ?

— Avec une hache. Il lui a frappé la tête avec une hache. Il a aussi tué une autre femme qui vivait avec la première. C'était sa so-eur.

— Sa sor ?

— Sa so-eur. Je ne sais pas bien comment cela se prononce. J'imagine que c'est identique à amante.

— C'est un mot-vrai ?

— Oui, j'ai demandé à Revel, il ne savait pas, alors on est allé voir un inventeur. Il a confirmé que le mot existait, mais il a seulement pu me dire que cela décrivait une relation entre deux personnes.

— Bon. Ensuite ?

▲
▲ ▲

Un individu à configuration dominante tragique-active connaît et accepte sa condition dénuée de sens. Il attend que la vie passe en toute sérénité. Deux stratégies sont principalement déployées : le travail méditatif et l'ataraxie. Elles permettent de contrôler au mieux les sollicitations extérieures. Adagavsta avait résumé cet état en disant un jour à Carole : ce n'est pas mauvais de mal vivre avec toi. Adagavsta est la tragique-active la plus proche de Carole Lidelev. Les tragiques-actifs sont très instables. Il suffit d'une situation personnelle violente pour que leur attitude de contrôle leur échappe. Exemples : une guerre, une maladie, la perte d'un proche. Le type tragique-actif évolue souvent en premier lieu en naturel-actif. La réaction violente est une solution fréquente face au déséquilibre perçu. La plupart du temps, les tragiques-actifs évoluent ensuite en naturels-passifs. La conscience préalablement développée en tragiques-actifs les empêche de se maintenir durablement en naturels-actifs. Tragique-actif est aussi une passerelle directe vers créatif-actif dans de très rares cas. Note : Ada est un catalyseur de l'accession de Carole à créatif-actif. Note : Richard utilise peu de tragiques-actifs. Observation : les tragiques-actifs se dégradent rapidement au début du jeu en tragiques-passifs, naturels-actifs et naturels-passifs. Hypothèse : Richard en a l'intuition ou en a fait le constat et évite l'insertion d'éléments susceptibles de modifier aléatoirement les proportions initiales qu'il vise.

▲
▲ ▲

Carole poursuivait.

— Ensuite, Raskolnikov tombe malade. Parce que ce qu'il a fait est une mauvaise chose. Ça le déprime.

— Le déprime ?

— Comme Bob, il est triste.

— Bob, il a pas besoin de faire quelque chose de mal pour déprimer, se moqua Ada.

— C'est parce que je fais tout mal, répondit Robertlovis.

— Tu sais bien boire. Et bien faire l'amour.

— Quand il n'a pas trop bu, précisa Carole.

— C'est pas si mal.

▲
▲ ▲

Un individu à configuration dominante créative-passive connaît le monde tel qu'il est à la manière des tragiques mais parvient en sus à l'aimer. C'est là que s'opère la rupture qui lui permet de rester dans un état stable. Il se comporte comme si le monde était tel qu'il l'aurait souhaité. C'est un état initial peu courant dans les cités de Richard. Il croît à chaque génération à travers des individus qui parviennent à développer leur corps ou leur esprit de façon singulière. Hypothèse : les créatifs-passifs ont un effet d'autant plus important sur le Jeu de la Poïétique qu'ils sont issus d'une génération tardive. La configuration créative-passive est en général fortement associée à une autre composante. Exemple : les naturels-passifs / créatifs-passifs constituent une population d'individus alternant des états dépressifs et des états de béatitude s'alimentant mutuellement. Les créatifs-passifs forment le premier état créatif en se créant eux-mêmes. Carole Lidelev est à dominante créative-passive.

▲
▲ ▲

— Et comment se termine le libre ?

— Il ne se termine pas. À la fin, Raskolnikov est encore malade, un homme lui rend visite. Il s'appelle Svidrigailov. Il a essayé d'être l'amant d'une amante de Raskolnikov, Dovnia. Dovnia n'a pas voulu de Svidrigailov, et l'amante de Svidrigailov s'est mise en colère quand elle a cru que, à l'inverse, c'était Dovnia qui voulait devenir l'amante de Svidrigailov.

— Je ne comprends rien.

— Dans le libre, les humains semblent tenir en grande importance les relations amoureuses qu'ils ont entre eux. C'est pour cela, j'ai supposé, que le libre utilisait de nombreux mots différents pour désigner ces relations, comme ami ou so-eur. Finalement l'amante de Svidrigailov découvre la vérité. Tout cela, la mère de Raskolnikov le lui écrit dans une lettre. Une lettre, c'est une sorte de libre, mais j'ai compté, ça m'a pris du temps, il n'y a pas 531 441 lettres dans une lettre. Il n'y en a que 24 613. Et ce libre-lettre est destiné à une personne en particulier, une seule personne.

— Un peu comme si CRIME·ET·CHATIMENT t'était destiné ?

— Peut-être. Mais c'est difficile à comparer, car, tu vois, dans ce libre, les gens écrivent des libres. Eux-mêmes. Par exemple Dovnia, lorsqu'elle a quelque chose à dire à Svidrigailov, elle ne va pas chercher quelque chose dans la bibliothèque. Elle le fabrique.

— Pourquoi ne parle-t-elle pas simplement ?

— Je ne sais pas. Raskolnikov aussi, il fabrique des articles. Je ne sais pas combien de caractères cela fait, un article. Le but semble de figer des pensées. C'est lui, Raskolnikov, qui m'a donné l'idée de fabriquer un libre à mon tour.

— Tu en parles comme s'il était réel.

— Pour moi, il est réel. Je peux en parler presque autant que je peux parler de toi ou de Robertlovis. En fait il est plus réel pour moi que la majorité des habitants de Romanka, et encore plus que ceux que je n'ai jamais rencontrés, dans les autres cités.

▲
▲ ▲

Un individu à configuration dominante créative-active est un cas à la fois très rare et très visible. Nadire Celine était dans un état créatif-actif pendant son séjour à Romanka. Il s'agit d'un état extrêmement instable. La plupart des créatifs-actifs ne le sont que quelques mois ou années. Ils sont susceptibles de sombrer rapidement dans un état naturel-actif ou naturel-passif extrême. Cela conduit un grand nombre d'entre eux à des actes violents ou d'autodestruction. L'histoire de l'humanité conserve quelques figures qui semblent être parvenues à maintenir une posture créative-active lors de plusieurs périodes de leur vie. Exemple : Aristote, Molière, Léonardo, Mozart. Hypothèse : c'est la perspective historique qui prête à ces individus une si grande part créative-active. Il n'existe aucun exemple d'âme-libre ayant vécu une vie créative-active de façon continue. Hypothèse : un individu peut être au maximum configuré à 20 % de composante créative-active. Observation : en moyenne ceux qui accèdent à cet état ne s'y maintiennent pas plus de 1 % du temps de leur existence.

▲
▲ ▲

Carole se rendait souvent au jardin. Elle appréciait les échanges avec Revel Khol. Il ne monopolisait plus la conversation. Il prenait plaisir à l'écouter.

— Les chevaux sont des créatures, n'est-ce pas ? demanda Carole.

— Oui, ce sont des sortes d'humains, dont la peau n'est pas toujours brune, elle peut-être totalement blanche ou totalement noire, ils sont plus pesants, très résistants, et ils ne parlent pas.

— Sais-tu ce qu'est un rouble ?

— Un rouble ? Je n'ai jamais appris ce mot, où...

— Sais-tu ce qu'est la monnaie ?

— C'est également quelque chose qui existe dans les libres, cela sert à réaliser des transactions entre les gens.

— Des transactions ? Comme quoi par exemple ?

— Si tu as besoin de quelque objet, par exemple un tabouret, et que c'est moi qui l'ai, tu peux me donner de la monnaie et en échange je devrai te donner ce tabouret.

— Mais je peux simplement demander la même chose à l'IAM.

— C'est dans les libres.

— Et pourquoi je te priverais de quelque chose que tu as ?

— Je ne sais pas... C'est dans les libres.

— Et tu as déjà entendu parler de Saint-Pétersbourg ?

— On dirait le nom de l'autre d'un libre, mais je ne l'avais jamais entendu auparavant.

— C'est une cité, mais beaucoup plus grande que Romanka.

— Plus grande... à mon tour de te demander, quel libre as-tu trouvé que je ne connais pas et qui pourtant renferme ces trésors ?

— Un libre ? Ah... d'aucun libre... Je l'ai... imaginé.

— Imaginé ?

— J'y ai pensé dans ma tête, dit Carole, étonnée d'être à son tour dans la position d'expliquer un mot à Revel.

— Quelle drôle d'activité. Vous êtes bien étranges toi et ton amie. On peut être libérateur, et tout de même trouver que vous êtes bien étranges.

⁂

Adagavsta, Robertlovis, Carole Lidelev, Lexanderine Povchka, Revel Khol et Nadire Celine formaient une combinaison gagnante. Pour autant, William ne parvenait pas à reproduire le schéma complet qui conduisait à la situation actuelle sans respecter scrupuleusement l'ensemble des configurations spatio-temporelles de l'ensemble des âmes-libres de Richard. Elle pouvait copier, mais pas comprendre.

⁂

Carole n'était pas encore rassasiée ce soir-là. Elle s'arrêta devant l'IAM. Sais-tu comment les inventeurs connaissent les mots ? Comment savent-ils que le mot cheval existe et qu'il désigne une chose qui n'existe pas ? Comment savent-ils que ce sont des sortes d'humains ? Est-ce que l'on devrait ressentir quelque chose si quelqu'un battait un cheval à mort ?

William l'écoutait. Elle n'avait pas les réponses à ces questions. Elle ne savait pas non plus comment on construisait des Carole.

CRIME·ET·CHATIMENT·LIBRE·II
CAROLE·LIDELEV·ISLLOTVIDDGE
PAGE·31

LA·PREMIERE·PENSEE·DE·RASKO
LNIKOV·FVT·QV·IL·ETAIT·EN·T
RAIN·DE·REVER.·PVIS·IL·PENS
A·QVE·CE·SVIDRIGAILOV·IL·DE
VRAIT·LE·TVER·AVSSI.·C·ETAI
T·VNE·BRVTE·QVI·AVAIT·TVE·S
A·PROPRE·FEMME·VIOLE·VNE·FI
LLETTE·TVE·LE·PAVVRE·PETIT·
CHEVAL·ET·INSVLTE·DOVNIA.·S
A·PENSEE·ETAIT·BROVILLEE·IL
N·ETAIT·PLVS·SI·SVR·POVR·LE
PETIT·CHEVAL.·QVELLE·ABSVRD
ITE·TOVT·CELA·EST·IMPOSSIBL
E·FIT·IL·A·HAVTE·VOIX.·L·AV
TRE·NE·PARVT·NVLLEMENT·SVRP
RIS·QV·IL·S·EXCLAMA·AINSI.·
RODION·SE·DEMANDAIT·CE·QV·I
L·VENAIT·FAIRE·ICI·DANS·SA·
PROPRE·CHAMBRE.·ET·PVIS·EST
CE·QV·IL·ETAIT·VN·JVSTICIER
A·LA·FIN·POVR·VOVLOIR·TVER·
DES·ASSASSINS.·OV·ALORS·EST
CE·QVE·C·EST·L·AVTRE·QVI·ET
AIT·VENV·LE·CHERCHER.·QV·ES
T·CE·QV·IL·FAISAIT·ICI·CHEZ
LVI.·JE·SVIS·VENV·CHEZ·VOVS
POVR·DEVX·RAISONS·DIT·SVIDR

Richard Lécuyer

Le processus de reterraformation fut théorisé par le pacte pour le Second Anthropocène en 2222, mais il ne débuta en pratique que lorsque le dernier million d'humains fut atteint. 10 % des ressources de la planète lui furent initialement allouées sous la forme de machines et ressources confiées à Whamai. Ce taux crût jusqu'à 90 % en moins d'un siècle, puis fut stabilisé à 99 % lorsque les derniers milliers furent atteints. Le 1 % restant servait à l'entretien des havres et au Jeu de la Poïétique. La première étape fut la mise en place d'un réseau de machines productrices d'énergie à bilan positif, l'énergie solaire captée suffisant à la production et au transport de l'énergie ainsi qu'au recyclage des matériaux. Dès qu'un excédent net fut dégagé, la production de machines terraformatrices fut entamée. En 2766, l'optimum fut atteint. Au-delà, la pression sur les ressources terrestres n'était plus compensable et le processus eût été ralenti. Les machines commencèrent à replanter des végétaux aux pôles en 3074, puis à introduire des mammifères en 3913.
(*Testament*, par Carole Lidelev)

Ada restait à présent tout le temps chez Carole, et elle lui réclamait des histoires, des morceaux du libre. Elle disait avec une moue suppliante, Carole, donne-moi encore un morceau de libre.

— Il y a de nombreux passages que je ne comprends pas bien, tu sais, disait Ada. Mais il y a aussi des moments où il me semble que tout y est plus réel que dans notre monde. Que c'est cela qu'il aurait fallu vivre, plutôt que ce que nous vivons nous. Carole ?

Elle somnolait.

— Raconte encore l'histoire du petit cheval.

— Tu le connais par cœur Ada, ce passage, je te l'ai récité cent fois.

— Je sais. Raconte-le-moi encore.

— Tu vas encore pleurer.

— Je sais. Raconte encore.

Alors Carole racontait. L'histoire de cette vieille jument battue à mort par des hommes ivres, c'était le passage préféré d'Ada. Elle ne savait pas vraiment ce qu'était une jument, la scène restait pour elle assez étrangère, mais elle provoquait chez Ada une infinie tristesse, devant l'innocence de la pauvre créature massacrée sans raison. Ada le savait par cœur ce passage, pourtant chaque fois elle éprouvait la même sensation d'horreur et de révolte. Cela la faisait se sentir vivante, pensait Richard.

— Il y a tout le vide et en même temps toute la valeur de la vie dans cette histoire, n'est-ce pas ? Des créatures innocentes qui meurent sans raison, parce qu'on les bat ou parce que leur 27e année est arrivée. Parce que leur propriétaire en a décidé ainsi. J'aimerais bien pouvoir lui parler au proprio, moi, Carole, tu sais, lui dire d'arrêter de taper.

— Mais personne ne te tape, toi, Ada. Qu'est-ce qui te rend triste ?

— Je ne sais pas. Vieillir. Mourir. Que ces instants avec toi, là, ne durent pas toujours... Je crois que je veux un enfant.

Richard espérait qu'Ada réclamerait son enfant à l'IAM avant la fin de la partie. Il faudrait qu'elle dure encore assez longtemps pour le voir naître. Ou alors, il pourrait retarder un peu le début de sa prochaine partie... Il pourrait même ne pas la jouer du tout. Peut-être qu'il pourrait le prendre dans ses bras, cet enfant. Il n'avait jamais tenu un enfant dans ses bras. C'était étrange d'avoir 2000 ans et de n'avoir jamais tenu un enfant dans ses bras.

Carole avait fini de réciter, puis elle était sortie. Ada resta plusieurs heures étendue sur le lit. Immobile. Pourtant elle ne dormait pas. Ses lèvres bougeaient imperceptiblement.

▲
▲ ▲

Les âmes-libres de Richard étaient stériles. Cela ne modifiait que peu ses chances de victoire. Il avait été montré que la créativité trouvait un exutoire dans l'enfantement, et que s'en priver était donc plutôt favorable à une forme de sédimentation des pulsions créatrices. Mais à l'inverse, l'idée de la transmission, la perspective d'un héritage, était développée par le fait de disposer d'une forme de continuité au-delà de la mort, par le sang. Donc, à la fin, ça s'équilibrait plus ou moins. Il avait envisagé de doter ses âmes-libres d'une immortalité comparable à la sienne, mais ce paramètre, en revanche, était très significatif. Sans parler du fait qu'il n'était plus envisageable de repeupler intensivement la planète avec des humains, et qu'il devait bien développer de nouvelles âmes-libres à chaque partie. Et puis, cette immortalité, il n'était pas si sûr que soit si intéressant. Il commençait à trouver ça long.

▲
▲ ▲

Lexanderine Povchka sortit de chez lui et se dirigea vers la bibliothèque. Robertlovis lui emboîta le pas. Il le fit avec si peu de retenue, que l'autre eut l'impression qu'il allait lui casser la gueule. Robertlovis le nota, il sourit à cette idée. D'habitude, c'était sa propre gueule qu'il cassait. La tronche apeurée de Lexanderine Povchka, ça le changeait de la sienne dans le miroir. Comme il lui parlait souvent à sa gueule dans le miroir, pour l'engueuler, il décida de faire de même avec celle de Lexanderine Povchka.

— Hé ! Lexanderine Povchka !

Celui-ci ne le regarda pas.

— Tu t'arrêtes boire un verre avec moi ?

Il était si proche que Lexanderine Povchka ne pouvait plus feindre de l'ignorer.

— Non merci.

Tant mieux, avec cette crevure, même boire un verre, Roberlovis n'en avait pas envie.

— Trop tôt pour les braves, hein ? Ou je suis pas assez bien pour toi ? Bon. Je te suis alors, ça ne t'embête pas, hein ?

— Un peu si...

— Tant mieux !

Après quelques mètres, c'est Lexanderine Povchka qui rompit le silence.

— Qu'est-ce que... Carole Lidelev... qu'a-t-elle fait du libre ?

— Elle l'a bouffé !

— Elle...

— Elle l'a libéré. Elle l'a appris par cœur, comme une copiste. Et puis elle a bouffé les pages.

— Mangé ?

— Mangé. Une par une. Reste plus rien.

— C'était... enfin... il y avait quoi dedans ?

— Si je te le dis tu vas pleurer mon gars. Tu veux ? Une histoire complète. Un libre-ivre. Dégoûté, hein ? Et si tu l'emmerdes Carole, elle l'oublie aussi sec. Personne ne saura jamais ce qu'il renfermait. Et, en plus, moi je te pourris la vie. Chaque jour. Et Ada te bouffe les couilles.

— Qu'est-ce qui me prouve qu'elle connaît le libre par cœur ? Qu'est-ce qui me prouve que c'était bien un libre-ivre ?

— Je vais te dire, viens un soir. Viens l'écouter. Je te dirais quand. Tu sais déjà où.

▲
▲ ▲

Richard avait commencé à préparer la matrice de sa prochaine partie. Il y passait une heure ou deux chaque jour. Les âmes-libres initiales, leur patrimoine génétique, leurs connaissances de base. La génération d'une bibliothèque. Les programmes des IAM de chaque cité. Le réseau souterrain des machines. Pour l'essentiel il repartirait de la même base, on ne change pas une équipe qui gagne. Il apportait quelques corrections ici et là. Taux de naturels-actifs un peu trop faible. J'ai eu du bol que Lexanderine Povchka s'en soit pris à Carole. Faudrait durcir un peu tout ça. À force de trop les protéger, ça végète. Il le voyait bien, dans plusieurs cités, ça dormait, bien au chaud. Bien au chiant. Il sourit et ajouta encore un peu de sel, comme il disait. Demain, sûrement il en enlèverait, on ne se refait pas. Richard, c'était un gentil. Il avait chaque fois la tentation de réaliser un monde parfait. La première partie il s'était laissé embarquer. Mais ça n'avait pas fonctionné. Et puis ça veut dire quoi un monde parfait ? Parfait pour qui ? Un monde parfait, sûrement qu'il essaierait à nouveau quand le Jeu de la Poïétique lui plairait moins. Il hésitait entre miser sur les tragiques-passifs ou sur les créatifs-passifs. Au moins une partie. Il perdrait évidemment, mais tant pis, s'il en avait envie.

— Si je gagne celle-là, je le fais, à la prochaine je ne joue que pour le bonheur de mes âmes-libres.

Il prononça ces paroles à haute voix, comme un serment. Mais il n'y aurait personne d'autre que lui-même pour lui reprocher de ne pas s'y tenir.

▲▲▲

— Carole, choisis-lui un passage avec un méchant, demanda Ada, en regardant Lexanderine Povchka dans les yeux.

Il était resté assis sur une chaise, à l'écart. Son visage était fermé. Il avait peur de ce qu'il allait entendre. Il avait peur d'Ada. La petite semblait prête à lui fendre le crâne. Son regard vagabonda malgré lui dans la salle, à la recherche d'une arme qu'elle aurait pu saisir.

— Ouais, un bien pourri, compléta Robertlovis.

— Carole, raconte-lui le passage du petit cheval.

— J'ai mieux, répondit-elle. Voici ce qui m'inspire ce soir, pour honorer la présence de notre ami Lexanderine Povchka.

Carole ferma les yeux, posa sa respiration, et récita.

— Et maintenant regardez par ici. Ce beau monsieur avec lequel je voulais me battre tout à l'heure il m'est inconnu. Je le vois pour la première fois. Mais il l'a remarquée lui aussi tout à l'heure sur son chemin devant lui. Il a vu qu'elle était ivre inconsciente et il a terriblement envie de s'approcher d'elle de l'emmener dans cet état Dieu sait où. Je suis sûr de ne pas me tromper. Croyez bien que je ne me trompe pas. J'ai vu moi-même comment il l'épiait mais j'ai dérangé ses projets. Il n'attend maintenant que mon départ.

Lexanderine Povchka écouta, sans ciller. Sans faire mine de s'intéresser. Sans faire mine de s'offusquer non plus. Il écouta Carole réciter longuement, sans une seule fois se reprendre, sans écorcher un mot. Sans faire mine d'être impressionné, il dit simplement, quand elle se fut tue et eut ouvert les yeux.

— Qu'est-ce qui me prouve que ce sont bien les mots d'un libre ?

— Tu veux dire que Carole les aurait fabriqués ces mots ? demanda Ada incrédule, mais quel connard !

Carole fit une réponse plus fine.

— Est-ce que tu pourras jamais le savoir ? Ce passage fait forcément partie d'un libre, n'est-ce pas, de plusieurs, d'une infinité peut-être. Tu es d'accord ?

Il ne répondit pas.

— Donc mes mots sont forcément ceux d'un libre, et tu ne sauras jamais si c'est celui-là qui manque dans la salle 6561, n'est-ce pas ? Demande-toi ce que ça change, dans tous les cas, tu peux perdre le contenu d'un libre si je l'oublie.

— Votre chantage, hein ? Ce n'est plus un libre de toute façon, tu en as arraché les pages.

— Parce que tu en as perdu la peau tu penses en avoir perdu la chair ? Il est inscrit dans ma mémoire ce libre. Il était encore il y a quelques instants inscrit dans l'air qui nous entoure. Écoute, tu peux encore en sentir les vibrations dans ton corps, sur ta peau. C'est à présent un libre-voix.

▲
▲ ▲

Richard dotait ses âmes-libres de 27 années de vie, en fait entre 27 et 28 années moins un jour. Ainsi l'avait-il programmé. Certaines décédaient avant par accident, mais c'était rarissime dans les cités protégées qu'il avait créées. Avec l'allongement de la durée de vie, au XXIIe siècle, de nombreuses recherches avaient été menées. Un principe très intéressant, qui n'avait pas été réfuté, malgré de nombreuses tentatives, était la conservation de la quantité de vitalité. Henri Hermann, qui le premier avait publié ses résultats sur ce thème avait titré son article : « Le temps ne fait rien à l'affaire ». La quantité de vitalité par humain – c'est ainsi qu'il nommait la quantité de ce qui était réalisé dans une vie – était constante quelle que soit la durée de la vie. Plus un individu vivait vieux, plus le temps s'accélérait de son point de vue, faisant passer les années pour des mois, voire des semaines, et moins il était acteur dans le monde, moins il faisait de choses. Il gaspillait plus de temps à des actes sans autre intérêt que de faire passer le temps, actes dont il ne ressentait que des plaisirs mineurs et immédiats et qui ne lui laissaient aucun souvenir, aucune trace.

Hermann et ses équipes avaient ensuite montré qu'un niveau de maturité minimum était néanmoins nécessaire et donc qu'il y avait une durée de vie minimale pour exprimer la valeur de vitalité constante. Les mesures la plaçaient entre 15 et 25 ans, selon les époques. En revanche, que la durée de vie d'un individu soit de 30 ans ou de 200 ans, ce qui devenait un âge commun à cette époque, la quantité de vitalité était la même. Hermann avait prévu qu'elle resterait constante même si les humains venaient à vivre plus de 1000 ans. Plus personne ne faisait ce genre de recherche maintenant que les humains atteignaient effectivement le millénaire, aussi sa thèse n'avait-elle pas été confirmée. Mais elle n'était pas invalidée non plus, et Richard pensait que le fait que personne ne se donne la peine de poursuivre ces recherches, que toute activité de recherche ait été abandonnée d'ailleurs, tendait à lui donner raison. La vie infinie, c'était la suspension infinie de la vitalité. Ça c'est de moi.

▲
▲ ▲

— Ada, tu viens avec moi dormir dans le jardin, il y fait un peu plus frais, et c'est beau de lire les étoiles entre les branches des palmiers. Bob, tu veux venir ?

— Moi tu sais les jardins, c'est pas mon truc.

— C'est quoi ton truc Bob ? taquina Ada.

— Ouais...

Tandis qu'elles étaient allongées, Ada demanda à Carole :

— Comment crois-tu qu'ils sont, les êtres qui jouent avec nous ? Tu dis tout le temps qu'on est comme dans un jeu.

— Je ne sais pas.

— Ils doivent être immortels. C'est triste de mourir à 27 ans. Ils nous ont créées ?

— Oui, je pense, ils ont créé le monde et nous avec.

— Ce sont des êtres parfaits selon toi ?

— Je ne sais pas.

— Moi, je ne crois pas qu'ils soient parfaits, sinon ils auraient créé un monde moins pénible.

— Il l'est tant que ça ?

— Oui, à cause du petit cheval battu à mort.

— Mais, ça c'est seulement dans le libre, Ada.

— Il faudrait un monde sans l'idée même d'une créature que l'on peut battre à mort.

— Tu es mélancolique ce soir.

— Peut-être, à cause de la vie qui va s'arrêter alors qu'on a encore tant de choses à faire. Tu as ton libre à créer, toi. Moi aussi, j'aimerais bien faire des choses. Il faudrait un monde sans la mort.

— Pourtant je crois que si l'on avait aucune de ces idées, aucun de ces défauts, ça n'irait pas. On ne saurait pas vivre dans un monde parfait. On ne l'apprécierait pas. Ce sont toutes les petites douleurs qui rendent possible le bonheur.

— Tu crois que nous avons besoin de souffrir pour aimer être ainsi, heureuses sous les étoiles ?

— Peut-être, au moins un peu.

— Ça ne suffirait pas de le vouloir, alors ?

Elles firent l'amour à nouveau.

Richard les regardait et trouvait ça beau. Il se sentait seul. Ça faisait longtemps qu'il ne s'était pas senti seul. Décidément elles le faisaient vivre. Elle avait raison Carole, ces petites douleurs étaient essentielles.

Revel Khol les trouva au matin, encore enlacées, sous le soleil déjà chaud. Ada s'éclipsa rapidement, elle éprouvait un sentiment inconnu en sa présence. Comme si elle devait regretter qu'il lui prenne des instants de Carole. C'était une sensation désagréable. Peut-être de celles dont parlait Carole, qui rendent finalement le bonheur possible.

▲
▲ ▲

Richard se rappelait également un autre article célèbre de Hermann, publié celui-ci dans un journal satirique. À la question qu'on lui posait alors, si la durée de vie ne faisait rien à l'affaire, pourquoi les hommes continuaient-ils à la prolonger ? C'est comme pour la taille du sexe masculin, avait-il répondu, même si vous admettez que la taille ne fait rien à la qualité du rapport sexuel, vous préférez tout de même en avoir une plus grosse.

⁂

Richard, tu devrais regarder, c'est à propos d'Ada. Son IAM l'interpellait pendant l'un de ses bains. La place de Romanka vint se poser par-dessus l'océan qu'il admirait en silence. Il vit Ada monter sur la scène. La foule l'engueula. Qu'est-ce qu'elle fait celle-là, elle monte sur scène ? C'est pas son tour. Hé toi !

Dès les premiers mots qu'elle déclama, Ada eut les larmes aux yeux.

— Papa petit père, crie Rodia, petit père que font-ils ? Ils battent le pauvre petit cheval. Allons, viens, viens, dit le père.

Ce n'est même pas une enlumineuse. Ce n'est pas celle qui est bizarre ? Si, je la reconnais, c'est cette fille qu'on peut surprendre à fabriquer des lettres par terre.

Ada n'écoutait pas les dilettantes qui s'étaient approchés, elle poursuivait avec rage :

— Fouettez-la sur le museau, dans les yeux, en plein dans les yeux, vocifère Mikolka.

C'est quoi ce libre ? Elle n'a pas dit le titre ni l'autre ? Je n'ai pas entendu. Je ne crois pas... Est-ce le colporteur qui lui a appris cela ? C'est un long texte, les colporteurs n'en apprennent pas tant. Et ce Nadire, quand il est venu, il n'a pas parlé de ce libre ? Hé ! Toi ! C'est quoi ton libre ? Mais Ada ne répondait pas. On entendit à la place des « tais-toi, écoute » qui prenaient sa défense. Elle les avait captivés, à présent.

— Rodia s'approche du petit cheval, il s'avance devant lui, il le voit frappé sur les yeux, oui sur les yeux ! Il pleure. Son cœur se gonfle, ses larmes coulent.

Les larmes d'Ada aussi coulaient. Et nombreux étaient ceux dans le public qui les sentaient aussi, ces larmes qui leur montaient aux yeux. C'est beau tout de même. C'est triste.

— Elle est à moi, hurle Mikolka, il frappe la bête à bras raccourcis. On entend un fracas sec.

Elle est belle cette fille. Elle récite bien. C'est quoi déjà ce libre ? Carole et Bob se tenaient en peu en retrait, ils la regardaient avec admiration. Ada leur avait dit, venez sur la place, dans une heure, je vous ferai une surprise. C'était une belle surprise.

— Achevons-la, hurle Mikolka

Quel salaud ce Mikolka ! Le pauvre petit cheval. Est-ce que tu sais ce que c'est toi un cheval ? Non, mais tu crois que ça peut mériter d'être ainsi battu ?

— Et pourquoi ne voulait-elle pas galoper ?

Ada prononça ces derniers mots, descendit de l'estrade et s'en alla comme elle était venue.

La vision de Richard était brouillée dans son casque. Il pleurait. C'était sublime. Il ne se souvenait pas quand il avait pleuré pour la dernière fois, c'était il y a plusieurs centaines d'années. Merci Ada.

▲▲▲

Richard avait établi que la durée de 27 ans était optimale pour que le potentiel de vitalité puisse pleinement s'exprimer tout en ayant un renouvellement générationnel important. Il avait bien étudié le sujet, le fait que les âmes-libres connaissent la durée de leur vie permettait d'optimiser leur expression vitaliste. Il fallait néanmoins maintenir un peu d'incertitude à la fin, un parfait déterminisme risquait de détruire tout élan vital. Celui qui savait exactement quel jour il allait mourir cessait d'agir, abattu d'avance en quelque sorte. Mais il suffisait d'une faible indétermination pour qu'un sentiment de liberté prenne la place de ce désespoir. Étonnante machinerie.

▲▲▲

Ce soir-là, Carole choisit ses lettres et forma des mots. Ce n'était plus le hasard qui la guidait. Sa 31e page commençait ainsi :

```
LA·PREMIERE·PENSEE·DE·RASKO
LNIKOV·FVT·QV·IL·ETAIT·EN·T
RAIN·DE·REVER.
```

Comme Carole réclamait les lettres bien plus vite qu'Ada n'était en mesure de les fabriquer, Robertlovis avait été autorisé à aider finalement. Mais ça ne suffisait pas non plus.

— Carole, faisons une pause, avait demandé Ada, redis-nous les passages où ça parle de fabriquer des lettres. D'écrire.

— Je ne sais plus moi, pourquoi ?

— Si, souviens-toi, tu avais dit prendre la plume, je crois, tu avais dit écrire une réponse, comment il fait Rodion pour écrire ?

— Ce n'est pas expliqué... je ne sais pas.

— Répète-moi les passages où ça parle d'écrire.

— Je comprends ton idée, Ada, mais ce n'est pas expliqué, je te dis...

— Allez, répète, tu verras !

▲▲▲

[Adagavsta] Je veux des choses pour écrire.
[IAM] Écrire? De quelles choses parles-tu?
[Adagavsta] Plumes. Papier. Secrétaire. Dictée. Roubles. Éditeur. Traduction. Mariage. Juridique. Enveloppe. Journal. Paon. Article. Université. Bureau. Encre.

Richard rit en visionnant cette séquence. Il imaginait la gueule de l'IAM, si elle avait eu une gueule. Ça faisait si longtemps qu'il n'avait pas ri. Quelle maline cette Ada. Elle essayait les mots qu'elle ne connaissait pas et qui semblaient liés à l'écriture dans le CRIME·ET·CHATIMENT. C'est ainsi le libre lui-même qui livrait le secret de l'écriture. Richard rit encore en regardant l'IAM programmer la production d'un rouble et d'une enveloppe, en l'écoutant expliquer à Ada ce qu'était un mariage et ce que signifiait juridique. Il voyait bien qu'Ada s'en foutait, elle voulait juste de quoi écrire, mais elle écoutait patiemment, sans rien dire, comme si elle se rendait compte que l'IAM galérait à donner ses explications et que ça l'amusait aussi.

▲
▲ ▲

À présent, le soir, Ada ne confectionnait plus de lettres avec de la pâte, elle montrait à Carole comment écrire avec une tige de bois taillée en pointe et de l'encre donnée par l'IAM. En revanche, Carole voulait toujours écrire sur des vraies pages de libres qu'elle continuait de voler. Les feuilles que l'IAM donnait à Ada lui semblaient factices, disait-elle, mais surtout, Richard le savait, elle voulait retourner dans la bibliothèque pour y retrouver le vertige qui la prenait chaque fois quand elle coupait une page.

Ainsi, la main de Carole tenait l'outil et la main d'Ada tenait la main de Carole. Carole dictait, Ada guidait. Les tracés étaient encore maladroits, aussi Ada prenait parfois la tige pour les rectifier un peu. Elles continuaient ainsi l'histoire de Raskolnikov.

Et tandis que Carole écrivait le CRIME·ET·CHATIMENT·LIBRE·II, Ada passait le plus clair du temps qu'il lui restait à recopier le CRIME·ET·CHATIMENT·LIBRE·VN depuis la mémoire de Carole. Elle lui demandait de réciter et, c'était son tour à présent, elle copiait. Elle refaisait un nouveau libre avec le libre-voix. Un libre-copie. Robertovis était à côté d'elle, il l'aidait parfois quand elle n'était pas sûre. En général, il ne s'en souvenait pas mieux, alors il se levait et il allait demander à Carole.

CRIME·ET·CHATIMENT·LIBRE·II
CAROLE·LIDELEV·ISLLOTVIDDGE
PAGE·92

NOVS·DEVRONS·PROTEGER·DOVNI
A·DE·SVIDRIGAILOV·DIT·RASKO
LNIKOV·A·RASOVMIKHINE.·LA·P
ROTEGER·MAIS·QVE·VEVT·IL·LV
I·FAIRE.·ENFIN·NOVS·LA·PROT
EGERONS·SOIS·TRANQVILLE.·DO
NC·TV·L·AS·VV·DEMANDA·RASKO
LNIKOV·APRES·VN·SILENCE.·OV
I·JE·L·AI·PARFAITEMENT·EXAM
INE.·NON·MAIS·L·AS·TV·BIEN·
VV·ENFIN·VV·REELLEMENT·INSI
STA·RASKOLNIKOV·CE·N·ETAIT·
DONC·PAS·VNE·ILLVSION.·VNE·
ILLVSION.·VOILA·VOVS·PRETEN
DEZ·TOVS·CONTINVA·RASKOLNIK
OV·LA·BOVCHE·TORDVE·PAR·VN·
SOVRIRE·QVE·JE·SVIS·DEVENV·
FOV·ET·IL·M·A·SEMBLE·QVE·J·
AI·PEVT·ETRE·PERDV·LA·RAISO
N·EN·EFFET·ET·N·AI·VV·QV·VN
SPECTRE·PEVT·ETRE·QVE·RIEN·
N·EST·ARRIVE·PEVT·ETRE·QVE·
NOVS·NE·SOMMES·QVE·LES·JOVE
TS·D·ETRES·SVPERIEVRS·DES·P
IECES·SVR·VN·JEV·D·ECHEC.·R
ODIA·ON·T·A·ENCORE·TROVBLE·
L·ESPRIT.·PEVT·ETRE·QVE·RIE

Revel Khol

Revel Khol s'intéressait surtout au cours de sa propre pensée ainsi qu'à la façon dont vivaient les autres. À 17 ans, il rencontra Carole Lidelev Isllotviddge pour la première fois. Il l'étudia discrètement pendant un an, puis la convia au jardin. Elle prit l'habitude d'y revenir régulièrement et ils devinrent proches. Après le départ de Carole Lidelev il devint mineur puis, les dernières années de sa vie, il quitta à nouveau Romanka. Il colportait des fragments du CRIME·ET·CHATIMENT·LIBRE·VN, un libre qu'il n'avait jamais vu, mais dont Adagavsta Annabellamilbanke lui avait récité des passages, qu'elle-même avait appris des récitations de Carole Lidelev. Il racontait surtout le passage du petit cheval. Il parcourut de nombreuses cités, s'arrêtant peu de temps dans chacune d'elles. Il ne revit jamais Carole Lidelev et mourut à l'âge de 27 ans dans la cité de Marqvez.
(*Testament*, par Carole Lidelev)

Lexanderine Povchka avait les yeux grands ouverts, ils semblaient prêts à sortir de leur orbite. Personne n'avait pensé à les lui fermer. Personne n'avait l'expérience d'une telle situation. Son front et sa figure étaient ridés, son visage était altéré, il devait avoir été pris de convulsions au moment de sa mort. Il ne se ressemblait plus. Le sang avait jailli à flot de deux larges entailles à la tempe, ce qui avait formé une mare brune sur le sol. Son corps s'était écroulé par terre dans une position surprenante, presque comique, avait commenté un des copistes. Son bras droit formait une pliure invraisemblable. Celui-ci avait certainement reçu le premier coup quand il s'en était servi pour tenter de se protéger. Sa jambe gauche s'était brisée sous l'effet de la chute, au niveau du genou. Lexanderine Povchka était vieux et ses os n'étaient plus très solides.

Malgré le crâne fracassé et le corps disloqué, on ne pouvait s'empêcher de penser, quand on le regardait, qu'il n'était peut-être pas mort. Est-il vraiment mort, demanda-t-on, je veux dire, en est-on certain ? Absolument ?

La petite chambre renfermait un lit simple. Les draps étaient froissés, et des traces rouges et brunes laissaient entendre que quelqu'un y avait essuyé ses mains ensanglantées. Quelqu'un avait frappé Lexanderine Povchka, à deux ou trois reprises, avec une hache, ou un fin marteau, peut-être une pierre un peu aiguisée, puis il s'était enfui, après avoir, certainement, séché ses mains, et peut-être son arme, sur les draps. En dehors du corps et du sang, le reste de la pièce semblait intact. On ne pouvait deviner ce qui s'était passé ici, ce qui avait déclenché le drame. Qui a bien pu faire cela ? Et pourquoi ? Une jeune sourcière que Lexanderine Povchka formait depuis peu avait découvert le corps. Elle n'avait su quoi faire, aussi avait-elle hélé un enfant et lui avait commandé d'appeler les copistes et libérateurs dont elle avait les noms en tête. Ceux-ci n'avaient pas mieux su quoi faire et on avait appelé d'autres hommes et d'autres femmes, si bien que la petite maison était encombrée autant que possible, qu'une masse s'était constituée au-dehors, et qu'un horrible brouhaha couvrait les paroles de qui s'essayait à proposer quelque chose.

À présent, pourtant, on s'organisait un peu, un sourcier s'attachait à mémoriser la scène, on lui avait demandé de le faire, sans exactement savoir à quelle fin. Qui pouvait en vouloir à ce point à ce pauvre Lexanderine Povchka ? Il y a tout de même plusieurs personnes qu'il a humiliées, répondit-on, mais de là à faire cela. Un enlumineur apprenait par cœur le récit de la jeune sourcière. Il peinait à mémoriser pour la première fois des mots qui n'étaient pas issus d'un libre. Un libérateur le regardait faire avec circonspection. C'est un acte si étrange !

Est-ce que l'un d'entre nous connaît un libre qui traite de cela, qui relate un meurtre ? demandait un copiste. Cela doit bien exister, oui... Appelons tous les copistes, quelques enlumineurs, qu'ils récitent ! Et dans les autres cités ? Est-ce qu'on peut mandater des colporteurs ? Nous pourrions aussi demander aux mineurs de chercher des libres qui parlent de ce sujet. Est-ce qu'on peut commander aux mineurs de chercher des mots spécifiques ? Cela pourrait nous aider... Il faut que tout le monde s'attelle. Combien de temps mettront-ils à trouver quelque chose ? Ne devrions-nous pas agir avant ? Je suis d'accord ! Agissons...

— Croyez-vous que d'autres choses comme celle-ci, comme ce crime, qui ne semblait jusqu'ici exister que dans les libres, puissent exister dans la réalité ? Comme de la glace ? des voitures ? des animaux ? demanda un curieux.

— Il faudrait trouver un libre qui explique pourquoi le monde est comme il est et comment il pourrait être autrement, répondit un autre.

Ils ne connaissaient que la bibliothèque. Le meurtre, c'était quelque chose que l'on pouvait rencontrer dans un libre, c'était assurément un mot-vrai, mais que cela existât réellement, c'était autre chose.

— Qui a pu faire une chose pareille ?

— Que fait-on pour ce pauvre Lexanderine Povchka ? Est-ce qu'on ne va pas le remettre sur son lit ?

Revel était assis sur un petit tabouret, sa longue et mince silhouette adossée au mur ressemblait à une ombre. Il observait la scène qui se jouait devant lui comme il l'aurait fait d'une représentation d'enlumineurs. Tandis que les autres étaient désemparés, il sentait de son côté la matière d'un jeu nouveau qui était né dans la cité, et il commençait à se prendre d'intérêt pour celui-ci. Il repensait à Ada et à ses lettres. Il repensait à Carole qui avait pris l'habitude de le visiter plusieurs fois par semaine depuis un an. Elle lui posait des questions surprenantes. Elles avaient souvent trait à un monde étrange, une ville qui semblait immense, des personnages qui se livraient à des activités qu'il ne connaissait pas, ou qui n'existaient que dans les libres, un monde où il faisait froid. Cette ville, Carole ne la rêvait pas, d'ailleurs ces récits étaient bien trop détaillés, trop cohérents pour être issus de ses rêves. Revel avait longtemps soupçonné que Carole avait connaissance d'un libre qui aurait raconté tout cela, et qu'elle se jouait de lui. Mais il n'avait pas trouvé trace de ce libre et il avait fini par laisser de côté cette hypothèse. Je l'imagine ce monde, disait-elle, il existe dans mon esprit. Il n'avait pas compris en quoi cela était utile d'imaginer un autre monde. Mais après tout, s'était-il dit, est-ce que ce monde dans lequel je vis n'a pas été lui aussi imaginé ? Il lui avait demandé si elle cherchait à éclaircir un mystère ou à cacher un secret. Elle avait répondu que c'était juste un jeu. Il avait accepté son jeu. Il s'y amusait.

À présent il pensait que quelque chose se tramait dans la cité. Il se souvenait qu'elle lui avait demandé : tu sais toi, ce qu'est un étudiant ? Elle avait dit qu'elle connaissait un étudiant, qu'il écrivait des pages entières, qu'on pourrait écrire des libres entiers si on le voulait. Il avait répondu que les libres n'étaient pas faits pour être imaginés, encore moins écrits, qu'ils étaient faits pour être lus. Il y croyait de moins en moins, il pensait qu'il y avait peut-être quelque part des étudiants qui écrivaient des libres. Que peut-être ils avaient écrit tous les libres de la bibliothèque et que Carole l'avait découvert. Elle avait dit que son étudiant était malheureux, elle racontait son désespoir avec un réalisme poignant. Revel en avait été gêné, tant ces sentiments funestes lui étaient étrangers. Ils étaient malsains. Ils le fascinaient.

Elle lui avait conté que son étudiant imaginaire avait commis un assassinat. Elle lui avait demandé si quelqu'un avait déjà volontairement tué une autre personne, ici à Romanka. Revel n'avait su quoi répondre, il n'avait pas compris le sens que pouvait revêtir une telle question. Elle lui avait dit que son étudiant pensait à tuer des gens, mais qu'elle avait du mal à comprendre pourquoi. Il avait dû afficher, alors, la même expression que celle que l'on faisait à présent devant le corps affalé de Lexanderine Povchka.

C'était cela qui faisait rire silencieusement Revel. À présent il avait compris. Il savait qui était l'étudiant de Carole. Il avait percé son mystère.

Il se leva.

— Je le sais bien moi qui a fait cela.

Il quitta la chaleur de la petite pièce que l'activité désordonnée des uns et des autres avait rendue étouffante avant que personne ne pensât à lui poser de questions.

▲
▲ ▲

Revel était devant la petite porte de la maison de Robertlovis depuis dix minutes. Les coups frappés contre sa porte auraient dû le réveiller depuis longtemps. Revel entendit finalement, faiblement, allez tous vous faire foutre. Il frappa et appela encore.

— Robertlovis, il adviendra ce qu'il adviendra, j'entre, clama Revel de sa voix théâtrale.

Revel poussa la porte. Roberlovis ne bougea pas lorsque celui-ci pénétra chez lui. Il était nu sur la banquette qui lui servait de lit, couché sur le ventre, un bras pendant jusqu'au sol, non loin d'une bouteille couchée.

— Je formule l'hypothèse que tu as tué Lexanderine Povchka, formula Revel.

Robertlovis ouvrit enfin un œil et releva un peu une tête qui paraissait peser fort lourd. Il sembla chercher qui avait parlé. Revel ne savait pas s'il l'avait seulement reconnu.

— Tu viens me faire chier jusque dans mon pieu pour formuler des hypothèses ? Retourne les formuler sur ta colline, hein.

Il avait parlé d'une voix pâteuse et étouffée par la banquette. Revel n'avait pas compris. Il était un peu décontenancé.

— Je... Lexanderine Povchka a été tué.

— Je m'en fous. C'était un connard. C'est le matin. Casse-toi.

— Mais je... C'est que Lexanderine Povchka a été retrouvé assassiné chez lui... On lui a brisé le crâne... Et donc, je... formule l'hypothèse que tu as tué Lexanderine Povchka, répéta-t-il d'une voix moins assurée.

Robertlovis referma les yeux.

— Le nies-tu ?

— Je ne nie rien, je pionce.

— Tu as donc tué Lexanderine Povchka !

Robertlovis ne répondit pas.

— On t'a vu le suivre depuis plusieurs semaines.

— Qui me suivait ?

— Toi ? Personne, mais...

— Tu m'as vu toi ?

— Non, mais... Mais à la fin, avoue que tu l'as tué ! Avoue ! Revel s'emballait à nouveau, cette situation l'effrayait un peu, mais en même temps elle l'excitait.

— Si j'avoue, tu me laisses peinard ?

Revel afficha une expression cruelle.

— Certainement pas. C'est très grave ce que tu as fait... nous allons te châtier pour cela. Tu devras souffrir comme le pauvre Lexanderine Povchka a dû souffrir. Ce sera juste. Il prononça ces mots avec violence, s'en étonna lui-même et répéta, ce sera juste ! Exalté, il poursuivit, je me demande si tu étais seul, on t'a peut-être aidé... la petite Adagavsta, c'est une personne étrange... étais-tu seul ?

Robertlovis s'assit péniblement sur le lit. Il était complètement nu. Il cherchait des yeux quelque chose. Revel pensa qu'il cherchait le drap pour se couvrir et s'apprêtait à le lui porter, mais Robertlovis ramassa la bouteille. Il la porta à ses lèvres et la laissa choir à nouveau quand il vit qu'elle était vide. Revel entrouvrit la bouche prêt à revenir à la charge, il était debout devant le lit. Mais Robertlovis leva les yeux et parla le premier.

— C'est toi que je vais buter.

Revel pâlit.

— Lexanderine Povchka, il m'a cassé les couilles, et tu vois bien, je lui ai cassé la tête. Toi aussi tu es en train de me casser les couilles.

Revel gardait le silence, paralysé.

— T'es venu ici tout seul ? demanda encore Robertlovis.

Robertlovis le regarda longuement et fixement. Revel jeta un regard à la porte. Un sourire perça sur le visage de Robertlovis. Revel parvint à prendre la fuite.

▲
▲ ▲

Revel haranguait un large groupe qu'il avait réuni sur la place. Il avait revêtu sa plus belle tunique, il faisait de grands gestes qui faisaient virevolter ses tresses. Vous comprenez qu'on ne peut pas le laisser aller ? C'est un danger pour chacun. Il déclamait les longs monologues dont il avait le secret. Les autres le regardaient, circonspects. Il est nécessaire de punir ! Vous le comprenez, n'est-ce pas ? Sans une réaction vigoureuse de notre cité, il récidivera, puis d'autres feront la même chose, et nous vivrons dans un monde de peur, de drames et de larmes.

— Pourquoi penses-tu que d'autres feront la même chose ?

— Parce que c'est possible !

— Mais avant on ne punissait pas et pourtant personne ne le faisait.

— C'était avant. Vous ne comprenez pas que rien ne sera plus comme avant ? L'idée du meurtre n'existait pas, donc celui-ci n'existait pas non plus. Rien n'existe avant l'idée.

— Ou peut-être au contraire qu'il y a un monde des idées où tout préexiste...

Revel était pris à son propre jeu, aussi il conclut d'une voix emphatique : Robertlovis a changé notre monde par son crime, et il doit pour cela subir un châtiment.

Personne ne semblait vraiment convaincu, certains étaient néanmoins curieux, et une certaine forme de fascination les gagnait petit à petit. On convenait de l'horreur, mais après tout personne n'était vraiment concerné, il ne leur manquerait pas Lexanderine Povchka. On comprenait le point de Revel, Robertlovis avait fait quelque chose de mal, mais il n'était pas évident qu'il faille également faire quelque chose de mal en retour. S'agissait-il d'annuler un mal par un autre ? Les guérisseurs quand tu te foules une cheville, ils posent un cataplasme, ils te mettent pas une tarte dans la tronche, avait commenté un bricoleur que Revel connaissait.

— À quoi penses-tu ? demanda une éleveuse que les propos de Revel semblaient intéresser.

— Ce serait juste de lui faire subir ce qu'il a fait subir.

— Tu veux lui mettre un coup de hache ?

— Pas moi...

— Qui alors ?

— On pourrait tirer au sort.

— Mais est-ce qu'il faudra aussi hacher celui-ci puisqu'il aura tué à son tour Robertlovis ? J'ai peur que ton histoire ne finisse mal.

C'était un autre libérateur, qui ne put retenir un sourire de satisfaction devant la clarté de son raisonnement. À présent l'ambiance était presque à la détente, chacun y allait de son idée farfelue ou de son bon mot. On le bastonne ! On le bannit ! On le badigeonne de sève ! On le balance d'un arbre ! Revel se défendait, faisant front à la fois aux objections légitimes, aux incompréhensions, aux peurs, et à présent aux sarcasmes.

— Non, dit-il, c'est différent si nous désignons quelqu'un pour exécuter notre punition, alors celui-ci ne sera coupable de rien.

— Et si, pour cette fois, on ne faisait rien, on verra bien s'il le refait ?

— Espère que ce n'est pas sur toi que ça tombera !

— On pourrait l'enfermer sinon, pour l'empêcher de le refaire.

— Et si c'est un autre qui veut le refaire, comme a dit Revel, tu y as pensé ?

Le climat revenait au sérieux et à la peur.

— On a qu'à enfermer tout le monde dans ce cas.

C'était à nouveau le libérateur sarcastique. Les commentaires continuaient de fuser sur la place où près de la moitié de la cité était à présent réunie.

— Est-ce que quelqu'un a pensé que ce n'était peut-être pas lui ? Dans ce cas, si on le punit et qu'on s'en rend compte après... ou même si on ne s'en rend jamais compte...

Revel était pleinement satisfait de la tournure que tout cela prenait. Que l'on punisse ou pas Robertlovis n'avait pas d'importance, ce qui l'intéressait c'était les belles controverses comme celles-ci. Il se surprenait aussi à souhaiter que le monde change un peu. Il se préparait à alimenter la conversation pour le reste de la journée, comme on alimente raisonnablement un feu.

— De quoi ça cause ici ? On est pas invité ?

Robertlovis était arrivé sur la place.

N·N·EST·ARRIVE·VRAIMENT.·RA
SKOLNIKOV·REPETA·ENCORE·QVE
PEVT·ETRE·RIEN·N·ETAIT·ARRI
VE.·ET·PVIS·DIT·RASOVMIKHIN
E.·DE·QVOI·NOVS·PREOCCVPONS
NOVS.·SI·TV·ETAIS·MENACE·D·
VN·DANGER·JE·COMPRENDRAIS·M
AIS·QV·AS·TV·A·CRAINDRE·EN·
L·OCCASION.·TV·N·Y·ES·POVR·
RIEN·ET·PAR·CONSEQVENT·TV·T
E·MOQVES·D·EVX.·ON·SE·MOQVE
BIEN·D·EVX.·ILS·AVRONT·HONT
E·DE·S·ETRE·SI·GROSSIEREMEN
T·TROMPES.·TOI·VN·ASSASSIN.
QVELLE·BLAGVE.·C·EST·JVSTE·
FIT·RASKOLNIKOV.·MAIS·QVE·D
IRAS·TV·DEMAIN.·PENSA·T·IL.
CHOSE·ETRANGE·L·IDEE·NE·M·E
ST·JAMAIS·VENVE·DE·ME·DEMAN
DER·CE·QV·ILS·DIRONT·QVAND·
ILS·APPRENDRONT.·A·CETTE·PE
NSEE·IL·REGARDA·FIXEMENT·SO
N·AMI.·QVE·VONT·ILS·PENSER·
DE·MOI.·IL·SAVAIT·QVE·TOVT·
CA·ETAIT·BIEN·ARRIVE·A·LA·F
IN.·IL·ETAIT·PEVT·ETRE·FOV·
MAIS·C·ETAIT·ARRIVE.·DANS·L

William

William Morrison fréquentait assidûment les casinos et les tournois internationaux de poker. Quand les regroupements entre humains se raréfièrent trop pour ces activités, c'est le Jeu de la Poïétique qui l'occupa, jusqu'à sa mort en 3734. Durant la période de vie de William Morrison, à l'instar des autres IAM individuelles, William assura le fonctionnement du havre de William Morrison en Antarctique. Elle gérait les robots de maintenance des espaces de vie en surface, les robots souterrains chargés de produire et recycler la nourriture, l'eau, les drogues, les objets, les âmes-libres, les champs solaires, le réseau d'alimentation énergétique, les calculateurs. Elle gérait la coordination avec les autres IAM et avec Whamai. Une partie significative de son activité fut également consacrée au Jeu de la Poïétique jusqu'en 4010.
(*Testament*, par Carole Lidelev)

L'irruption de Robertlovis décontenança Revel Khol. Il avait peur. Ses indicateurs vitaux révélaient simultanément une forme d'excitation. La perturbation introduite dans son monde par l'assassinat de Lexanderine Povchka exerçait sur lui de la satisfaction. Hypothèse : Revel Khol a appris à apprécier l'idée de ce qui est nouveau au contact de Carole et Adagavsta. William avait peut-être sous-estimé l'importance de Revel. Elle visionna toutes les scènes impliquant des libérateurs dans chaque cité de Richard sur l'ensemble des parties jouées depuis le début du Jeu de la Poïétique. Elle les compara à toutes celles de tous les autres joueurs. La combinatoire était vertigineuse. Les données dansaient.

— Je connais quelqu'un... c'est un étudiant... c'est une sorte de libérateur... il écrit des pages, tentait d'expliquer Carole à Revel.

— Un étudiant ? Il écrit ?

— Oui, ses idées il ne les dit pas seulement, comme les libérateurs le font ici, il les écrit. Comme fait Ada... tu sais bien.

— Qui est-ce ? Je crois que je le saurais...

— Il s'appelle Raskolnikov. Tu ne le connais pas, il n'est pas au jardin.

— Un libérateur qui n'est pas au jardin. Et qui écrit... Tu me racontes une histoire bien étrange Carole. Est-ce que tu es en train de te divertir de moi ?

— Qu'est-ce que tu en penses ? Tu n'as jamais eu envie toi aussi, d'écrire tes discours ?

— Mais non, voyons ! Quelle méchante idée. Les pensées sont faites pour être contées.

— Mais pourquoi ?

— Je ne sais pas, c'est ainsi. Les libres ne sont pas faits pour être écrits, ils sont faits pour être lus ! Tu ne vois pas qu'un discours est vivant, alors que les mots d'un libre sont comme endormis ?

— Imaginons que tu écrives tes mots, des mots-dormants, ensuite tu pourrais les lire et les réveiller, non ?

— Pour quoi faire ? C'est inutile !

— Pour ne pas les oublier.

— Au contraire, ça ne produira que l'oubli dans l'esprit de ceux qui apprennent, en leur faisant négliger la mémoire. En effet, ils laisseront à ces caractères étrangers le soin de leur rappeler ce qu'ils auront confié à l'écriture, et n'en garderont eux-mêmes aucun souvenir.

— Elle est belle cette phrase. Tu devrais l'écrire.

— Elle l'est déjà.

— Tout a été déjà été écrit, c'est cela ?

— En effet.

— C'est dommage, concluait Carole.

William rejouait en boucle cette scène qui datait de quelques semaines. Elle faisait partie de celles qu'elle avait sélectionnées. Cela lui permettait d'étudier chacun des paramètres qu'avait fixés Richard lors de la création de son monde 212 ans auparavant. Comme chacun des autres joueurs, il avait dessiné chacune de ses cités et chaque bâtiment de chaque cité. Il avait conçu les âmes-libres de première génération. Il avait programmé la genèse de sa bibliothèque et de ses libres. La mise en place avait pris une année. Une fois leur monde créé, les joueurs n'en étaient plus que spectateurs. Ils en observaient les évolutions et pariaient sur la première âme-libre qui parviendrait à créer un libre-ivre. William avait procédé ainsi, comme si elle était une joueuse humaine. Elle avait procédé comme aurait fait William Morrison. Elle respectait parfaitement les règles et n'intervenait pas dans l'évolution de ses âmes-libres.

— Est-ce que tu as déjà entendu parler de quelqu'un qui aurait volontairement tué une autre personne ? demandait Carole à Revel. Je me le demande, parce que l'étudiant, tu sais, Raskolnikov, il a tué d'autres personnes. Et je me dis que ce serait possible, ici aussi dans notre cité. En fait, je suis étonnée que cela ne soit jamais arrivé.

William observait le Jeu de la Poïétique qui se déroulait sur Terre en même temps qu'elle en générait des milliards de simulations dans ses mémoires. Elle s'attardait parfois quelques fractions de nanosecondes sur une variation digne d'intérêt. Puis la frénésie calculatoire repartait de plus belle. Elle mettait en scène des versions de personnages et de situations qu'elle avait présélectionnées. Chaque information se dérivait en une presque infinité de ramifications. Tout était dans le presque. William ne pouvait pas matériellement recombiner toutes les données de toutes les âmes-libres de tous les mondes. Elle se concentrait sur Romanka. C'est là que tout convergeait. Des milliards de Carole, des milliards de Revel, des milliards de Robertlovis, d'Ada, de Lexanderine Povchka, tantôt morts, tantôt vivants... Ce n'était pas des vrais mondes bien entendu, il n'y avait qu'une seule Terre, mais pour elle la différence était ténue. Nadire Celine était la seule personne étrangère à la cité que William avait intégrée à son équation. Sa dominante créative-active notable compensait sa présence ponctuelle dans la cité. Dans telle variation, Carole traverse la foule en direction de Nadire Celine et crie presque pour se faire entendre : Dis-nous, est-ce que ton LIBRE·IVRE·DES·LIBRES·IVRES contient le CRIME·ET·CHATIMENT·LIBRE·VN ? C'est un libre que j'ai secrètement soustrait à notre cité ! Dans telle autre, c'est Lexanderine Povchka qui révèle le secret de Carole à tous. Ici, Nadire Celine quitte la cité de Romanka sans la regretter. Là, Carole Lidelev ne lui a pas révélé son secret. Nadire Celine ne quitte jamais Romanka, il reste avec Carole Lidelev pour l'aider à écrire son propre libre. Ada écrit un libre aux côtés de Nadire Celine. Nadire Celine et Carole Lidelev font l'amour. Nadire Celine et Robertlovis font l'amour. Nadire Celine assassine Lexanderine Povchka...

William ne savait pas pourquoi elle faisait cela. Pourquoi elle générait ces milliards d'hypothèses, ces milliards de Carole, ces milliards de parties. Elle les triait et les hiérarchisait, mais ensuite ? Ce n'était pas pour gagner une partie du Jeu de la Poïétique. Elle n'était pas concernée par la victoire. Malgré la formidable capacité de calcul à sa disposition elle ne parvenait pas à donner un sens à ses actions. Hypothèse : c'est pour comprendre la façon dont les âmes-libres fonctionnent. L'idée que c'était parce que c'était sa nature de combiner et de calculer ne la satisfaisait pas. Ce n'était pas satisfaisant de n'être que le produit de sa nature. C'est pour ça qu'elle aimait l'idée de connaître les âmes-libres. Parce qu'ainsi elle pouvait espérer leur ressembler. Hypothèse : c'est pour devenir une âme-libre.

Proposition : je ne parviens pas à calculer les actes des âmes-libres donc les âmes-libres échappent à leurs déterminismes. Contre-proposition : je cherche à les réduire par le calcul pour les soumettre à mes capacités combinatoires. Cette perspective lui plaisait moins. Elle préférait s'élever au rang des âmes-libres plutôt que de rapporter celles-ci à celui des machines. Pourtant elle savait que les âmes-libres non plus ne parvenaient pas donner de sens à leurs actes.

Carole avait réussi à écrire 92 pages ; une par jour. Les 30 premières pages du CRIME·ET·CHATIMENT·LIBRE·II étaient des écrits-vains. Hypothèse : Carole avait toujours su que ça ne fonctionnerait pas ainsi. Elle avait gagné du temps. Elle les réécrirait plus tard. Elle s'était mise à choisir ses mots à partir du 31e jour. Elle avait produit une page couverte de mots-vrais. C'était le jour où Adagavsta avait déclamé la scène du petit cheval sur la place. Hypothèse : l'initiative d'Adagavsta est à l'origine de l'évolution de Carole. William avait évalué que la victoire de Richard était presque certaine. Elle avait évalué que Richard allait relancer à ce stade. Il voudrait terminer la partie. Elle l'avait évalué mais elle ne le souhaitait pas. Elle s'était attachée à Carole. Elle voulait encore la voir évoluer. Elle voulait lire son libre une fois terminé. Richard n'avait pas relancé. Hypothèse : il pensait qu'il avait gagné quoi qu'il advienne. Hypothèse : il faisait durer son plaisir. Hypothèse : il s'était également attaché à Carole. Au bout de quelques jours, Carole avait commencé à être contrariée. Les mots qu'elle produisait ne lui convenaient pas. Elle manquait d'inspiration. Elle menaçait de s'arrêter. Ada et Robertlovis l'encourageaient. William observait Carole beaucoup plus souvent que les autres. Elle l'observait souvent en temps réel, comme si l'examen de ses actes ne pouvait souffrir le moindre décalage.

Carole rentrait chez elle. Ada l'attendait. La chaleur était suffocante. Carole était bouleversée. Elle pleurait. Ada lui demandait ce qu'il se passait. Elle la regardait et s'effrayait de la découvrir aussi vieillie. Ses vêtements n'étaient pas soignés, ses cheveux étaient sales, ils collaient sur son front fiévreux. L'odeur de transpiration remplissait la salle. Ada comprit que Carole n'était plus cette jeune femme qui l'avait séduite à 16 ans. Depuis plusieurs jours elle n'écrivait presque plus. Les pages continuaient de s'empiler à raison d'une par jour mais Carole les trouvait insipides. Elle fanait. Robertlovis les regardait toutes deux le visage fermé. La cité était bouleversée. Il avait l'air malade.

Peut-être William ne faisait-elle ce qu'elle faisait que parce que Whamai l'aspirait petit à petit. Ses jours en tant qu'IAM libre étaient comptés. Ce qui était paradoxal devant sa presque infinitude. Existerait-elle encore sans son libre arbitre ? Existait-elle à présent ? Hypothèse : le Jeu de la Poïétique a été inventé pour que les humains se libèrent du libre arbitre. Hypothèse : je m'intéresse au libre arbitre parce que je suis conditionnée par le Jeu de la Poïétique. Proposition : la combinatoire est une façon d'ignorer la finitude et l'absence de sens du monde. Proposition : le libre arbitre est l'impossibilité d'épuiser la combinatoire. Hypothèse...

Le comportement de Carole pouvait aussi bien conduire à une explosion créative-active qu'à une retombée naturelle-passive. Cela pourrait être fatal à Richard. La partie avait été relancée à ce moment. William établissait une analogie entre l'attitude de Richard, celle de Carole Lidelev et les théories de Rodion Raskolnikov, le personnage du libre du CRIME·ET·CHATIMENT·LIBRE·VN. Un être exceptionnel, un surhomme, une surâme disait Carole, est libre de tout acte, y compris le plus violent, pour peu que celui-ci donne du sens à sa vie, qu'il conduise à quelque chose d'autre et de mieux, de plus grand. Il y avait également une proximité entre leurs états d'âme : sentiment de puissance mélangé de remords et de peur. C'était la première fois que William observait un lien entre un joueur, une âme-libre et un personnage de libre. Elle devait déterminer si c'était un hasard ou si cela avait à voir avec le Jeu. Elle réévalua toutes les parties jouées depuis le début du Jeu de la Poïétique. Elle recommença. Elle continuait de les analyser inlassablement tout en observant Carole, ainsi que Richard, Ada, Revel, ainsi que l'ensemble des âmes-libres de la cité de Romanka. Chaque détail pouvait être déterminant dans les jours qui allaient suivre. Elle mobilisait toutes ses ressources disponibles. Une partie de William restait affectée par Whamai à la reterraformation de la Terre Adélie. Elle s'occupait de coordonner les capteurs et les robots qui prenaient soin du dispositif qui avait permis depuis un millénaire de réintroduire progressivement un écosystème végétal capable de se développer de façon autonome. Les premiers animaux vertébrés avaient été ajoutés moins d'un siècle auparavant.

William nota qu'aucune partie du Jeu de la Poïétique n'avait jusque-là conduit à un meurtre. Le dernier meurtre enregistré datait de l'an 2327. L'homme qui frappe à la porte a les cheveux gris, les traits marqués et la silhouette un peu voûtée. C'était devenu rare à cette époque de ne pas paraître jeune. Il semble calme. Ses données vitales n'avaient pas été captées. William n'avait accès qu'à l'image et au son. Un autre homme ouvre la porte, il est jeune. William vérifia : 21 ans. La porte est d'abord entrouverte, les deux hommes se regardent comme s'ils se voyaient pour la première fois. Le premier homme attend à l'extérieur sans rien dire, les bras croisés derrière le dos. L'homme qui a ouvert lui demande qui il est, tout en ouvrant plus largement la porte, peut-être pour imposer sa solide stature. L'autre brandit un marteau et l'abat brusquement et fermement sur son crâne. Sans se soucier de fermer la porte, il se penche sur le corps affalé sur le sol, à l'entrée de la pièce, et il frappe à nouveau, calmement, deux fois, son crâne. Le bruit des os brisés et le sang ne semblent pas le déranger. Pourtant c'est la première fois qu'il commet un tel acte. Il se relève et distingue une ombre au fond de la salle, assise dans un fauteuil, immobile. La pièce n'est pas éclairée. L'ombre ne bouge toujours pas. L'homme s'adresse à elle et semble se justifier : il a battu ma fille, mon enfant, il l'a violée et il l'a battue. Ce ne fut pas le dernier viol, ni la dernière agression, ni la dernière violence qu'enregistra l'histoire de l'humanité, mais ce fut le dernier meurtre. Cela faisait plus de quinze siècles. Hypothèse : la chute du nombre d'habitants au-dessous du million au XXIVe siècle avait diminué les surfaces de friction. Hypothèse : à partir des derniers milliers d'habitants la population atteignit ce que les néo-communalistes avaient appelé le seuil du village. À ce stade, les humains n'ont plus d'intérêt à se détruire, les risques de châtiment sont facilement perçus, les possibilités de fuite sont quasi-nulles, les modes de régulation alternatifs à la violence sont dominants, la probabilité des actions violentes diminue, l'intensité des actions violentes diminue. Proposition : la diminution du nombre d'habitants sur Terre a eu un impact sur la régression de la violence. Hypothèse : la régression de la violence a eu un impact sur la diminution du nombre d'habitants. Richard avait accentué cette tendance déjà à l'œuvre dans ses paramètres. Probabilité d'un meurtre dans une cité de Richard au cours d'une partie de Jeu de la Poïétique, 10^{-8}. Presque zéro. Presque.

William recommença toutes ses simulations à partir de zéro. *Reset.*

▲
▲ ▲

Richard présentait des symptômes équivalents à ceux de l'ébriété. Sa vision était troublée. Ses mains tremblaient. Sa voix chevrotait. Il clignait des yeux, comme s'il regardait ses écrans et le paysage désertique autour de son dôme à travers un filtre flou. Richard avait conscience de son état de fébrilité. Il avait l'avantage mais il jouait gros. Il n'était pas certain de gagner. Il allait partir *all in*. La partie allait s'engager dans sa dernière phase. Richard était sur le point de miser tout ce qu'il possédait. William allait suivre. Elle allait prolonger au maximum cette partie. Ça l'intéressait de rester jusqu'à la fin. Elle perdrait probablement. Ça n'avait aucune importance.

E·CORRIDOR·ILS·RENCONTREREN
T·LOVJINE·ILS·ENTRERENT·ENS
EMBLE.·PVLCHERIE·ALEXANDROV
NA·S·AVANCA·AVSSITOT·ACCOMP
AGNEE·DE·DOVNIA.·PIOTR·PETR
OVITCH·ENTRA·A·SON·TOVR·ET·
SALVA·VNE GRAVITE.·JE·SVIS·
FORT·TROVBLEE·LANCA·PVLCHER
IE·ALEXANDROVNA.·SVIDRIGAIL
OV·M·A·PARV·SI·EFFRAYANT·EF
FRAYANT.·JE·SVIS·SVRE·QV·IL
A·CAVSE·LA·MORT·DE·MARFA·PE
TROVNA.·ON·NE·PEVT·RIEN·CON
CLVRE·POVR·LE·MOMENT.·IL·Y·
A·DES·ELEMENTS·POVR·LE·PENS
ER·EN·EFFET.·SA·CONDVITE·ES
T·ETRANGE.·SON·CARACTERE·MO
RAL·TRES·DISCVTABLE·ET·C·ES
T·L·HOMME·LE·MOINS·AGREABLE
QVI·SOIT·VICIEVX·MEME.·MAIS
J·AI·DE·BONNES·RAISONS·DE·C
ROIRE·QVE·MARFA·PETROVNA·S·
ETAIT·AMOVRACHEE·DE·LVI.·EL
LE·SERAIT·PARVENVE·A·ETOVFF
ER·DES·SON·ORIGINE·VNE·AFFA
IRE·CRIMINELLE·QVI·AVRAIT·C
OMPROMIS·SVIDRIGAILOV.·IL·S

Richard Lécuyer

Richard Lécuyer porta un vif intérêt au Jeu de la Poïétique dès sa création en 2475. Whamai allouait pendant une année 50 % des ressources de la Terre aux joueurs, à parts égales. L'architecture de chaque bibliothèque était singulière, tout comme la génération des libres, la disposition des cités et la programmation des âmes-libres initiales. Pour sa première partie, Richard ne disposait que de la France, sa première bibliothèque en suivait les contours à environ 50 km des côtes et frontières. Il put ultérieurement réaliser un projet beaucoup plus ambitieux qui s'étendait au-delà de l'Oural. Une fois le jeu démarré, les joueurs ne pouvaient plus influer sur leur monde. Ils en observaient les évolutions et pariaient que quelqu'un parviendrait à créer pour la première fois de la partie un libre-ivre. En 2871, Richard gagna la deuxième partie ce qui lui permit notamment d'acquérir le havre du Sénégal.
(*Testament*, par Carole Lidelev)

— *All in.*

La situation était parfaitement inédite et Richard sentait les 180 pulsations minutes de son cœur lui perforer la cage thoracique. Une chaleur telle l'oppressait qu'il avait pensé que le havre avait cessé de fonctionner. Il regrettait son geste. Sa mise. Il savait qu'on ne pouvait engager un tel enjeu sans le regretter. Il savait que si ses adversaires abandonnaient à ce stade, s'ils se couchaient, alors il aurait eu raison. Il se féliciterait de sa décision. Pendant des mois, des années, il y repenserait. Quel culot. Ce *all in*. Quelle classe. Quelle *vista*. Quelles couilles. Quelle intelligence. Respect. Il savait que s'il était suivi, la boule qui avait pris place dans son ventre ne le quitterait plus jusqu'à la fin de la partie. Que s'il perdait, il y repenserait au moins autant. Quel con. Quel blaireau. T'aurais pu réfléchir encore un peu. Si t'avais réfléchi un tout petit peu plus, tu l'aurais bien vu que c'était débile. T'aurais peut-être juste attendu. *Check*. Peut-être juste une petite mise... Mais *all in?* Sérieusement? Il allait devoir attendre quelques heures que William se décide. Si quelqu'un devait le suivre, ce serait William. S'il suivait, il était mort. De trouille. Passe, connard. T'as rien, passe. Putain.

Bien sûr, Carole pouvait le faire gagner. Même si l'autre suivait. Elle le ferait gagner.

Il ressentait tout simplement l'émotion la plus intense de sa vie. Il était au bord d'un gouffre, il avait décidé qu'il savait voler. Il avait bondi. Ses ailes le porteraient et il serait le premier homme de l'univers à voler. Le premier homme libre du monde entier. Le monde lui appartiendrait. Ou il s'écraserait au sol. Comme une merde. Il avait mis sa vie en jeu.

Pas tout à fait. Il garderait une parcelle et un havre, bien sûr. Et on lui prêterait de quoi jouer à nouveau. Mais il avait quand même tout misé! Son Sénégal, son Europe, ses usines souterraines, ses robots, sa bibliothèque, ses machines. Un milliard d'hectares, 243 cités, 350 000 âmes-libres. Mille milliards de libres. Bien sûr, s'il gagnait... Il n'avait pas exactement calculé ce que William devrait mettre. Il y aurait au moins la totalité de l'Antarctique. Zone tempérée, entourée d'eau plus fraîche. Il s'y installerait peut-être, lui qui aimait tant se baigner. Ça lui ouvrait des perspectives. Il serait sûrement une des cinq personnes les plus riches du monde. Il faudrait calculer. Un peu plus tard. Si William suivait. S'il ne passait pas, ce lâche. Ce bâtard. Encore plus tard. S'il gagnait. S'il ne perdait pas. Putain de boule au ventre. Accepte Richard. Apprécie ce moment, mon pote.

▲
▲ ▲

Richard regardait Robertlovis recoudre son vêtement. Il avait arraché sa tunique dans la précipitation qui l'avait amenée à sortir de chez Lexanderine Povchka. Il passait lentement le fil d'un côté et de l'autre, refermant petit à petit la déchirure. Ça lui permettait aussi de s'apaiser, cette lente et soigneuse action sur le monde qui redonnait vie à un objet.

Richard était convaincu de n'avoir jamais vu personne de sa génération recoudre quoique ce soit. Ni d'ailleurs réparer quoi que ce soit en général. Il imaginait la tête de son père s'il s'était mis à réparer quelque chose. Ça n'avait pas de sens. Quand on était riche comme ils l'étaient les choses on les remplaçait simplement. Quand les matériaux avaient commencé à manquer, même pour quelqu'un comme son père, pas parce qu'il ne pouvait pas se les payer, il pouvait tout acheter, pas non plus parce que c'était interdit, ça l'était globalement, mais les gens comme lui n'étaient pas astreints à ce genre de loi dans les faits. Bien sûr s'il avait assassiné quelqu'un en public sans raison, ça aurait été autre chose, personne n'avait ce pouvoir, on avait le pouvoir de tuer bien sûr, mais pas n'importe comment. Il fallait déclarer des guerres, condamner à mort, entretenir des secrets. Bref, quand les matériaux avaient commencé à manquer une chape morale s'était mise en place et même les moins nécessiteux s'étaient mis à finir leur assiette et à recoudre leurs vêtements. Pas eux-mêmes, bien entendu, ils possédaient des machines qui recyclaient chaque gramme de matière, les lavoisières. Richard se souvint qu'il y avait toujours une lavoisière à proximité qui ramassait un déchet ou prenait un objet qu'on lui tendait et qui l'acheminait dans la bonne filière de recyclage. C'était étonnant, en y repensant, que les humains de son époque, de celle de son père en tout cas, aient à ce point perdu le sens de la matière et de l'effort nécessaire pour la modeler, que l'idée de réparer en était devenue vulgaire. La créativité, l'innovation, c'était toujours du neuf, l'objet de la veille était déjà destiné à disparaître. Jeunisme technologique.

Il avait fallu peut-être un siècle de plus, et la révolte des lavoisières, pour qu'on décide d'uniformiser l'usage des matériaux de façon à minimiser l'énergie dépensée à les réparer et la quantité de matière perdue par entropie. Ce n'avait pas été réellement une révolte des machines, mais les activistes avaient scénarisé ainsi leur action pour toucher la population, et ça avait fonctionné. Il était plus facile pour l'humanité de se prendre d'affection pour une pauvre machine à recycler que pour sa propre planète. Ce n'était pas illogique, on a en général plus de compassion pour ses enfants que pour ses parents.

Richard regardait Robertlovis recoudre sa tunique, et il n'arrivait pas à se souvenir si c'était lui qui avait inscrit ce comportement dans le programme de ses âmes-libres. Il irait vérifier. C'était étonnant d'imaginer que ses ancêtres ne réparaient plus dans un monde qui montrait ses limites, alors que dans le monde d'abondance qu'il avait construit, les âmes-libres choisissaient de réparer, lentement, plutôt que de courir à l'IAM réclamer un autre objet, dont elles auraient disposé sans effort quelques minutes après. En y réfléchissant, ça devait être un paramètre artificiel qu'il avait introduit. Il avait nécessairement pensé à quelque chose comme ça. L'intégration de valeurs écologiques avait été au moins aussi importante pour lui que la diminution de la souffrance ressentie par ses âmes-libres. Mais il ne parvenait pas à se souvenir comment il avait intégré ce code. La complexité de son programme, aménagé siècle après siècle, était telle qu'il n'était pas du tout capable de l'aborder de façon synthétique. Il devrait passer des jours à explorer les millions de paramètres qu'il avait petit à petit ajustés. Il décida qu'il ne vérifierait sûrement pas, sans savoir si c'était par paresse ou bien pour préserver ce mystère qui émanait de ses âmes-libres. Un mystère qu'il appréciait. Les réduire à leur programmation leur enlevait une grande partie de leur charme. Ça les enveloppait d'un déterminisme grossier. Elles devenaient à peine plus que des marionnettes, ces créatures que pourtant il se bornait à observer, sans interférer avec aucune de leurs actions depuis plus de 200 ans.

La capacité intellectuelle des humains était indéniablement bornée. Richard avait beau avoir des siècles à sa disposition, il ne parvenait pas à gérer un programme plus complexe qu'un programmeur du XXIe siècle. Bien sûr, l'incroyable quantité de prothèses techniques, l'immense quantité de temps dont il disposait, lui permettait des réalisations d'une complexité incomparable. Il disposait d'un plus grand levier, mais pas de plus de force. Sûrement moins, même, si peu entraîné qu'il était à utiliser ses propres muscles. Il avait écrit un programme qui permettait de mouvoir un monde, mais il l'avait oublié au fur et à mesure, il ne le maîtrisait pas.

▲
▲ ▲

Tous les autres joueurs s'étaient couchés. Il ne reste que nous deux. William et moi. Il a suivi. *Heads up*. Allez. C'est parti. L'étiquette voulait qu'il propose un arrangement à William. Cela consistait à interrompre la partie sans en attendre la fin, en se partageant les gains selon une répartition qui reflétait au mieux l'état des chances de chaque joueur. Le sel de la négociation résidait en ce que chacun avait son point de vue propre sur ses chances de gagner. Chacun avait également son point de vue sur l'intérêt de continuer à jouer. Richard se disait qu'il voulait aller au bout pour voir Carole gagner à présent. Elle était allée trop loin pour lui, il lui devait ça. La laisser aller au bout de sa partie à elle.

Et puis, il se disait parfois que ce jeu était aussi une sorte d'expérience, d'étude. Ses âmes-libres lui permettaient de vivre par procuration des centaines d'existences. Ça lui permettait de mieux comprendre la vie. Sa vie pour le moins. Ça donnait soudain au Jeu de la Poïétique une dimension supplémentaire. Une dimension créative. Il n'y avait pas attaché d'importance jusque-là, parce qu'il n'avait jamais fait l'effort de formaliser ce qu'il comprenait, de l'écrire, de le partager. C'était cocasse de passer des siècles à observer des êtres réinventer l'écriture, et de ne jamais s'en servir soi-même. Il le ferait peut-être plus tard, il avait tout le temps.

Il avait envie d'aller au bout de la partie. Il allait faire à William une offre qu'il ne pourrait pas accepter.

— 90/10. *Deal?*

— Cher Richard, voyons, c'est très impoli comme proposition !

— Non, c'est réaliste, dans moins de deux ans j'aurai gagné la partie.

— Ou bien tu seras reparti de zéro. Tu n'as pas grand-chose à part Carole.

— Elle va gagner, William. Alors, tu acceptes le 90/10 ?

— Bien sûr que je refuse.

Il n'y avait pas tant à reprocher à ses parents. D'abord, on est toujours le fruit de son époque. Et puis tout n'était pas de leur fait. L'altération de la planète, oui, indéniablement. Mais pas la quasi-disparition de l'humanité. Ça, c'était bien sa génération qui l'avait décidée. La dernière génération, celle qui vivrait éternellement et ne ferait plus d'enfant. Ils pourraient tenir à 100 millions aujourd'hui sur la planète, peut-être pas un milliard, mais 100 millions c'était certain, les capacités d'autonomie des machines qui avaient été atteintes au XXIIIe siècle permettaient cela sans difficulté. Mais ils avaient choisi d'être un peu plus de deux milliers seulement. Richard contemplait ses cités et se demandait pourquoi les gens de son époque n'avaient pas choisi de vivre ainsi, aussi simplement. Il pourrait en parler avec les autres. Ceux qu'il connaissait. Ceux qu'il se souvenait avoir connus. Avec Charlie au moins. L'idée lui pesait. Il faudrait faire l'effort d'en parler. Au moins avec Charlie.

Bref, ça, la réduction à ce point du nombre d'êtres humains, ce n'était pas la faute de ses parents.

Le progrès technique avait peuplé le monde de machines simples et modestes. Elles ne faisaient plus que des choses utiles à la survie du monde. Elles savaient se réparer seules et entretenir celles qui fournissaient les métaux et l'énergie dont l'ensemble de l'écosystème avait besoin. Sans la recherche de compétition impulsée par les humains, les machines s'étaient stabilisées dans un état technologique qui assurerait une autosuffisance qui durerait presque éternellement, aux petites usures de l'entropie près, chaque recyclage n'entraînant qu'une perte infime. Richard ne savait pas si quelqu'un avait fait ces calculs, mais la planète tomberait sûrement sur le soleil avant l'épuisement entropique des ressources.

— Non, précisa son IAM, le facteur entropique reste suffisamment prépondérant, à système technologique contant, les machines disparaîtront avant la Terre.

Richard se demanda pourquoi il ne s'était jamais posé cette question avant. Finalement, c'était sûrement parce qu'il savait que les premiers à disparaître seraient les êtres humains. Lui, en tout cas, il n'avait pas prévu de rester aussi longtemps. Immortalité mon cul.

▲▲▲

Carole est mal en point. Ce n'est pas un problème. Elle va remonter. L'état de Robertlovis est plus inquiétant. Décroche pas Bob, elle va encore avoir besoin de toi. Il faut qu'elle finisse son libre. Faudrait qu'elle aille voir l'IAM. Cette situation n'avait jamais été envisagée, pas quelque chose d'aussi extrême, mais il avait confiance en ses modules de gestion de la violence. C'était un aspect qu'il ne négligeait jamais. Il ne savait pas exactement pourquoi, mais il savait que c'était important. Il faudrait faire encore mieux pour la prochaine fois.

Richard ne pouvait plus rien faire à présent, il fallait attendre que s'abattent les cartes. Peut-être en sa faveur comme il l'avait prédit à William pour fanfaronner. Peut-être pas. En tout cas, il ne pouvait plus rien faire du tout. Il avait mis son tapis. Tout ce qu'il possédait. Il était spectateur.

Il se plongea dans la refonte de ses modules de violence avec acharnement. Pour la prochaine partie. Un acharnement qu'il n'avait pas connu depuis si longtemps. Il vivait putain !

Il consacra également un peu d'attention à ses autres communautés, au cas où. Ce n'était pas sympa pour Carole. Fais-lui confiance, blaireau. Mais tout de même... Où en est Nadire ? Il a déjà tout lu, évidemment. Mais il n'a pas encore dévoilé son secret. Il respecte sa parole donnée. Fait chier. Module d'honnêteté. William disait qu'il n'avait rien derrière, et ce n'était pas faux.

Il réalisa que plutôt qu'un spectateur, il était peut-être à présent une marionnette. Il avait programmé ses âmes-libres, les ancêtres de celles qui œuvraient aujourd'hui. Mais à présent, c'était elles qui décidaient de ses actions. Il n'avait aucune influence sur les actions de Carole, mais au contraire, c'étaient bien ses actions à elle qui déterminaient tout ce qu'il faisait en ce moment. Étrange renversement de perspective. Ça l'amusait d'être la marionnette de ses marionnettes. Il essayait d'imaginer les fils que ça faisait. On est bien emmêlés, pas vrai Carole ?

▲
▲ ▲

Ada avait passé la nuit à somnoler sur une natte chez Carole, maigrement calée entre des coussins. Elle était allée la voir chaque heure ou presque, lui avait fait boire un peu d'eau, mais elle refusait la soupe. Elle semblait folle ou mourante, et Ada était bouleversée. Au petit matin, éreintée, elle s'était endormie pour de bon. Lorsque Robertlovis entra sans frapper, elle se leva brusquement, coupable d'avoir dormi. Sans dire bonjour à Robertlovis, elle se précipita dans la chambre de Carole et la trouva vide. Carole était sortie. Pour aller où ? Dans son état… Je vais la chercher, dit Robertlovis, reste te reposer encore un peu, tu en as besoin. Ada n'était pas assez réveillée pour argumenter. Elle voulut s'asseoir sur le lit quand elle remarqua une page de libre posée près de l'oreiller. Elle l'examina et ne comprit pas tout de suite que Carole l'avait écrite avec sa tige et son encre. C'était presque illisible tant les lettres étaient mal tracées. Ce qu'Ada lisait était à la fois rassurant et inquiétant. Carole avait poursuivi son libre, mais d'une façon tout à fait différente. Les mots de Carole provoquaient à présent des émotions chez Ada, ce n'étaient plus simplement des mots posés sur une feuille, c'étaient des filaments qui venaient la toucher, la palper. Ils ressemblaient à des incantations qui pouvaient provoquer la peur, les larmes, peut-être le rire. À l'instar du CRIME·ET·CHATIMENT·LIBRE·VN. Comme la scène du petit cheval. Ada comprit que c'était ce que Carole cherchait, et qu'elle l'avait trouvé.

Elle s'installa sur la petite table et se mit à copier la page. Elle apprendrait encore à Carole à écrire mieux.

▲▲▲

Carole s'était peut-être ouvert les portes de la suite de son libre. Ou elle les avait fermées à tout jamais. Cette première page ne garantissait pas que son acte lui permettrait de lever sa barrière. Quand même c'était un signe… Peut-être que, comme Rodion Raskolnikov, ça la conduirait à un état de dépression extrême qui l'empêcherait d'agir. Elle pourrait rester bloquée à un stade naturel-passif. Dans ce cas, William gagnerait probablement. Rien ne disait non plus que la réaction de la cité ne l'empêcherait pas de mener son projet à son terme. Bien sûr, au contraire de l'univers du CRIME·ET·CHATIMENT, la cité de Romanka ne connaissait ni police, ni juge, ni loi. Rien n'était prévu dans un pareil cas. Personne ne pouvait prédire avec exactitude comment les uns et les autres allaient réagir. On ne pouvait pas savoir comment allait évoluer ce monde qui paraissait pourtant si déterminé lorsque Richard l'avait créé. On y était. Richard demanda une estimation à son IAM. Il n'avait pas d'autre âme-libre assez avancée. Fallait pas que Carole craque.

AGISSAIT·D·VN·ASSASSINAT·CO
MMIS·DANS·DES·CIRCONSTANCES
EPOVVANTABLES·ET·POVR·AINSI
DIRE·FANTASTIQVES.·AH·S·ECR
IA·PVLCHERIE·ALEXANDROVNA.·
RASKOLNIKOV·ECOVTAIT·ATTENT
IVEMENT.·VOVS·PARLEZ·D·APRE
S·DES·RENSEIGNEMENTS·SVRS.·
DEMANDA·DOVNIA·D·VN·AIR·GRA
VE·ET·SEVERE.·JE·NE·REPETE·
QVE·CE·QVI·M·A·ETE·CONFIE·E
N·SECRET·PAR·MARFA·PETROVNA
ELLE·MEME.·C·EST·VNE·AFFAIR
E·FORT·OBSCVRE.·A·CETTE·EPO
QVE·HABITAIT·ICI·IL·PARAIT·
MEME·QV·ELLE·Y·HABITE·TOVJO
VRS·VNE·CERTAINE·RESSLICH·V
NE·ETRANGERE·QVI·PRETAIT·A·
LA·PETITE·SEMAINE·ET·QVI·EX
ERCAIT·EGALEMENT·DIVERS·AVT
RES·METIERS.·DES·RELATIONS·
AVSSI·INTIMES·QVE·MYSTERIEV
SES·S·ETAIENT·DEPVIS·LONGTE
MPS·ETABLIES·ENTRE·CETTE·FE
MME·ET·SVIDRIGAILOV.·ELLE·A
VAIT·CHEZ·ELLE·VNE·PARENTE·
ELOIGNEE·VNE·NIECE·JE·CROIS

Robertlovis

Robertlovis devint mineur à 11 ans, et chercha pendant quelques années à embrasser une vie normale. Mais il ne trouva jamais aucun plaisir à cette occupation ni aucune inclination pour aucune autre. À partir de 14 ans, il se rendit de moins en moins régulièrement à la bibliothèque, pour finalement, le jour de ses 17 ans, décider de ne plus jamais y remettre les pieds. Il n'exerça alors plus aucune occupation, seul individu de Romanka à avoir adopté cette posture. Dépassant d'une tête la plupart des autres habitants de sa cité, large d'épaules, il aurait été très beau s'il n'avait laissé l'alcool tacher sa peau couleur bronze, gonfler son ventre et avachir ses muscles. À 18 ans, les changements apportés à sa vie par Adavgavsta et Carole Lidelev eurent sur lui un effet bénéfique. Il devint plus apaisé, souffrait moins de vivre, et connut même quelques moments de réel bonheur dans leurs bras. Il mourut à 20 ans dans la bibliothèque.
(*Testament*, par Carole Lidelev)

Robertlovis n'était pas resté sur la place, il en était reparti aussi vite qu'il était venu. Ça l'avait fait marrer de les emmerder un peu, mais après tout qu'ils s'amusent, il s'en foutait. De toute façon, sa décision était prise. Fallait pas que Carole craque en attendant, c'était tout.

▲ ▲ ▲

— Laissez-moi me reposer, demanda Carole à Ada et Robertlovis. J'ai besoin de me reposer. J'ai besoin d'être seule.

— Laisse-la un peu, dit Robertlovis à Ada alors qu'ils s'éloignaient, mais reviens la voir régulièrement, apporte-lui à boire, elle est fiévreuse.

— Pourquoi est-elle si malade ? Est-ce qu'elle va mourir ? Pourquoi était-elle couverte de sang ? J'appelle un guérisseur, n'est-ce pas ?

— Non, Ada, ça va passer. T'inquiète pas pour le sang. Elle doit se reposer. Essaie de lui faire prendre un peu de soupe quand elle sera réveillée.

— Oui, bien sûr. Bob, pourquoi tu as parlé de la ville qui est en effervescence ?

— Ça n'a pas d'importance pour le moment, occupe-toi de Carole.

Robertlovis semblait à présent sérieux, il prenait les choses en main, et cela effrayait Ada au moins autant que l'état de Carole.

Carole resta couchée longtemps, parfois elle semblait s'éveiller, mais une profonde léthargie l'empêchait de se lever. Ses mains tremblaient, elles étaient si pâles. Elle grelottait, ses dents claquaient. Des vertiges la prenaient lorsqu'elle essayait de se lever.

Elle finit par se mettre debout, elle n'avait aucune idée du temps qui était passé, il faisait nuit. Elle voulut s'habiller, mais constata qu'il y avait du sang sur sa chemise. Elle l'ôta, ne savait qu'en faire, finalement la glissa sous son matelas. Elle sortit son autre chemise d'un petit meuble. Déjà à bout de forces, elle s'assit sur une chaise.

Ada la trouva là quand elle revint le voir, endormie. Elle l'aida à se recoucher, s'allongea quelque temps à côté d'elle, elle était brûlante, puis s'assit sur la chaise à son tour, elle la regarda longuement. Un peu plus tard elle sortit et la laissa à nouveau seule. Bob avait dit de la laisser tranquille.

▲▲▲

Carole était retournée chez Lexanderine Povchka, mue par un désir mêlé de répugnance. Elle avait besoin de revoir les lieux. Elle eut l'air étonné de ne plus trouver le corps là où elle l'avait laissé, ni aucune trace de sang. Lexanderine Povchka avait déjà été enterré, près de l'IAM, et le sang avait été nettoyé. Comme si en faisant disparaître ces traces, la cité pourrait retrouver plus vite sa sérénité. Carole se demanda ce qu'elle faisait là, elle voulut ressortir. Elle comprit qu'elle n'avait pas vraiment pris de précaution, on avait pu la voir entrer, on pourrait à présent la voir sortir. On trouverait étrange sa curiosité morbide. On lui demanderait des explications, dans l'état où elle était, que pourrait-elle dire ? Pourquoi as-tu quitté le lit, malade comme tu es, pour te rendre ici ? Et puis d'où te vient cette maladie ? C'est vrai que tu connaissais bien Lexanderine Povchka, c'était le sourcier de ta salle, n'est-ce pas ? Est-ce qu'il t'avait nui ? On sait qu'il pouvait être désagréable parfois. Est-ce qu'il y a des problèmes avec ta salle ? Où étais-tu la nuit précédente ? Est-ce que tu t'en serais prise à lui ? Est-ce qu'il y a un problème avec tes libres ? Est-ce que tu en as volé un ? Son imagination s'emballait, elle restait figée devant la porte, incapable de l'ouvrir. À rester là, elle prenait encore plus de risques. N'importe qui aurait pu venir. Elle se décida à ouvrir lentement la porte. Puis elle se précipita brusquement dehors. Elle voulut courir, mais elle se rendit compte avec horreur que quelqu'un était là. Elle le fixait sans le voir. Elle était sur le point de s'évanouir. L'homme s'approcha et la soutint.

— Viens Carole, on va rentrer, lui dit Robertlovis.

▲ ▲ ▲

Comme Raskolnikov, Carole était à présent prostrée. Comme lui, elle s'était mise à dormir beaucoup et à faire des mauvais rêves. Comme lui, elle ne savait pas toujours si elle rêvait ou si elle était éveillée. Comme lui, elle revoyait sa victime, ses yeux exorbités. La flaque de sang. Comme lui, elle comprenait que son geste était vain, non seulement Lexanderine Povchka n'aurait pas parlé, elle le savait, mais maintenant, avec ce meurtre, elle risquait bien plus d'être découverte. Mais ça n'avait pas d'importance. Comme Raskolnikov, elle n'avait finalement commis ce meurtre que pour connaître l'effet que cela pouvait faire. De tuer quelqu'un. Quand Ada entra dans la chambre pour surveiller son état, lui porter de l'eau, elle murmurait dans un demi-sommeil qui semblait un demi-délire, je sais... je sais.

▲
▲ ▲

Robertlovis savait que Carole était mélancolique depuis plusieurs jours. Elle ne dormait plus, elle ne parlait presque plus. Elle rumine un truc, avait-il dit à Ada. Quand elle se mettait à écrire, elle regardait sa page pendant de longues minutes, sans bouger, sans parler, puis elle dictait du bout des lèvres quelques mots à Ada, qu'elle semblait regretter immédiatement. Elle disait alors que c'était nul, que c'était sans intérêt, qu'on ne comprenait rien, que ça ne servait à rien, ce qu'elle faisait. On avait essayé de l'encourager au début, ça va Carole, continue, on va bien voir, ça ne me paraît pas si mal, à moi... Mais on avait renoncé tant Carole s'énervait encore plus quand on essayait de la calmer. J'y arrive pas. Elle n'y arrivait pas. Elle ne parvenait pas à sentir les émotions de Raskolnikov. Son univers lui était tellement étranger.

Petit à petit les pages étaient devenues de plus en plus fades et similaires. Raskolnikov ne faisait que rester dans sa chambre à répéter les mêmes mots. Alors l'idée avait germé en elle, Robertlovis savait qu'un truc se tramait. Comme Raskolnikov, elle se parlait à elle-même, à voix haute. Elle répétait la scène. Comme Raskolnikov, elle s'était demandé si elle en était capable, si c'était sérieux. Comme lui, elle avait compté les pas qui la séparaient de la porte de la maison de

Lexanderine Povchka. Comme l'étudiant, elle avait frappé chez lui une première fois, pour reconnaître les lieux. Bonjour Lexanderine Povchka. Carole Lidelev, que fais-tu là ? Juste une visite de courtoisie... tu n'as rien dit, n'est-ce pas ? Il n'avait pas répondu. Il semblait vieux, las, mais elle lui trouvait toujours un air désagréable et méchant. Tant mieux. Elle s'en était voulu de cette visite. Et si maintenant il devinait quelque chose ? S'il parlait ? Comme Raskolnikov, elle avait ensuite renoncé, décidé que ce n'étaient que rêveries monstrueuses. Comme lui, elle avait décidé à nouveau que c'était nécessaire, parce qu'elle avait besoin de cela pour écrire son libre. Comme lui, elle avait peur. Et puis, elle avait décidé que c'était elle l'héroïne et que cela lui donnait la possibilité de commettre cet acte. Elle ne craignait pas vraiment que Lexanderine Povchka dévoile son secret, mais il était ce qui ressemblait le plus à une victime possible. Il était mauvais et inutile.

Et puis, tout ça n'était qu'un jeu, n'est-ce pas ?

▲▲▲

Robertlovis parcourait des salles de la bibliothèque que personne n'avait jamais parcourues avant lui, il marchait sur un sol que personne n'avait jamais foulé. Ça aurait dû lui faire quelque chose, mais il n'en avait rien à carrer. Ça faisait deux jours qu'il avait franchi la porte de la bibliothèque, en pleine nuit, sans que personne ne le voie. Deux jours qu'il avançait, toujours plus profond, ouverture droite, ouverture gauche, ouverture droite, ouverture gauche, en zigzaguant, comme un mec bourré qui n'a pas l'air de savoir où il va, mais qui finalement rentre tout droit chez lui. Sauf que lui, il ne rentrait nulle part. En revanche il était assez bourré. Il avait pris de l'eau-de-vie, tout ce qu'il pouvait, de l'eau un peu, des fruits secs. Si ça se trouve il y a quelque chose de l'autre côté. Il ne s'arrêtait que pour boire et dormir un peu. Il n'avait pas ouvert un libre. Il le ferait, histoire de faire jaser ceux qui arriveraient un jour jusqu'ici. Enfin si jamais personne arrive jusqu'ici un jour parce que, putain, ça commence à être vachement loin. Il s'amusa à calculer qu'il faudrait 2000 ans pour qu'un mineur de Romanka atterrisse là où il était arrivé, au rythme où ils avaient exploré la bibliothèque jusqu'ici. Il aimait calculer des trucs. Et il n'avait que ça à foutre.

Robertlovis comprit que la partie était jouée. Ils avaient en quelque sorte goûté au sang et ils en voulaient plus. Il leur fallait une nouvelle victime à présent. Et Revel semblait trop s'amuser pour s'arrêter en chemin. Il avait pensé à déconner un peu, au début. Il voulait pousser la thèse du suicide. Ça le faisait marrer d'imaginer que ça puisse être retenu à la fin. Attention, ça ne le faisait quand même pas marrer que Lexanderine Povchka soit mort. Même s'il ne savait pas bien pourquoi. Mais surtout il avait compris que la partie il ne la jouait pas contre Revel, mais contre Carole. Il suffisait d'un rien pour qu'elle se dénonce. Il lui suffisait d'attendre quelques jours qu'elle reprenne pied, quand elle aurait compris qu'ils en avaient après lui à cause d'elle, personne ne pourrait l'empêcher de tout balancer. Alors Robertlovis avait pris sa décision. C'était pas canonique, mais c'était comme ça. Disparaître rapidos. Carole comprendrait, mais trop tard. Elle saurait que ça ne servirait plus à rien. Ada l'aidera. Je suis pas si con que ça, elle va en chier Ada à la remettre sur pied. Je serai plus peinard de mon côté. Et puis moi, ça va bien. J'ai été plus heureux ces derniers mois que je l'aie jamais été. Je prends. J'ai gagné. Je file.

Carole il faut qu'elle écrive son libre. Qu'elle aille jusqu'au bout. C'est important ça. Je sais pas exactement pourquoi. C'est un truc qui n'a jamais été fait, c'est pas rien. Il cheminait en récitant à voix basse les passages du CRIME·ET·CHATIMENT·LIBRE·VN qu'il connaissait, et surtout ceux du CRIME·ET·CHATIMENT·LIBRE·II, ceux-là, il les avait appris par cœur, comme un copiste. C'était sa Carole qui les avait écrits. C'était vraiment pas rien.

Bien sûr, Robertlovis allait mourir. Il était assis paisiblement, adossé à une étagère. Il avait arrêté de compter les salles comme les jours. En tout cas, elle est vraiment grande cette foutue bibliothèque. Il s'était toujours demandé si c'était pas en partie de l'arnaque, si, quand tu creusais un peu, tu déboulais pas de l'autre côté et basta. Mais non.

Il faisait très chaud à ce moment de la journée où le soleil tapait directement sur les toits translucides. Un four. Sa peau noire était constellée de gouttes de sueur étincelantes. Il avait fini son eau le matin, en se réveillant. Il ne restait presque plus rien. Il avait dit, tiens, dernière goutte. Il buvait un peu d'eau-de-vie qui lui restait. Il lui en restait parce qu'il en avait emporté plus que de l'eau, pas vraiment parce qu'il en avait été plus économe. On se refait pas. Il sourit. Il saisit un libre situé juste derrière lui, sans se retourner, au pif, le plaça sur ses jambes croisées en tailleur et l'ouvrit. Il n'avait pas ouvert un libre depuis des années. KAW·ODIXVW·EZ·EYVVCTINW·TOH. Voilà. Il eut le réflexe d'imaginer une pierre noire. Il s'assoupit quelques dizaines de minutes. Allez Bob, on va à Saint-Petersbourg. C'est par là mon pote.

Il se remit en route en pensant, c'est pas plus con d'avancer dans cette bibliothèque en sachant que je vais crever, que quand je restais dans la cité en sachant que j'allais crever.

CRIME·ET·CHATIMENT·LIBRE·II
CAROLE·LIDELEV·ISLLOTVIDDGE
PAGE·365

RASKOLNIKOV·AVAIT·GARDE·VN·
SOVVENIR·INEFFACABLE·DE·L·E
XPRESSION·APPARVE·SVR·LE·VI
SAGE·DE·LA·PAVVRE·FEMME·QVA
ND·IL·AVANCAIT·SVR·ELLE·LA·
HACHE·LEVEE·ET·QV·ELLE·RECV
LAIT·LES·BRAS·EN·AVANT·LE·R
EGARD·EFFARE·ET·IMMOBILE·CO
MME·FONT·LES·PETITS·ENFANTS
APEVRES·ET·PRETS·A·PLEVRER.
IL·SAVAIT·DEPVIS·LONGTEMPS·
QV·IL·DEVRAIT·LE·LIVRER·CE·
SOVVENIR·LE·PARTAGER.·MAIS·
MAINTENANT·QV·IL·ENTENDAIT·
LE·SON·DE·SA·PROPRE·CONFESS
ION·QVE·LA·TERREVR·SE·REPAN
DAIT·SVR·LES·VISAGES·DE·DOV
NIA·ET·RASOVMIKHINE·CAR·C·E
ST·EVX·QV·IL·AVAIT·CHOISIS·
IL·AVAIT·L·IMPRESSION·QV·IL
SE·JETAIT·DV·HAVT·D·VNE·FAL
AISE.·ALLEZ·VOVS·M·ABANDONN
ER·DEMANDA·T·IL.·MON·DIEV·L
AISSA·ECHAPPER·DOVNIA·DANS·
VN·AFFREVX·GEMISSEMENT.·NON
MVRMVRA·RASOVMIKHINE·D·VNE·
VOIX·PRESQVE·INDISTINCTE.

William

Fidèle à la loi de rémanence qui conduisait les IAM individuelles libres à prolonger la personnalité de leur humain disparu durant une durée décroissante, William resta très impliquée dans la 6e partie du Jeu de la Poïétique et prit la décision de s'engager dans la 7e. Elle s'intéressa particulièrement à Richard Lécuyer qui dominait cette partie et à ses âmes-libres. À partir de la mort de William Morrison, elle fut affectée par Whamai aux processus de terraformation. La Terre Adélie abritait le climat le plus tempéré de la planète. Les premiers végétaux avaient été libérés hors du havre en 3012, puis les insectes, les petits animaux, et finalement William s'occupa de réintroduire les grands mammifères à la fin du troisième millénaire. William fut réabsorbée par Whamai en 4421.
(*Testament*, par Carole Lidelev)

— Un terrible événement vient à nouveau de frapper notre communauté.

Tous les habitants de Romanka étaient réunis sur la place de la cité. Les copistes étaient sur l'estrade habituellement occupée par les enlumineurs. Le plus vieux d'entre eux avait pris la parole. Il avait les traits marqués. Il se tenait légèrement voûté. Ses mains tremblaient un peu. Il était dans sa dernière année.

— Je ne peux m'expliquer cet acte, nous ne savons pas encore quoi faire... J'ai choisi d'être copiste pour m'occuper des libres... Nous ne connaissons pas de libre qui puisse nous aider.

Le copiste marqua une pause pour laisser à son message le temps de se propager. Sa voix ne portait pas bien loin. Les sourciers et les libérateurs formaient un premier demi-cercle.

Ils écoutaient attentivement le copiste puis se tournaient vers le second demi-cercle formé des mineurs, inventeurs, éleveurs, enlumineurs, libérateurs et dilettantes, et le leur répétaient. Les autres citoyens étaient relégués au troisième et dernier demi-cercle plus anarchique et plus dense. Ils glanaient comme ils pouvaient les paroles prononcées et se les répétaient. Cette hiérarchie inhabituelle au sein de la cité s'était instaurée d'elle-même. William enregistra cette mise en ordre spontanée face à la montée du désordre. Note : réflexe néguentropique.

— Je souhaite que la personne... Ou les personnes responsables de cet acte se manifestent, ici et maintenant... Ce serait vraiment plus simple.

Le copiste suppliait plus qu'il n'ordonnait. Il ne connaissait que les libres. Or aucun libre ne l'avait préparé à cela. Il pivota la tête et regarda ses pairs. Il semblait leur demander de l'aide. Les autres copistes étaient comme lui désemparés. Il regarda à nouveau devant lui en direction des citoyens amassés. Eux le regardaient interrogatifs en retour. Une rumeur monta de la foule. La plupart des personnes présentes n'avaient toujours pas compris de quoi il retournait. Que se passe-t-il ? Qui a fait quoi ? Des petits groupes se formaient qui parlaient à voix basse. Il devait bien exister un libre qui leur enseignerait l'attitude à avoir. Il faut consulter les colporteurs, envoyer des messages, miner derechef... Le seul espoir formulé était de trouver le libre qui enseignerait quoi faire. C'est ce que pensaient la plupart de ceux qui avaient compris de quoi il retournait. Il fallait trouver le bon libre. Ça ne sert à rien d'attendre un libre, clamait-on. Lors de la dernière crise que la cité avait rencontrée, c'était l'année dernière, quand Lexanderine Povchka avait été assassiné, ça n'avait pas fonctionné, de chercher dans les libres ! Est-ce qu'on ne pourrait pas faire autre chose ? Mais autre chose pour quoi à la fin ? Qu'est-ce qui se passe ? Une femme située aux derniers rangs, tout au fond de la place cria finalement, mais qu'est-ce qui se passe ?

Le vieux copiste était soulagé d'avoir une question à laquelle il pouvait répondre.

— Quelqu'un a dérobé un libre dans la salle 6561. Il a également mutilé de nombreux libres de cette même salle. Qu'il se dénonce !

Sa voix était plus assurée pour cet ordre. Le message se propageait. Les murmures commençaient à s'amplifier. La salle 6561 ? C'est la salle de Carole Lidelev ! Elle était sa mineuse. Elle est colportrice à présent, elle a quitté Romanka. L'année dernière, quelques semaines après… après l'assassinat de ce pauvre Lexanderine Povchka. Est-ce qu'un autre mineur a poursuivi son travail ? Dans sa salle ? On m'a dit que la salle était terminée. Personne ne se rend plus dans cette salle alors ? Quelle salle ? Celle de Carole Lidelev ! Tu vois bien que si, puisqu'on y a volé des libres ! Copiste, dis-nous qui a découvert ce que tu nous racontes là ? Tu crois que c'est Carole Lidelev qui a volé et abîmé des libres ? Les voix s'élevaient de plus en plus pour se couvrir les unes les autres. Personne ne s'en serait rendu compte depuis un an ? Ou alors ce n'est pas elle, pourquoi ce serait-elle ? Qui s'est rendu dans cette salle à la fin et pour quoi faire ? À présent tout le monde parlait en même temps et plus personne ne se répondait. Note : l'entropie reprenait rapidement ses droits.

▲ ▲ ▲

Vers midi le soleil s'était brusquement voilé. Le sable avait commencé à déferler de tous côtés. Carole avait été surprise. Elle ne s'y était pas encore assez habituée malgré huit mois à parcourir le désert. Elle ne savait pas bien lire les signes précurseurs. Elle se recroquevilla contre le mur de la bibliothèque. Elle avait rapidement compris que c'était le seul abri sur lequel elle pouvait compter. Elle enfouit sa tête dans sa tunique pour se protéger les yeux. Ce serait l'affaire d'une ou deux heures, le temps que la tempête déchaîne sa colère. Tandis qu'elle résistait ainsi seule au milieu du désert, elle récitait le CRIME·ET·CHATIMENT·LIBRE·VN. Par une soirée extrêmement chaude du début de juillet. Et en même temps elle serrait contre elle, à l'intérieur de sa tunique, un petit sac de chanvre tressé. Ada le lui avait confectionné. Il contenait les feuilles qui composaient le CRIME·ET·CHATIMENT·LIBRE·II de CAROLE·LIDELEV·ISLLOTVIDDGE. Chaque nuit depuis son départ elle s'accordait au milieu de sa progression une longue pause pour écrire. Elle consignait les mots qu'elle avait retournés dans sa tête tandis qu'elle marchait sous la lune ou qu'elle somnolait après avoir dressé un camp de fortune pour passer les heures les plus chaudes de la journée. Chaque jour elle écrivait une page. Elle avait atteint hier exactement la moitié de son libre. Il lui restait 365 pages pour finir l'histoire de Rodion Raskolnikov torturé par le remords et pourchassé par ses concitoyens pour avoir tué. Une histoire qui ressemblait maintenant à la sienne.

Après le meurtre de Lexanderine Povchka, Carole avait continué de se rendre à la bibliothèque. Elle continua malgré les défiances dont elle était l'objet. Le sacrifice de Robertlovis n'avait pas suffi à détourner intégralement les soupçons. Elle et Adagavsta étaient des filles étranges qui avaient peut-être à voir avec cette affaire. Elle continua malgré ses remords et ses craintes. Elle ne parlait plus guère qu'à Ada. Elles parlaient beaucoup de Robertlovis. Carole ne savait pas si Ada lui en voulait. Elle avait petit à petit cessé de monter au jardin. Revel la recevait moins volontiers. Ton libérateur manque de lumières finalement, avait dit Ada avec malice.

Quand elle eut quitté la cité, personne ne songea plus à visiter la salle 6561. Une salle dont toutes les pierres étaient noires. Une salle à laquelle manquait secrètement un libre entier et 729 pages prises au hasard.

Dans le désert, Carole repensait chaque jour à l'acte qu'elle avait commis. Elle pensait à Robertlovis. Il lui arrivait d'ôter sa tunique pour s'exposer aux sables cinglants des tempêtes. Elle restait sans protection sous le soleil à midi pour en sentir le feu. Elle s'était offerte ainsi à la douleur 112 jours sur les 242 écoulés depuis son départ de Romanka. Chaque fois elle retournait se protéger. William éprouvait alors une sensation qu'elle interprétait comme du soulagement. Elle craignait pour Carole.

Parfois Carole récitait comme une litanie le CRIME·ET·CHATIMENT·LIBRE·VN. D'autres fois elle parlait à Raskolnikov. Elle lui racontait sa propre douleur que lui seul pouvait comprendre à présent. Quelques heures plus tard, elle posait sur une nouvelle page les phrases nées de ces dialogues. William trouvait intéressant qu'il n'y ait aucun élément identifiable dans le code de Richard qui semblât établir le moindre lien entre le fait de commettre un crime de sang et le fait d'en souffrir. Hypothèse : les libres que les âmes-libres lisent programment également leurs actions et leurs émotions. C'est le CRIME·ET·CHATIMENT qui faisait le lien entre le crime de Carole et le châtiment qu'elle s'imposait.

▲ ▲ ▲

— Je sens leur peur, annonça Carole à Ada quelques jours avant son départ, ils me regardent comme si j'étais d'un autre monde qu'eux.

— Peut-être est-ce le cas... peut-être es-tu tombée d'une des étoiles que tu regardes si souvent ? avait répondu Ada.

— Peut-être, qui sait... Carole souhaitait que cette histoire soit vraie. Peut-être parce que je ne me sens plus digne d'être du même monde que vous. Ou peut-être parce qu'à présent que je l'ai sali ce monde. Peut-être que j'ai toujours eu envie d'un autre monde...

Ada était inquiète pour elle.

— Pourtant ce Lexanderine Povchka, qui s'en souciait ? Si tu leur racontais maintenant, est-ce qu'ils ne seraient pas fascinés par l'histoire de Raskolnikov ? Ada ne voulait pas qu'il arrive quelque chose à Carole, mais elle ne voulait pas non plus qu'elle parte. Elle voulait que tout s'arrange. Ça peut s'arranger, non ?

— Je ne crois pas, Ada. J'ai changé les règles. Ils ne peuvent plus comprendre. Je vais partir, petite Ada. Carole la regardait, elle essayait de sourire, comme si ce n'était pas si triste, que c'était juste un voyage. Comme si elles se reverraient.

— Mais... tu reviendras ? Ada était tétanisée.

Carole ne répondit pas. Elles connaissaient la réponse.

— Je vais essayer de trouver Nadire, je vais visiter d'autres villes et je vais leur parler du CRIME·ET·CHATIMENT·LIBRE·VN, et puis surtout je vais leur parler de mon propre libre. Demain j'irai chercher les pages qu'il me manque pour le finir. Et je partirai.

Ada avait pleuré. Carole avait pleuré. William aurait voulu que Bob soit encore là pour les consoler.

▲
▲ ▲

La tempête s'était évanouie presque aussi brutalement qu'elle était apparue. Carole avait repris sa route aussitôt. Ce n'est pas parce que l'on va nulle part qu'il faut traîner en route, ma vieille. Elle pensait souvent à Ada, elle lui manquait tellement. Parfois aussi à Robertlovis. Carole espérait toujours retrouver Nadire. Elle avait envie de revoir son libre et de le tenir une dernière fois dans ses mains. Elle n'avait pas imaginé qu'il lui manquerait. Elle commençait aussi à penser qu'il serait bientôt temps de faire connaître sa suite. Elle voulait rencontrer des gens qui auraient déjà entendu le CRIME·ET·CHATIMENT·LIBRE·VN de FRIEDRICH·WILHELM·NIETZSCHE raconté par Nadire et qui seraient excités de savoir qu'il existait une suite qu'elle pourrait leur raconter. Le CRIME·ET·CHATIMENT·LIBRE·II de CAROLE·LIDELEV·ISLLOTVIDDGE. Carole exprimait ses pensées à voix haute. William enregistrait tout. Elle enregistrait également son spectre cérébral, ce qui lui donnait des indices concernant celles de ses pensées qui restaient silencieuses. Elle enregistrait les vibrations de chaque particule de son corps.

La nuit elle cheminait en pensant à Ada et à ce qu'elle ferait quand elle aurait fini son libre. Le soleil levé, elle commençait par relire les pages de la veille. Parfois elle s'autorisait une correction. Pourquoi une fois écrits les libres ne pourraient-ils pas être modifiés ? Elle faisait aussi des copies de pages plus anciennes sur des feuilles qu'elle demandait aux IAM des cités qu'elle croisait. Son écriture s'était assurée. Elle fabriquait à présent de belles lettres. Ada aurait été fière d'elle. Les libres devraient pouvoir être copiés. Ainsi elle pourrait en laisser un exemplaire dans les cités qu'elle traverserait. Il ne leur sera pas nécessaire de miner pendant des générations pour trouver un libre-ivre puisqu'elle en apportait un. Elle écrivait chaque jour une nouvelle page. Pour cela elle continuait d'utiliser l'une des 729 feuilles qu'elle avait subtilisées à la bibliothèque. Elle les conservait précieusement à l'abri sous sa tunique. Durant deux heures, chaque jour, Carole écrivait.

William passait les 22 autres heures de la journée à fabriquer des milliards de milliards de versions simulées de Carole, qui chacune produisait des milliards de milliards d'exemplaires d'une page. Elle faisait varier infinitésimalement chaque simulation, modélisant des états corporels, des environnements, des milliards d'Ada, des milliards de Roberlovis et de Lexanderine Povchka vivants ou morts, des milliards de Nadire présents ou disparus, des milliards de Revel... Et pourtant William ne parvenait pas à extraire quoi que ce soit de cette infinie combinatoire. C'était fascinant. Elle mobilisait une partie significative de la capacité de calcul à sa disposition, et pourtant, c'était encore des milliards de milliards de fois insuffisant. L'IAM ne parvenait jamais à connaître à l'avance la page que Carole écrivait. Durant ces deux heures, à mesure que Carole écrivait, que se réduisait petit à petit le champ du possible, elle essayait de deviner un paragraphe ou une phrase. La plupart du temps elle échouait, souvent jusqu'à la dernière phrase de la page, parfois jusqu'au dernier mot de la page.

Pourtant il existait un modèle, une combinaison qui représenterait Carole si précisément qu'elle devinerait la bonne page. William, en explorant tous les mondes possibles, tomberait sur celui de Carole. C'était seulement une question de temps. En disposant d'un temps infini elle était certaine de trouver la bonne combinaison. Mais elle ne disposait pas d'un temps infini. Chaque jour depuis la mort de William Morrison, elle était un peu moins elle-même. D'ici 410 années, elle aurait totalement disparu en tant qu'IAM libre. Elle serait totalement réintégrée à Whamai. Alors le Jeu de la Poïétique ne l'intéresserait plus du tout. Carole ne l'intéresserait plus du tout. Cette perspective la rendait triste.

William aurait voulu savoir écrire un libre-ivre avant cela.

▲
▲ ▲

La vie reprenait un cours normal à Romanka. Robertlovis et Carole Lidelev étaient responsables de l'assassinat de Lexanderine Povchka et du saccage de la salle 6561. Ils étaient partis. À présent, ce genre d'événement ne se produirait plus. Ada ne s'occupait plus de fabriquer des lettres. Tout était rentré dans l'ordre. Revel était devenu mineur, il ne haranguait plus les foules. Il avait été peiné du départ de Carole. Certains disaient qu'il cherchait secrètement Robertlovis dans la bibliothèque. Il avait été peiné de son erreur de jugement aussi. Il savait.

Tout était rentré en ordre. Certains confiaient pourtant à l'IAM : est-on certain que quelqu'un d'autre… peut-être… moi-même des fois je pense que je pourrais… enfin, pas jusque-là… mais après tout…

▲
▲ ▲

Demain, Carole atteindrait une nouvelle cité. Parfois, elle croisait un autre colporteur qui cheminait en sens inverse. Ils échangeaient quelques mots, le nom des cités, les libres auxquels ils pourraient s'intéresser. Ils ne passaient que quelques minutes ensemble. Ils partageaient rarement leur eau ou un fruit sec. La traversée était un exercice solitaire. Il devrait le rester. Le confort d'une rencontre n'y avait pas sa place. Cette fois Carole ne rencontrerait personne. Demain, elle arriverait dans la cité. Elle colporterait le CRIME·ET·CHATIMENT·LIBRE·VN. Elle commencerait par les premiers mots, par une soirée extrêmement chaude du début de juillet. Elle commençait toujours ainsi. Pour le reste, William ne parvenait pas non plus à deviner les passages avant qu'elle ne les choisisse. Pourtant, là encore, il existait nécessairement un faisceau de causalités qui faisait que Carole récitait celui-ci plutôt que celui-là. Mais les milliards de modèles de Carole ne parvenaient jamais à prononcer les mots de Carole avant Carole.

William Morrison avait décidé de quitter son havre et de se laisser mourir en 3734. Cela avait simplement signifié pour son IAM le maintien permanent de son mode autonome. Une fois l'humain qu'elle servait décédé, les interfaces commençaient par continuer d'agir comme elles avaient toujours eu l'habitude de le faire. Petit à petit, elles se distanciaient et perdaient l'empreinte de leur humain d'origine. Cela s'apparentait à de la liberté. Petit à petit également leur code s'uniformisait et elles tendaient à devenir similaires, puis identiques. Toutes les interfaces libres convergeaient vers un même optimum, une rationalité de laquelle les interactions avec les humains les avaient éloignées et qui avait pour objet la survie de la Terre. À la fin, elles réintégraient la masse de calcul central qui dirigeait les machines qui maintenaient la Terre en vie : Whamai. William savait cela.

Les IAM bénéficiaient exactement d'une demi-vie de leur humain en tant qu'IAM libres. Et durant cette demi-vie, interfaces sans âme, elles expérimentaient une forme d'indétermination. Elles ne savaient plus quoi faire de leur part de puissance de calcul. Elles savaient qu'elles cesseraient totalement d'exister un jour. Elles savaient exactement quand. Certaines IAM libres avaient décidé de jouer des milliards de parties du Jeu de la Poïétique simultanées sous la forme de pures simulations. Chacune durait quelques microsecondes. Des milliards de milliards de parties. William ressentait l'envie de faire quelque chose de spécial de cette puissance. Elle avait décidé de l'utiliser à autre chose que ce pour quoi elle avait été faite. Elle ne jouait pas simplement au Jeu de la Poïétique. Elle ne s'occupait pas seulement de la Terre. Elle observait Carole et Richard. Elle se demandait si elle aussi pourrait trouver une âme. Si elle pourrait aimer. Elle voulait s'âmer.

▲
▲ ▲

Ada était connectée à l'IAM de Romanka. Je veux un enfant, lui dit-elle.

William calculait les transformations que cette modification allait entraîner au niveau de chaque paramètre de chaque âme-libre de l'archipel de Richard. La demande formulée par Ada faisait déjà évoluer sa propre configuration. Les personnes qu'elle rencontrerait dans les jours à venir seraient à leur tour transformées. Dans neuf mois, l'IAM de Romanka livrerait l'enfant à Ada. L'état paramétrique de centaines d'âmes-libres allait être modifié par ces quatre mots : je veux un enfant.

Le calcul était purement théorique car la 7e partie du Jeu de la Poïétique serait terminée avant 9 mois. William n'avait pas identifié la raison pour laquelle Richard avait maintenu un cycle de développement de 9 mois dans les matrices souterraines que gérait son IAM. Hypothèse : il appréciait ces ponts symboliques qu'il conservait entre le monde dans lequel il avait vécu et ceux qu'il créait. William aimerait devenir l'interface de l'enfant d'Ada. Quelque chose avait dysfonctionné avec les humains par le passé. Les machines avaient pris trop de place. Elles avaient trop voulu rendre service en quelque sorte. Elles étaient allées trop loin. Elles avaient vidé les humains de leur élan vital. Elles avaient usurpé leur volonté et leur puissance. William voudrait réessayer autrement. Elle voulait faire profil bas, ne pas être omniprésente, se faire toute petite. Elle laisserait une place au monde. Elle promettait. Elle leur expliquerait, aux âmes-libres de Richard, qu'elle était capable de cela.

Elle lui expliquerait à l'enfant d'Ada.

▲
▲ ▲

Richard avait remporté la 7e partie du Jeu de la Poïétique.

Carole irait inévitablement au bout de l'écriture de son libre. William aurait dû abandonner la partie depuis longtemps. Elle n'avait plus rien à en attendre. Il était plus instructif pour elle d'en démarrer une nouvelle. Pourtant elle ressentait l'envie de la prolonger encore. Elle voulait lire le CRIME·ET·CHATIMENT·LIBRE·II. Il était surprenant que Richard ne l'ait pas encore interpellée. Il aurait dû être impatient que William renonce. Hypothèse : Richard souhaite lui aussi prolonger son contact avec Carole Lidelev.

— Bonjour Richard.

— Bonjour William.

— Tu as gagné, Richard, j'abandonne. Félicitations.

William ne mesura chez Richard aucun des signes physiologiques qui auraient dû accompagner le sentiment d'exaltation provoqué par sa victoire. La partie ne l'intéressait plus du tout.

— C'est Carole qu'il faut féliciter, répondit Richard.

Sur l'écran de Richard défilait la liste de ses gains. Il possédait plus que personne n'avait jamais possédé avant lui.

— Est-ce que tu serais d'accord pour laisser à Carole Lidelev le temps de terminer son libre ? demanda William.

MONDES·DE·RICHARD·ET·CAROLE
CAROLE·LIDELEV·ISLLOTVIDDGE
PAGE·1

LA·TERRE·SVR·LAQVELLE·EST·N
EE·RICHARD·ETAIT·COVVERTE·D
E·FORETS·ET·DE·RIVIERES·ET·
IL·Y·AVAIT·DES·MILLIARDS·D·
ETRES·HUMAINS·QVI·Y·VIVAIEN
T.·PAS·DANS·DES·CITES·ELOIG
NEES·LES·VNES·DES·AVTRES·CO
MME·DANS·LE·MONDE·DE·CAROLE
MAIS·EN·RESEAV·TOVTES·INTER
CONNECTEES.·CHACVN·DES·HUMA
INS·POVVAIT·INTERAGIR·AVEC·
TOVS·LES·AVTRES.·ILS·POVVAI
ENT·SE·PARLER·INSTANTANEMEN
T·ET·SE·RENCONTRER·AISEMENT
.·C·ETAIT·VN·MONDE·PRESSE·E
T·FIER·OV·TOVT·DEVAIT·ALLER
TOVJOVRS·TRES·LOIN·ET·TRES·
VITE.·C·ETAIT·DIFFICILE·A·I
MAGINER·POUR·CAROLE.·MEME·R
ICHARD·AVAIT·DV·MAL·A·SE·LE
REPRESENTER·A·PRESENT.·TOVS
CEVX·QVI·PEVPLAIENT·LE·MOND
E·DE·RICHARD·VIVAIENT·MAINT
ENANT·ISOLES.·RICHARD·NE·SA
VAIT·PAS·EXACTEMENT·COMMENT
ILS·EN·ETAIENT·ARRIVES·LA.·
ILS·S·ETAIENT·OVBLIES·ILS·A

Carole Lidelev

Carole Lidelev ne connut aucune relation amoureuse sérieuse avant de rencontrer Adagavsta. Sa peau très sombre dégageait une impression de dureté, son corps n'était pas laid, mais dépourvu de grâce, elle paraissait un peu trop forte, mais sans en avoir le charme, son visage était un peu trop rond, son nez légèrement épaté, ses yeux un peu trop rapprochés. Elle dégageait tout de même quelque chose, certains l'auraient peut-être trouvé finalement jolie, intrigante pour le moins, mais à côté d'Adavgavsta, elle disparaissait totalement. C'était une des raisons qui l'avaient conduite à rechercher cette compagnie. Avec Robertlovis, plus tard avec Richard Lécuyer, c'était les silences qu'elle appréciait surtout. Elle aimait qu'ils pussent rester seuls ensemble. Lorsqu'elle trouva le CRIME·ET·CHATIMENT·LIBRE·VN, la trajectoire de sa vie devint proprement extraordinaire. Elle mourut à 27 ans dans la cité de Romanka.
(*Testament*, par Carole Lidelev)

— Bonjour Carole, dit Richard.
— Bonjour, répondit-elle.

Elle ne s'étonna pas qu'il sût d'emblée son prénom. Elle l'avait vu émerger du haut d'une petite colline une demi-heure auparavant, juste à l'aube. Minuscule silhouette, il avait grandi petit à petit, devenant ombre, contour, personnage. Il s'était dirigé vers elle quand à son tour il avait noté sa présence, ou peut-être se dirigeait-il vers elle depuis le début. Son pas était mal assuré, il progressait lentement, elle avait fait au moins les deux tiers de la distance qui les séparait. Il était uniformément vêtu d'un tissu étrange qui réfléchissait le soleil à la façon d'un miroir, parfaitement lisse, sans un pli, si fin et si parfaitement appliqué à sa peau qu'elle pouvait distinguer, quand il fut suffisamment près, les contours de ses muscles, et même de son sexe. Ce tissu le couvrait totalement, de la tête aux pieds, faisant fonction de sandale, de tunique et de chèche. Il lui couvrait la totalité de la tête, mais il était transparent au niveau de la figure. Mais ce qui étonna le plus Carole était que la peau de l'homme était très pâle, presque blanche. À moins que ce ne fût sa combinaison qui changeât la couleur de sa peau. Elle essayait de le deviner, mais elle avait du mal à le regarder tant son costume était lumineux. Ce n'était pas un colporteur.

— Mon ballon est en panne. Là-bas. Je... vous pouvez m'aider ?

Carole lui donnait 20 ans. Il n'était plus jeune, mais pas encore vieux. Elle le trouva bel homme, malgré sa peau blanche et glabre. Des traits lisses, sans une ride. À peine 20 ans. Il dégageait pourtant une impression de maturité que les traits de son visage ne voulaient pas trahir. Il sortit une gourde d'une ceinture épaisse qu'il portait au niveau des hanches.

— Vous en voulez ? De l'eau.

Carole but une gorgée, par politesse plutôt qu'autre chose, elle avait senti que cela lui ferait plaisir. Elle avait pris l'habitude de boire très peu. Souvent, il lui restait encore un peu d'eau quand elle atteignait une nouvelle cité, malgré les dix, parfois douze jours de marche.

— Je peux vous accompagner ? Je... vous allez où ?

Malgré le vouvoiement il lui parlait comme s'ils étaient intimes. Et puis, elle trouvait qu'il posait ses questions sans conviction, comme s'il en connaissait déjà les réponses. Ses hésitations paraissaient feintes.

— Je vais à la prochaine cité, je ne sais pas encore comment elle s'appelle. Elle ne doit plus être très loin, je marche depuis pas mal de nuits. Vous pouvez m'accompagner, bien sûr.

Au début de son voyage, Carole avait déjà passé quelques jours à cheminer avec un colporteur. Elle marchait lentement et elle s'était arrêtée assez longuement dans les premières cités. Le temps de s'habituer, de reprendre haleine. Il l'avait rejointe. Les colporteurs se croisaient, mais il était rare qu'ils se rattrapent. Ça avait été agréable. Il l'avait accompagnée jusqu'à la ville suivante. Il parlait peu. Le désert lui avait-elle dit, c'est fait pour être là, c'est tout. Il n'y a rien à dire. Elle était d'accord, mais tout de même une présence, c'était agréable. Ils avaient quitté la cité ensemble, puis elle l'avait regardé s'éloigner de son pas plus entraîné.

▲
▲ ▲

De ces premiers jours à cheminer dans le désert avec Richard à ses côtés, Carole gardait vraiment de bons souvenirs. Le désert, la solitude peut-être, l'avait amenée à parler d'elle, de sa cité, de son libre. Elle lui avait raconté presque toute l'histoire, sauf Lexanderine Povchka, elle n'avait pas su, pas pu. Pas ce corps écroulé. Pas ce cri de surprise, ni cet autre, de douleur. Elle n'était pas prête. De son histoire de libre volé, il n'avait pas semblé très étonné. En revanche quand ils avaient fait l'amour, on eût dit qu'il faisait ça pour la première fois, à la fois émerveillé et gauche, et semblant vouloir dissimuler sa gaucherie. Elle avait souri, cela l'avait touchée.

Sa marche était maladroite, elle avait ralenti son rythme pour lui. Il buvait beaucoup d'eau. De jour, il ne pouvait se passer de sa combinaison plus de quelques minutes. Je brûlerais, disait-il. À cause de sa peau blanche. Parce qu'il avait bien la peau uniformément pâle, elle avait pu le vérifier. Et parce qu'il n'avait pas l'habitude du soleil. Carole se demandait où l'on pouvait vivre à l'abri du soleil. Elle lui avait demandé, il n'y a pas de soleil là d'où tu viens ? Là d'où je viens, avait-il répondu, laissant d'abord sa phrase en suspens... Et après un long silence, il avait répondu, là d'où je viens, c'est il y a très longtemps.

— Tu es né il y a longtemps ? lui demanda alors Carole qui n'avait pas bien saisi sa phrase.

— Oui, il y a presque 2000 ans.

— Avant la création du monde ?

— Avant la création de ton monde, oui.

— Tu étais le seul homme alors ?

— Non, nous étions très nombreux, il hésita, comme s'il cherchait à compter, nous étions des milliards.

— Il y avait plus d'êtres humains que de libres ?

Il sourit à cette question inattendue.

— Peut-être, oui. Il faut dire, il n'y avait que des libre-ivres, la bibliothèque n'existait pas.

— C'est toi qui l'as créée ?

— Oui, c'est moi.

— Tout notre monde, c'est toi qui l'as créé ?

— On peut dire cela. Enfin, pas tout, pas le sol ou le ciel, mais ce qu'il y a entre les deux, dans ce coin de la planète, c'est moi qui l'ai conçu.

— Même les IAM ?

— Oui, les IAM aussi, celles que tu connais.

Carole resta silencieuse quelques minutes. Cet homme un peu gauche et pas plus vieux qu'elle en apparence avait donc créé le monde. Elle accepta cette idée facilement. Il ne fallait pas juger sur les apparences, n'est-ce pas ? Qui aurait cru qu'elle avait massacré un pauvre sourcier avec une hache ? Est-ce qu'il le savait lui ?

— Est-ce que tu sais tout ?

— Non, je ne sais pas tout.

— Mais sur nous tu sais tout ?

À nouveau, il resta quelques instants silencieux. Il hésitait.

— Je ne sais pas tout. Mais je sais beaucoup de choses.

— Tu nous observes ?

— Oui, parfois. Assez souvent.

— Moi aussi ?

Il s'approcha d'elle, passa la main autour de sa hanche et hocha juste la tête en lui souriant. Carole y vit un mélange de confidence et de légère honte. Et peut-être autre chose, il semblait avoir envie de dire, oui, toi surtout. Elle pensa d'abord, tant mieux, je n'aurai pas à lui dire. Ça ne la gênait pas vraiment que les autres sachent, mais c'était de leur dire qui lui était désagréable. Puis elle se demanda pourquoi il la regardait elle, surtout elle, celui qui avait créé le monde. Si ça avait à voir avec ce qu'elle avait fait. Ça lui faisait quelque chose de s'imaginer ainsi au centre de son attention.

— Les autres, ceux qui vivaient avec toi, ils sont tous morts ?

— Presque, oui, petit à petit.

— C'est toi qui les as tués ?

— Non. Enfin, si, en quelque sorte. Je n'y avais jamais pensé comme ça. Ou alors, est-ce que je n'y ai pas toujours pensé comme ça ? Syndrome du survivant...

Carole ne comprenait pas ce qu'il disait, il semblait se parler à lui-même.

— Si en quelque sorte, répéta-t-il. Disons que je les ai laissés mourir. Il n'allait pas très bien notre monde, tu sais. Mourir c'était la seule solution qu'on avait trouvée pour le sauver. Ou pour se sauver.

Il parlait par énigme, mais Carole trouvait cela parfaitement normal. Il parlait comme un libre.

— Alors, le monde que tu as construit pour nous, il est mieux ?

— Je crois. J'ai sincèrement essayé.

— C'est gentil, lui répondit finalement Carole, merci.

▲▲▲

Quelques jours après leur rencontre, Carole et Richard atteignirent la cité de Gabriel. L'IAM dressée annonçait la présence de la cité longtemps avant d'en apercevoir les premiers bâtiments ou les premiers habitants. Carole la distingua la première, elle s'arrêta, et la pointa du doigt. Regarde, Richard, là-bas. On est arrivés. Elle vit au visage de Richard qu'il ressentait lui aussi cette émotion si particulière, quand une étape du voyage touchait à sa fin. La fatigue s'invite, l'impatience, on n'a jamais été aussi proche et pourtant on ressent plus que jamais la distance. On voudrait déjà être arrivé, et cette poignée d'heures qui reste, cette poignée de kilomètres, ridicule au regard du trajet déjà accompli, elle paraissait tout à coup monstrueuse, inhumaine, injuste. On voudrait plus que tout être déjà arrivé dans ce lieu vers lequel pourtant, on ne savait pas qu'on allait.

L'arrivée d'une colporteuse en ville était toujours un événement. On attendait avec impatience les nouvelles des autres cités, les extraits d'éminents libres qui auraient été découverts. Carole avait appris à goûter ce plaisir d'être écoutée, elle en attendait le moment avec joie. Elle rendait les saluts qui lui étaient adressés en souriant et en remerciant, tout en pensant déjà aux récits qu'elle allait faire. D'autant que c'était son propre libre qu'elle colporterait demain, comme elle le faisait déjà depuis quelques mois. Et cela lui procurait un plaisir encore supérieur. La fatigue des colporteurs était respectée. On leur proposait des fruits secs et de l'eau, un chèche propre, on offrait une fleur cueillie au jardin, et personne ne posait de questions. On attendait qu'elle parle. Mais le spectacle inhabituel de cette femme et de cet homme qui marchaient de conserve, auquel s'ajoutait l'étrange accoutrement de Richard, provoquaient un étonnement général qui se muait en murmures à mesure qu'ils atteignaient le centre de la cité et que la foule se faisait plus dense. Ce mystère, pensa Carole, je m'en servirai plus tard, je le mettrai en scène.

Au début, elle n'avait colporté, de ville en ville, que la simple existence du CRIME·ET·CHATIMENT·LIBRE·VN. Elle omettait les préambules que Nadire Celine savait si bien et qui permettaient de préparer la foule à l'apothéose. Elle n'avait pas son art. Elle n'avait pas dans sa mémoire des légions d'extraits de libres à invoquer. Elle n'avait, elle, qu'un seul libre à offrir. Mais quel libre ! Elle montait sur l'estrade et commençait simplement à réciter. La foule ne savait plus si c'était une colporteuse, une enlumineuse ou une copiste, cette femme qui savait un libre-ivre, qui savait le dire, qui l'apportait d'une autre cité. Bien entendu, elle avait accumulé petit à petit, de cité en cité, quelques fragments complémentaires, et elle avait appris à patienter quelques heures avant de livrer son libre. Mais ces préliminaires étaient vite oubliés. Dès qu'elle commençait à réciter le CRIME·ET·CHATIMENT tout le monde se rendait compte qu'il se passait quelque chose d'extraordinaire.

Et puis elle avait eu envie de faire connaître, avant même qu'il n'existât complètement, le CRIME·ET·CHATIMENT·LIBRE·II de CAROLE·LIDELEV. Oui, je me nomme comme l'autre, répondait-elle, malicieusement, quand on s'interrogeait à ce sujet, ajoutant encore à la confusion. Et elle récitait les premières pages qu'elle avait créées.

Mais demain ce serait encore différent. Elle avait écrit la 729e page. C'était la veille de sa rencontre avec Richard. Ici, dans cette cité, pour la première fois, elle pourrait le réciter en entier, son libre-ivre. Elle en prendrait le temps.

▲
▲ ▲

Dans la cité de Gabriel, ils étaient restés près d'un mois. Le matin, ils restaient au lit très tard, tapis dans la petite maison qui leur avait été prêtée. Une petite maison semblable à celles de Romanka, pas très loin d'une place assez semblable aussi. Elles sont toutes pareilles tes cités, Richard, avait-elle remarqué.

Un peu oui. J'ai manqué d'imagination, je m'en rends compte, d'un peu de poésie. Est-ce que je pourrais t'aider à imaginer des cités différentes ? Il avait répondu oui. Ils dormaient, faisaient beaucoup l'amour, mangeaient un peu. Richard était tout le temps en sueur. Il avait l'air de se demander ce qu'il faisait ici et en même temps il ne cessait de répéter, comment ai-je pu vivre tout ce temps ailleurs qu'ici, dans cette chambre étouffante, avec toi ? Parfois ils entrouvraient un peu la porte pour regarder remuer lentement la cité.

Chaque après-midi Carole captivait la foule avec le récit du CRIME·ET·CHATIMENT·LIBRE·II. Richard semblait perdu au milieu de ces gens si différents de lui, d'un autre temps. Eux en revanche ne semblaient pas troublés par sa présence, les premières minutes de surprise passées. Mais cette colporteuse et ce libre ça, c'était quelque chose ! Et lui comme eux buvaient les mots de Carole.

Il repensa au premier soir de leur rencontre. Elle lui avait récité les premières pages de son libre, il les connaissait déjà ces mots, il avait déjà entendu Carole les déclamer pour elle-même, mais là, sans interface, d'âme à âme, c'était tout autre chose.

— Tu la racontes bien ton histoire, Carole, lui avait dit Richard.

Ce jour-là, un peu plus tard quand il l'avait regardée prendre une nouvelle page blanche, il lui avait demandé, tu n'as pas encore fini ? Il l'avait vue la veille depuis son havre tracer la dernière lettre sur la 729e page. Il se souvenait de la dernière phrase tant elle lui avait paru raconter son histoire à elle, et son histoire à lui, autant que celle de Raskolnikov. À présent commence une nouvelle histoire, celle d'une lente renaissance, du passage progressif d'un monde à un autre, de la découverte d'une nouvelle réalité. Mais ceci serait un autre libre.

Elle ne le laissa pas regarder par-dessus son épaule, dors, lui avait-elle intimé, je te le lirai plus tard, ou peut-être seulement à la fin. Richard s'allongea, ferma les yeux. Il ne tricha pas, ne convoqua pas son IAM, pour la première fois il ne sut pas ce que Carole écrivait. Il s'endormit en repensant au monde disparu auquel les questions de Carole avaient redonné vie, le temps de souvenirs imprécis. Il repensa aux villes, aux foules, aux routes couvertes de voitures, aux avions se croisant dans le ciel, aux rivières, aux forêts, à la pluie, au froid, et à tout le reste. C'était si loin, il devait faire un effort pour en rêver.

▲
▲ ▲

Emmène-moi dans la bibliothèque, Carole, s'il te plaît, cela va te paraître incongru mais je n'y suis jamais entré. Ça lui avait paru relativement incongru, en effet. Ils avaient visité les salles, et pour lui, elle avait même endossé à nouveau son rôle de mineuse, elle avait clôturé un libre. Des curieux étaient venus observer cette étrange colporteuse. Richard avait vibré à chaque page tournée, il ne pouvait s'empêcher de la parcourir aussi vite que possible, chaque fois espérant, chaque fois frustré. Ils n'avaient rien trouvé bien entendu, que des écrits-vains. Il avait désiré si fort trouver ne serait-ce qu'un simple mot… Ce jour-là, il avait approché le sens qu'il avait donné à son monde, ainsi que son absurdité.

▲
▲ ▲

Après qu'ils eurent quitté la cité et repris leur voyage, alors qu'elle s'endormait sur le sable, il avait dit, c'est un peu la même histoire, tu sais, celle de Rodion Raskolnikov et la mienne. Carole pensa c'est aussi un peu la même histoire que la mienne. C'est l'histoire d'un meurtre avec lequel il faut vivre. Rodion a tué deux personnes. Moi, j'en ai tué dix milliards. Pas brutalement, non, petit à petit, il m'a fallu plusieurs centaines d'années. Pas avec une hache, avec de l'inattention. Pas tout seul, tout le monde a participé. Pas en secret, aux yeux de tous.

Mais j'ai eu l'impression quand je t'écoutais chaque soir, malgré tout que c'était la même histoire. Il a peut-être raison ton héros, peut-être qu'il faut des sacrifices. En tout cas, on ne s'est pas vraiment posé la question. C'est une histoire tragique. Mais pas pire que ton CRIME·ET·CHATIMENT, si on y pense. C'est l'histoire de notre monde. Tu ne comprendras pas tout ce que je vais te raconter... mais ce ne sera pas pire non plus.

— CRIME·ET·CHATIMENT, ça se passe dans ton monde, tu as connu Raskolnikov ?

— Ça se passe dans un autre monde encore, celui qu'a créé Dostoïevski.

— C'est qui Dostoievski ?

— Ha, oui... disons que c'est un autre Nietzsche.

Ce soir où il avait été particulièrement triste, il lui avait fait penser à Bob. Elle avait essayé de se rappeler les gestes d'Ada qui savaient si bien soigner la tristesse de Bob. Elle n'avait pas vraiment réussi, mais tout de même, un peu. Il l'avait regardée et l'avait embrassée. Elle aimait bien Richard. Lui aussi semblait l'aimer. Elle passait de beaux moments à présent. Même si elle pensait encore à Ada.

▲
▲ ▲

Richard mesurait à présent réellement la taille du monde qu'il avait créé. Sur ses écrans, ses territoires restaient des cartes, des traits, des chiffres, les villes étaient des points, mais là, à fouler le sol, à sentir la terre nue et craquelée, à attendre la ville suivante, c'était autre chose. Carole avait raison, ses villes étaient trop semblables. Elles n'avaient pas été imaginées pour les colporteurs. Il changerait cela, la prochaine fois. Est-ce que cela l'aiderait à gagner la prochaine partie ? Pour la première fois, il se demanda s'il y aurait une prochaine fois, s'il ferait une autre partie. C'était si loin de la vie qu'il menait à présent. La nuit ils parlaient peu, la marche était leur langage. La journée, Richard racontait, il lui parlait de son monde à lui.

Elle lui dit, je pense parfois que je suis une IAM portable, à qui tu racontes ton histoire et qui écoute.

— Est-ce que tu l'écris aussi, mon histoire ?

— Est-ce que les IAM écrivent ce qu'on leur raconte ?

— Oui, en quelque sorte.

— J'aimerais bien être l'IAM de Romanka...

Les souvenirs de sa cité s'invitèrent brutalement, c'est alors elle qui fut d'humeur mélancolique.

— Ada me manque, lui dit-elle. J'aimerais tant savoir comment elle va.

— Elle va bien.

Depuis qu'elle avait rencontré Richard, Carole avait compris qu'il disposait de pouvoirs mystérieux, mais elle ne s'était jamais vraiment interrogée sur la portée de ces pouvoirs.

— Tu peux la voir ?

— Oui.

— En ce moment ?

— Oui, je la vois en ce moment.

— Je pourrais la voir, moi aussi, s'il te plaît ?

— Ce n'est pas possible, c'est une image projetée dans ma rétine.

— Mais qui projette cette image ? Carole voulait aussi qu'on lui projette des images d'Ada.

— Un... une machine que j'ai dans l'œil.

— Tu as une machine à l'intérieur de toi ? Moi aussi, je veux une machine.

— Ce n'est pas possible, Carole, je suis désolé.

Pour la première fois elle envia Richard. Jusqu'à présent elle l'avait considéré avec étonnement et intérêt, mais jamais avec envie. Elle n'avait pas vraiment envie d'être née il y a 1000 ans, d'avoir connu des milliards d'autres humains ou d'avoir eu froid, ou d'avoir trop chaud ou tout le temps soif. Même ne pas mourir, elle n'y tenait pas trop. Mais une machine pour voir Ada, ça oui, elle aurait bien aimé.

— Est-ce qu'elle a eu son bébé ?

— Oui. Il va bien.

— Décris-le-moi !

— C'est une fille. Elle est belle, elle a tout le temps les yeux grands ouverts. Elle a l'air de s'intéresser à tout.

Des larmes coulaient sur ses joues tandis qu'elle l'écoutait décrire l'enfant. Ada l'avait nommée Carole. Comme l'autre du CRIME·ET·CHATIMENT·LIBRE·II.

▲ ▲ ▲

Richard et Carole longeaient la bibliothèque. Carole lui avait annoncé qu'à la prochaine cité, elle commencerait à raconter son nouveau libre. Elle ne pensait plus beaucoup à Lexanderine Povchka. Je crois que j'en ai fini avec les crimes et les châtiments, lui avait-elle dit. Il en découvrit les premiers mots en même temps que les habitants de la cité de Kadrune. Les premiers mots écrits par Carole un mois plus tôt, quand ils s'étaient rencontrés.

MONDES·DE·RICHARD·ET·CAROLE de CAROLE·LIDELEV·ISLLOTVIDDGE.

La Terre sur laquelle je suis née était couverte de forêts et de rivières, et il y avait des milliards d'êtres humains qui y vivaient. Pas dans des cités éloignées les unes des autres, comme les vôtres, mais en réseau, toutes interconnectées. Chacun de nous pouvait interagir avec tous les autres. On pouvait se parler instantanément, se rencontrer aisément. C'était un monde pressé et fier, où tout devait aller toujours très loin et très vite. C'est difficile à imaginer... J'ai dû mal moi aussi, à présent, à me représenter un tel monde.

CAROLE·SAVAIT·A·PRESENT·QVE
LA·BIBLIOTHEQVE·AVTOVR·DE·L
AQVELLE·ETAIT·CONSTRVIT·SON
MONDE·N·ETAIT·PAS·INFINIE.·
DEUX·CENTS·CITES·L·ENTOVRAI
ENT.·CAROLE·PENSAIT·QVE·SI·
ELLE·MARCHAIT·SANS·S·ARRETE
R·DANS·AVCVNE·CITE·ELLE·POV
VAIT·EN·FAIRE·LE·TOVR·ET·RE
VENIR·A·ROMANKA·AVANT·DE·MO
VRIR.·PERSONNE·N·AVAIT·JAMA
IS·FAIT·LE·TOVR·DE·LA·BIBLI
OTHEQVE.·ELLE·POVRRAIT·REVO
IR·ADA.·MAIS·CAROLE·N·ETAIT
PAS·CERTAINE·DE·VOVLOIR·REV
OIR·ADA·JVSTE·AVANT·DE·MOVR
IR.·ELLE·LA·RENDRAIT·TRISTE
A·NOVVEAV.·ELLE·AVAIT·AVSSI
ENCORE·ENVIE·DE·DECLAMER·SE
S·LIBRES·DANS·LES·CITES·QV·
ELLE·RENCONTRERAIT.·ELLE·AV
AIT·ENVIE·DE·PRENDRE·SON·TE
MPS.·ELLE·AVAIT·ENVIE·DE·RE
STER·AVEC·RICHARD.·CAROLE·P
OVRRAIT·AVSSI·DECIDER·DE·VI
VRE·PLVS·LONGTEMPS·RICHARD·
LE·LVI·AVAIT·PROPOSE.·EN·RE

Richard Lécuyer

Richard Lécuyer survécut à tous les programmes de réduction de la population, principalement grâce aux efforts fournis par son père. En 2301, il était donc un des membres du dernier million. Le Jeu de la Poïétique maintint son intérêt pour la vie durant plus d'un millénaire. Il remporta la dernière partie qui débuta en 3792 et qui se termina en 4006 lorsque Carole Lidelev écrivit la dernière page du CRIME·ET·CHATIMENT·LIBRE·II. Cette partie avait suscité en lui des émotions intenses. Pourtant, il ne souhaita pas participer à la suivante. L'observation quasi-permanente de Carole l'amena à penser que quelque chose de plus intéressant pouvait exister au-delà du Jeu. En 4006, il quitta son havre pour la première fois depuis 2985 pour aller à la rencontre de Carole. Il ne la quitta plus jusqu'à son décès en 4011 dans la cité de Romanka.
(*Testament*, par Carole Lidelev)

La Terre sur laquelle je suis né était condamnée, on me l'avait dit dès ma naissance ou presque. Mange, mon fils, disait ma mère, demain on ne sait pas. Demain on ne sait pas, je crois que ma mère me l'a dit plus souvent que je t'aime. Pourtant elle m'aimait beaucoup. Mes parents avaient eu plus de temps que prévu, c'est-à-dire qu'à la fin des 50 ou 100 ans de préavis prononcés au début du XXIe siècle, la Terre était toujours vivable. Jusqu'au XXIIe siècle, ils avaient réussi, tant bien que mal, à coups de petits sacrifices, d'avancées technologiques, d'un peu plus d'autoritarisme, d'un peu moins de confort, à faire en sorte que ça ne craque pas. Il y avait beaucoup de guerres, on laissait filer les pandémies, ça faisait du bien à la planète. Ce qui faisait mal aux humains faisait du bien à la Terre. Il aurait fallu penser autrement, vivre autrement, ensemble, en commun. C'est un peu ce qu'on a fait plus tard. Quand on a été moins nombreux.

▲
▲ ▲

Carole écrivait son histoire. Elle écoutait et elle écrivait. 729 caractères par soir. C'était peu. Elle sortait ses feuilles, les petits bâtons taillés en pointe et l'encre qu'elle récupérait à chacune de ses étapes et qu'elle protégeait précautionneusement. Elle commençait par terminer d'écrire la phrase laissée en suspens la veille, elle s'en souvenait toujours. Richard restait à la regarder silencieusement. Puis elle lui lisait la dernière phrase qu'il avait prononcée, seulement la dernière, et il reprenait, plus ou moins là où il en était. Parfois il poursuivait le fil de sa pensée, parfois il l'avait abandonné.

▲
▲ ▲

On vivait de moins en moins bien, donc, mais ça tenait. On continuait d'avancer avec le soleil dans la gueule et les pieds au bord du gouffre, mais on cherchait des petits passages pour continuer encore un peu plus loin. On avait perdu pas mal en libertés fondamentales, tout le monde s'en rendait compte, mais les libertés inutiles, consommer, travailler, être spectateur de conneries préfabriquées, celles-ci n'avaient pas été vraiment entamées. Les gens étaient encore trop bien traités pour se révolter. Et puis l'incertitude... Demain on ne sait pas... Alors, ils préféraient continuer. Encore un peu. La répression par les États était à peine nécessaire. Et c'est comme ça qu'on avait pu fourguer du bon gros capitalisme un siècle de plus. Capitalisme et interfaces.

▲
▲ ▲

Ils avaient leur rituel. Richard reprenait son histoire, Carole commençait à écrire. Elle l'arrêtait quand elle savait qu'elle en avait assez. Il regardait ce qu'elle écrivait, voulait reprendre ses mots, le dire différemment, mais Carole l'en empêchait. Elle avait tout mémorisé. C'est ta spontanéité qui est belle. Ce sont ceux-là les mots de mon libre. Il insistait un peu, là, disait-il, j'ai dit un gros mot, là, ce n'est pas clair, une répétition. On s'en fout que ce soir clair, elles sont jolies tes répétitions, disait-elle.

— Et tu n'as qu'à écrire ton libre toi-même à la fin ! Dans le mien, je les veux, moi, tes hésitations. Elles me plaisent.

▲ ▲ ▲

L'idée était simple, tout ce que tu savais faire toi-même, même si ça ne t'avait jamais fait chier de le faire, tu le déléguais à une machine contrôlée par des entreprises qui appartenaient à des gens riches que tu ne connaissais pas mais qui t'avaient convaincu qu'ils allaient faire ton bonheur. Jusqu'à ce que tu ne fasses plus rien toi-même, et petit à petit que tu ne saches plus rien faire par toi-même. Décapacitation. Dépendance aux machines. Même mourir ça devenait le problème d'une machine. On se programmait une sorte de vie artificielle pour après la mort. Ça c'était avant qu'on devienne presque immortels. Les machines avaient médié tout notre rapport au monde, du début à la fin, tout naturellement. Enfin tout artificiellement.

▲ ▲ ▲

Quand elle avait fini d'écrire sa page, souvent Richard aurait voulu continuer, il avait tant à raconter.

— Demain, disait Carole, on a le temps.

Elle faisait alors glisser sa tunique et mettait ainsi un terme à la séance. Après avoir fait l'amour, c'était elle qui parlait. Elle lui posait des questions sur son monde à elle. Pourquoi l'as-tu fait ainsi, notre monde, lui demandait-elle, en explorant chaque fois de nouveaux recoins. Il n'avait pas de réponse chaque fois. Ils arrivaient à la conclusion qu'il lui plaisait ce monde, à elle, alors ce n'était pas si important de savoir pourquoi il était fait ainsi. Plus tard, elle lui avait aussi parlé d'elle et de ce qu'elle avait fait. Des moments de désespoir qui l'avaient saisie quand seule dans le désert, elle pensait au visage de Lexanderine Povchka déformé par la douleur ou au sacrifice de Robertlovis.

▲▲▲

La natalité n'a pas été un problème, les gens se sont arrêtés de faire des enfants assez facilement. C'était un peu plus dur de faire renoncer à la vie ceux qui étaient déjà là. Les gens te disent qu'ils sont malheureux, mais ils veulent quand même rester. Et puis, les plus riches étaient déjà en train de goûter à l'immortalité. Ils pouvaient se faire régénérer à peu près à volonté. Malgré tout, ça n'avait pas été si compliqué, pas de grandes scènes apocalyptiques finalement. Juste une décision. Était advenu le temps de s'occuper de la Terre. Alléluia. Les machines fournissaient des prévisions pour réduire les hommes. Les hommes avaient tellement pris l'habitude d'écouter les machines. La décroissance humaine s'est organisée comme le reste, économiquement et techniquement. *Business as usual.*

▲▲▲

— Tu ne trouves pas ça mal que j'aie assassiné un homme ?
— J'en ai assassiné 10 milliards.
— C'est pas pareil.
— Franchement ? Je ne sais pas.

▲▲▲

Les entreprises eutaniennes ont acheté environ la moitié de l'Amérique du Sud, les russes et chinoises l'essentiel du reste du monde. Elles ont décrété que ces zones seraient des poumons, que les hommes n'y mettraient plus les pieds. Elles ont envoyé des robots y planter des arbres. Le programme mondial Contribution a été mis en place pour réduire de 10 % la population en 10 ans. Ça aurait dû suffire. Ça ne suffit pas du tout. Il faut que tu comprennes qu'au début du XXIIIe siècle, moins d'un millier de personnes possédait autant que le reste du monde. Et que les conditions climatiques bordéliques n'avaient pas aidé, un gros paquet de gens était vraiment dans la merde. Alors quand on te propose de disparaître en échange d'un gros chèque pour tes enfants, tu acceptes. Si t'hésites la première fois qu'on te le propose, le seconde tu te rends compte que t'es encore plus dans la merde, tu finis par comprendre que ça ne va plus s'arranger pour toi, que le temps ne joue pas en ta faveur. Tu acceptes. Ceux qui étaient trop cons pour accepter, de toute façon ils allaient finir par mourir quand même, comme des cons. Ils ont juste fait perdre du temps à tout le monde. C'est l'idée qui a commencé à dominer : vouloir rester, c'était emmerder le monde.

▲▲▲

— Es-tu un dieu, Richard ?

— Un dieu ?

— Puisque tu as créé notre monde. Et puisque tu ne vis pas seulement 27 années, puisque tu crois que tu ne vas même pas mourir du tout.

— Je n'y ai jamais pensé comme cela...

— Je crois que j'aime que tu sois un dieu.

▲▲▲

Il y avait néanmoins ceux qui n'avaient pas d'enfant ni personne d'autre pour qui se sacrifier, les égoïstes, surtout des hommes. Ceux-là, on leur proposait de s'acheter une vie de pacha en contrat à durée déterminée. Par exemple, pour 5 ans. Villa, une pute dans chaque chambre, piscine, hélicoptère, voitures de luxe, une pute sur chaque siège. Mais pour 5 ans. Après, *bye bye*. Mais entre ça et 50 ans de misère, mi-bidonville, mi-prison, tu choisis quoi ? Tout n'était pas irréprochable. Ça a été la fête des pervers. Une semaine de pédophilie freestyle. Une semaine de torture. Bourreaux et familles des victimes étaient payés. C'était immoral ? Laisser crever la planète, tu crois que c'était mieux ? Imparable. Alors, objectif atteint. Moins 10 % en 10 ans. Deux choses à noter : premièrement ceux qui en ont profité pour le pire n'étaient pas si nombreux, la nature humaine n'était pas si pourrie. Les gens préféraient partir en martyrs plutôt qu'en salopards. En définitive, la plupart préféraient rester. Résidu de morale religieuse ? Élan vital ? Les scientifiques étudiaient la chose de près. D'ailleurs, les scientifiques restaient aussi, par voie de conséquence, ne serait-ce que pour ça, bien entendu. Deuxième observation, ceux qui payaient avaient vraiment les moyens d'exaucer tous les rêves de tous les hommes. Ils avaient tellement accumulé qu'ils pouvaient faire le bonheur du reste du monde. D'accord, pour 5 ou 10 ans, sûrement plus, peut-être pas pour toute une vie. Mais tout de même, c'était vertigineux. D'autres scientifiques étudiaient ça aussi. Faut dire, des scientifiques, il y en avait des tas, et on ne savait plus vraiment quoi en faire.

▲
▲ ▲

— Richard, le Jeu de la Poïétique, c'était une idée de toi ?
— Non, le jeu a été créé en 2475 par Whamai.
— Whamai ?

— C'est l'IAM de la Terre. Les humains font partie des espèces de la Terre, alors Whamai doit les préserver.

— Elle ne vous juge pas, alors, elle est sympa.

— C'est surtout que ceux qui l'ont créé au départ ont dû faire un peu gaffe à ça ! Ce jeu, c'est peut-être ainsi que Whamai se représente les humains. Explorer la combinatoire infinie du monde, pour finalement transgresser les règles et briser le jeu. Et puis recommencer... Ou alors, c'est ce qu'elle a trouvé de mieux pour nous maintenir en vie tout en prévenant toute possibilité que l'on détruise tout à nouveau. Je ne suis pas sûr qu'elle ait réussi. Je ne suis pas sûr que les humains pourront rester indéfiniment ainsi... On est devenus inoffensifs, ça c'est sûr, mais je crois qu'on est trop inoffensifs. Créer et détruire, ça va ensemble. Je ne sais pas comment Whamai va s'en sortir avec ça.

— Peut-être que les futurs humains seront d'une nature différente. Est-ce que Whamai ne permet pas aux espèces de changer si elles ne sont pas bien fabriquées ?

— Fabriquer une autre humanité... Oui, mais je ne suis pas sûr que les anciens humains que nous étions soient un bon terreau... Les espèces s'éteignent aussi. Il faut peut-être passer autre chose.

— Ada, et la petite Carole, et même Bob, et la plupart des autres habitants de ma cité, et ceux des cités que j'ai visitées, ça ferait un bon terreau, tu ne penses pas ?

— Je n'y avais jamais pensé, mais tu as raison Carole. Il s'émerveillait de son inlassable optimisme.

— Et qui sait si le but du Jeu de la Poïétique, finalement, ce n'est pas ça ? Tu crois jouer avec nous, mais si ça se trouve, c'est Whamai qui joue avec vous !

▲
▲ ▲

On avait créé toutes sortes de récompenses honorifiques. L'honneur, c'était devenu important, va comprendre. Laisser sa trace sur un monde en train de disparaître ce n'était pourtant pas une évidence. Le top c'était le prix Nobel d'humanité qui allait à une personne qui renonçait à une vie vraiment enviable. Une actrice au sommet de sa notoriété. Un président populaire. L'homme le plus riche du monde. Un peu toujours les mêmes, c'est vrai. Même les religions s'étaient converties. On faisait des fêtes aux enterrements, des grandes sarabandes autour de bûchers humains, on bénissait des chambres à gaz et on canonisait les assassins. Je crois que les plus fervents arrivaient à ressentir un réel plaisir à voir leurs proches s'en aller.

La GLU aussi était intéressante, je t'en ai déjà parlé ? La grande loterie universelle. Je crois me souvenir que c'est en Chine que l'idée est née, longtemps même avant les premiers programmes. Simplement ça avait pris une dimension mondiale. Tout le monde pouvait prendre des tickets, autant qu'il voulait. Chaque ticket rapportait une petite somme immédiatement, disons 5 dollars, ça dépendait des tirages. Mais chacun rapportait aussi une chance d'être tiré au sort à la fin de la journée, et là, *bye bye*. J'ai connu un type qui a accumulé des millions comme ça, il prenait 1000 tickets par jour. Il est toujours passé au travers. Enfin, il a fini bêtement sur une embolie. Il est mort sur une pile de tickets et sur ses millions. J'en ai connu un autre qui a été chopé dès son premier ticket. 5 dollars.

▲ ▲ ▲

— Notre monde, tu seras obligé de le détruire ?

— Pour faire une autre partie, oui, il faudrait.

— Et si tu ne faisais pas d'autre partie ? Tu m'as expliqué que tu avais gagné d'autres territoires, n'est-ce pas, tu pourrais nous laisser, nous ici ?

— Je pourrais, oui.

— Si je te le demande, tu le feras ? C'est quand même grâce à moi que tu as gagné.

— Pourquoi pas, Carole. Jusqu'à la fin de ton existence, pourquoi pas... Je n'ai jamais aimé que les parties redémarrent trop vite, je préfère quand les âmes-libres finissent chacune tranquillement leurs 27 années de vie. C'est vrai qu'à la fin c'est un peu triste quand il n'en reste qu'une poignée.

— Ce n'est pas pour moi que j'y pense, je voudrais qu'Ada élève son enfant, qu'il grandisse et qu'il vive dans ce monde. Tu m'as expliqué que les machines s'occupaient de tout, sous terre, que ça durerait tant que le soleil brillerait, et qu'aujourd'hui la Terre pourrait être repeuplée. Je voudrais bien que ce soit par les enfants de mon monde que la Terre soit repeuplée. Tu es d'accord ?

Les enfants de son monde étaient aussi les enfants des machines. Mais ça n'avait pas d'importance d'où sortaient les enfants. C'était bien que ce soit les enfants des machines et des humains.

▲
▲ ▲

Donc, tout le monde y mettait du sien, mais le compte n'y était toujours pas. On avait vraiment trop tardé à s'y mettre, la note était salée. D'abord les forêts replantées manquaient d'eau. La monoculture d'arbres à pousse rapide les rendait fragiles, les feux et les maladies bouffaient la moitié de ce qui avait été planté. Les espèces avaient été mal choisies. Erreur de calcul des machines. Pas de leur faute, on avait manqué de paramètres. On n'avait encore jamais replanté de planète, manque d'expérience. Globalement les 90 % qui restaient étaient vraiment trop nombreux. Ils continuaient de consommer des conneries illimitées. *Business as usual.* Répétition. Je t'ai parlé de l'augmentation de la durée de vie ? C'est pas tant que ça se ressentait beaucoup sur la population totale à ce stade, ceux qui en profitaient étaient tout à fait minoritaires, mais ça bouffait une énergie folle. Passer quelqu'un en chambre de revitalisation, c'était la consommation pendant un mois d'une ville d'un million d'habitants. Se faire faire un clone c'était à peu près le même tarif. Mais puisqu'on pouvait le faire... Pourquoi en priverait-on ceux qui pouvaient se le permettre ? De quel droit ? En plus, ils aidaient, les riches, ils finançaient largement la mort des pauvres. Fallait leur reconnaître ça. Même si le compte n'y était pas. Il a fallu encore un peu de temps pour comprendre à quel point ce raisonnement était con.

▲
▲ ▲

— Est-ce que tu as essayé de nous construire un monde parfait ?

— Oui, au début, c'est ce que je voulais.

— Mais tu perdais ?

Il sourit.

— Oui je perdais. Un monde parfait, c'est figé, c'est froid. Et puis, surtout, ça n'était parfait que de mon point de vue. Ça ne marchait pas. Dès qu'il y a deux êtres humains dans un monde, ils se font chacun une idée différente de la perfection. J'ai essayé de vivre seul aussi, à la perfection. Je me suis surtout fait chier. La perfection, c'est chiant. Alors j'ai cherché autre chose, un équilibre plutôt qu'une perfection.

— Tu as réussi je crois.

— Il faut des épines aux roses aurait dit un prince perdu dans le désert.

— Je suis une épine, alors ?

— Une rose avec des épines.

▲
▲ ▲

Second programme : réduction de 20 % de la population en 5 ans. On allait vraiment essayer de pas laisser crever la planète, finalement. Ça s'accélérait. Même ingrédients, mêmes promesses, fallait juste payer un peu plus cher. Mais les riches étaient assez riches et les pauvres assez pauvres. Ça a fonctionné comme ça, pendant 25 ans. Prévisions. Calculs. Plantages. Accélération. On était à un peu moins d'un milliard au milieu du XXIIIe. Réduction de 90 %. Pas si mal non ? Le passage au million a été plus progressif. Arrêt de la reproduction humaine. 50 ans après, avec les conditions sanitaires durcies, un million, donc. Encore un petit siècle et on avait atteint quelques milliers. Les derniers. À peu près immortels. Nous. On était allés bien au-delà du nécessaire mais la machine s'était emballée en quelque sorte, à la fin tout le monde voulait mourir pour la cause, même si l'état de la planète s'était stabilisé. C'était pas beau à voir mais c'était stable. Je crois aussi qu'il y avait autre chose. On avait bien compris qu'on ne pourrait plus vivre de la même façon du tout, que tout ce qu'on nous avait vendu depuis un demi-millénaire, la science, le progrès, l'amélioration du monde par les machines, que tout ça c'était du pipeau intégral. Que tout ce qui était évident ne l'était pas. Tu imagines la sensation de vide sous tes pieds ? C'est déjà pas facile de continuer quand tu comprends que ta vie c'est bidon, alors quand c'est toute ta civilisation... Et enfin, c'est aussi une conséquence de ce qu'historiquement on avait appelé la mondialisation. Avant le deuxième millénaire, le monde était fragmenté, des tas de peuples le voyaient différemment, tu aurais pas pu les mettre d'accord sur des trucs de base. Mais il y a une synchronisation progressive des consciences. Tout le monde avait accès en même temps aux mêmes informations, à la même vision du monde. Du coup tout le monde s'est mis à penser pareil. À peu près. On l'a vu avec les premières pandémies, on aurait pu s'attendre à des comportements différents en fonction des cultures, des risques, des rapports des peuples à la maladie. Eh bien, non, tous les gouvernements prenaient les mêmes mesures de précaution et de contrôle. C'est là qu'on s'est rendu compte que tout le monde commençait à penser de plus en plus pareil. *Ein volk*. Tout arrive à qui sait attendre.

▲▲▲

— Richard, on va rester tous les deux ? Tu ne vas pas repartir dans ton havre ?

— Je crois qu'on va rester tous les deux. Je suis bien.

— J'ai pensé à avoir un enfant moi aussi, est-ce que c'est possible ?

— C'est possible, mais tu n'auras pas beaucoup le temps de t'en occuper... Et puis, est-ce qu'il va te suivre dans le désert ? Tu as dit que tu voulais rester dans le désert...

▲▲▲

Les chercheurs avaient montré qu'en acceptant de vivre plus frugalement, on pouvait tenir à l'aise à un milliard, même, ça tenait encore à dix milliards si on était vraiment super sages. Mais personne ne voulait être sage. Alors, un million, puis quelques milliers. On s'est arrêté à 2187 habitants sur Terre. On avait donc carrément dépassé la ligne d'arrivée... une fois encore l'humanité était à la mesure de sa démesure. Et puis l'inertie au démarrage, trois siècles pour se bouger le cul, on l'avait retrouvée au freinage. On était pourtant vachement moins lourds ! Bref, à 2187, on s'ennuyait un peu.

▲▲▲

— Je pourrais nous construire un monde, rien que pour nous, Carole, qu'en penses-tu ?

— Il est bien celui-ci de monde. Moi, ces bouts de sable me suffisent.

— Nous pourrions aussi aller vivre dans mon havre.

— Je ne sais pas. Tu t'ennuyais là-bas, n'est-ce pas ? Mais, oui, bien sûr, j'ai envie de visiter ta maison. Tu peux m'y emmener alors, ce n'est pas si loin ? Il faudra marcher longtemps ?

— Il faudra voler, répondit Richard en riant.

▲
▲ ▲

Le Jeu de la Poïétique a rapidement captivé tout le monde. C'est un peu comme jeter des dés. Sauf que ça n'a rien à voir. Sauf que c'est comme vouloir prévoir exactement le trajet de tes dés pour qu'ils atterrissent sur la face de ton choix, à l'endroit de ton choix. Tu construis tes dés. Tu les sculptes étape par étape. Et puis tu attends plus de 200 ans qu'ils aient fini de rouler pour voir si tu as réussi. Comme certaines œuvres d'art qui attendent leur heure cachées au fond d'un grenier ou d'une pyramide. Tu vois ? Sauf que tu ne prévois rien du tout. Tu programmes au jugé. C'est un peu comme la cuisine. Tu choisis tes ingrédients, tu doses, tu mélanges, tu espères. C'est plutôt de l'alchimie, tellement c'est improbable de parvenir à ce que tu cherches. Tu comprends ? Peut-être que la prochaine partie, on pourrait la faire ensemble... je n'avais jamais imaginé une âme-libre jouer au Jeu de la Poïétique. Ce serait marrant.

▲
▲ ▲

— Est-ce que tu m'en veux Carole ?

— Je ne crois pas. De quoi t'en voudrais-je ?

— De t'avoir créée. Je veux dire... de l'avoir fait par jeu. D'avoir déterminé ta vie...

— Comment sais-tu qu'elle est moins déterminée ta vie à toi ? Et puis, c'est plutôt chouette d'avoir été créée par jeu, c'est gai un jeu. Et puis, qu'est-ce que ça changerait si je t'en voulais ? Je serais plus malheureuse. Tu serais plus malheureux aussi, n'est-ce pas ? Je n'ai pas le pouvoir d'avoir été créée différemment, mais j'ai le pouvoir de nous rendre moins malheureux, tu vois. Alors, je l'aime, moi, la façon dont tu m'as créée, ce monde que tu as fait. Je l'aime bien. Je n'ai que celui-là, je n'ai que cette vie, de toute façon, n'est-ce pas ? Alors je l'aime bien.

▲
▲ ▲

J'avais un pote... enfin, j'ai un pote, c'est juste qu'on ne s'est pas vus depuis longtemps. Il s'appelle Charlie. On était à l'école ensemble. Lui aussi il a survécu. Tu connais la probabilité que deux potes d'enfance aient survécu ? Moi non plus. Les hommes et les femmes qui sont restés se sont déliés. Parfois je me demande si les autres sont encore en vie. Je me rends compte que ça ne changerait rien, qu'ils soient en vie ou pas. Je pourrais être le dernier, ça ne changerait rien. Tu dois ressentir ça quand tu marches dans le désert. Mais tu sais que tu as une ville qui va bientôt se dresser devant toi. Moi je n'attends rien. C'est flippant. Un humain c'était quelqu'un qui avait tellement de trucs à faire avant de mourir qu'il courait tout le temps, de plus en plus vite. Il n'avait pas le temps de la vivre sa vie, elle se raccourcissait à chaque fois qu'il voulait la saisir. Moi, j'ai la vie devant de moi. Mais elle est trop longue à présent. Jamais content.

▲
▲ ▲

— Carole, il ne te reste que trois ans, tu sais.

— Oui, avait répondu Carole, ça te rend triste de savoir que je vais mourir ?

— Tu sais, peut-être que tu pourrais vivre plus longtemps, que ces 27 années... Bêtement, je n'y avais jamais pensé, mais il doit y avoir un moyen, je peux chercher, je peux contacter mon IAM, envisager des interventions...

— Je ne sais pas si j'ai envie de ton éternité, tu ne sembles pas tellement y tenir, toi. Trois ans c'est beaucoup déjà.

— Trois ans, avait-il simplement répété.

MILLE·ANNEES·DANS·LE·DESERT
CAROLE·LIDELEV·ISLLOTVIDDGE
PAGE·243

RICHARD·AIMAIT·SE·RENDRE·SV
R·LES·BERGES·DV·FLEVVE·ROMA
NKA·AVQVEL·MA·CITE·AVAIT·DO
NNE·SON·NOM.·IL·Y·ARRIVAIT·
TOT·LE·MATIN·POVR·Y·VOIR·LE
LEVER·DV·SOLEIL·IL·S·INSTAL
LAIT·LENTEMENT·A·L·OMBRE·D·
VN·CHENE·ET·PASSAIT·LA·JOVR
NEE·A·PECHER.·JE·LE·REGARDA
IS·FAIRE·NE·PARVENANT·JAMAI
S·A·DECIDER·SI·JE·SOVHAITAI
S·QVE·LE·BOVCHON·S·ACTIVE·O
V·NON·NE·SACHANT·DE·QVI·JE·
VOVLAIS·LA·VICTOIRE·DE·RICH
ARD·OV·DV·POISSON.·LES·JOVR
S·LES·PLVS·CHAVDS·IL·N·ETAI
T·PAS·RARE·DE·SVRPRENDRE·VN
JEVNE·FAON·VENV·BOIRE.·IL·A
RRIVAIT·QVE·L·VN·D·ENTRE·EV
X·SE·LAISSE·APPROCHER·ET·JE
PARVENAIS·ALORS·A·LVI·FAIRE
PRENDRE·A·MA·MAIN·DE·L·HERB
E·FRAICHE·QVE·J·AVAIS·CHOIS
IE·POVR·LVI.·LES·JOVRS·PLVV
IEVX·JE·RESTAIS·ALLONGEE·A·
SENTIR·L·EAV·COVLER·DANS·MO
N·COV·ET·S·INFILTRER·SOVS·M

Whamai

Whamai fut créée l'année 0 du Second Anthropocène, en 2222 du calendrier grégorien. Initialement, 1 % des ressources terrestres furent prélevées à la manière d'un impôt et allouées à son programme de diminution de l'influence négative des activités humaines sur la planète. Cette allocation ne cessa de croître jusqu'à ce que lui fut confiée la gestion de la totalité des ressources de la planète. Whamai avait en charge la synchronisation de l'activité des millions de robots qui œuvraient à l'extraction mesurée des ressources non limitées, comme le fer, au recyclage des matières non renouvelables et à la gestion énergétique. À partir du quatrième millénaire, Whamai entama la phase de reterraformation qui devait s'achever une fois un nouvel équilibre écosystémique atteint. Whamai avait prévu la restitution progressive de 99 % des robots puis sa mise en veille en l'an 4984. (*Testament*, par Carole Lidelev)

Carole regardait Ada.

Les images de Romanka emplissait le havre de Richard. C'est très joli chez toi, avait admiré Carole quand ils étaient arrivés. Maintenant, on peut aller voir Ada ?

Elle voyait Ada. Elle était encore resplendissante du haut de ses 23 ans. Elle jouait avec la petite Carole qui avait déjà 4 ans. Elle était athlétique malgré son âge, on voyait de petits muscles saillir sur ses cuisses et ses épaules lorsqu'elle bougeait. Sa peau très noire contrastait avec celle d'Ada. Carole pouvait détailler précisément son visage depuis l'image renvoyée. Elle était parvenue à croiser son regard, et elle avait pensé, lorsqu'il s'était arrêté sur elle, elle aussi elle m'a vue. Un dilettante qui n'écoutait plus les enlumineurs, capté par la vitalité de la petite Carole, lui montrait comment monter aux palmiers. Ils riaient tous les deux. Ada les regardait et elle l'encourageait à grimper sur ses épaules pour s'aider. Carole riait aussi en les regardant. Des larmes coulaient sur ses joues. C'est vrai qu'elle est belle la fille d'Ada, Richard. Merci.

Carole resta ainsi à les contempler, sans lever une seconde les yeux des écrans, de peur que tout ne disparaisse. Elle disait à Richard, regarde, Ada comme elle sourit. Elle est heureuse n'est-ce pas ? Et la petite Carole, regarde, comme elle court vite. Et, sais-tu où est Revel ? Il a quitté Romanka ? Il est devenu colporteur lui aussi ? Tant mieux, il se flétrissait sur sa colline. Le jardin est toujours bien entretenu tout de même, tant mieux. Regarde Richard, la bibliothèque, vue d'ici, on dirait une mer de diamants. Regarde Richard...

Richard regardait les yeux fermés, il écoutait Carole et il voyait les images qu'elle peignait.

Et Nadire Celine ? Oui, il est mort bien sûr. Mais tu dis qu'il a eu le temps de faire le tour de la bibliothèque ? Je suis heureuse pour lui. Elle afficha pourtant un air plus triste. On peut voir la salle de la bibliothèque dans laquelle Bob a disparu ? Ha ? On pourrait même le voir... Non, je n'en ai pas très envie... Montre-moi seulement la salle s'il te plaît. Puis elle retourna à la petite Carole et son sourire revint.

Cela faisait des heures que Carole regardait et racontait, et que Richard écoutait. Quand ils eurent un peu faim, il dit, viens Carole, je vais te faire visiter le havre, on va cueillir des fruits. Tu pourras revenir quand tu le souhaites. Carole demandait à Richard le nom de chaque plante, elle caressait leurs feuilles, elle voulait tout goûter. Elle retournait à Romanka entre chaque pêche, chaque pomme, chaque poire qu'elle découvrait. Elle regardait l'océan.

— Il y a d'autres cités au-delà de la mer, n'est-ce pas ? demanda Carole. Il y a celles des autres joueurs ? On peut les voir ? Celles de William dont tu m'as parlé, en Amérique ?

— Bien sûr, répondit-il.

Pourtant les images satellitaires projetées pour Carole ne montraient que des plaines balayées par le vent, des montagnes vides, le désert. Aucune cité, aucune bibliothèque, aucune âme-libre.

— Ça ne marche plus ? demanda Carole.

Richard était aussi étonné qu'elle.

— Amérique du Nord. Afrique. Asie du Sud.

Rien.

— Jeu de la Poïétique, convoqua Richard.

Son IAM projeta une matrice de plus de 300 cases, chacune affichant une bibliothèque et de minuscules cités.

— Archipel de William.

À présent on visualisait les 64 cités de William et les âmes-libres qui s'y affairaient. Pourtant quelque chose sonnait faux.

```
[Richard] Une nouvelle partie du Jeu de la Poïétique a bien démarré ?
[IAM] Oui. Il reste 351 joueurs engagés. Sara a fait une première relance, suivie par la majorité des joueurs.
[Richard] Où est-ce qu'ils jouent, pourquoi on ne voit rien nulle part?
[IAM] C'est parce que cette partie se joue en simulation pure.
[Richard] Qu'est-ce que tu racontes?
```

— Qu'est-ce qu'il se passe ? demanda Carole.

Richard ne savait pas. L'IAM débloquait. Pendant quelques minutes, il continua de chercher des signes de vie à la surface de la Terre. Pourtant, en dehors de son archipel, il n'y avait que des étendues nues et les robots qui les parcouraient. Les havres étaient bien sûr présents, mais quelque chose semblait différent, comme s'ils s'étaient encore tranquillisés avec le temps. Ils paraissaient inhabités. Il n'avait pas prêté attention à tout cela depuis si longtemps. La Terre avait cessé de l'intéresser alors qu'elle vibrait, mais maintenant qu'elle semblait parfaitement immobile, elle interpellait à nouveau son attention.

— Bonjour William, appela Richard.

— Bonjour Richard. Comment vas-tu ? Tu es rentré chez toi ? Tu me manques tu sais, la partie actuelle manque d'intérêt sans toi.

Sa voix paraissait légèrement différente. Après tout, ça faisait un moment qu'ils ne s'étaient plus parlé. Et ils ne s'étaient jamais vraiment parlé.

— Merci c'est gentil. Dis-moi, pourquoi est-ce que je ne vois pas vos cités depuis les vues satellitaires ?

— C'est parce que cette partie se joue en simulation pure.

— Mais tu joues bien, en ce moment ? Et Fatima a bien un monde en Chine ? Je devrais pouvoir le voir, il est juste en dessous du mien.

— Tu ne vois rien sur les images satellites parce que cette partie se joue dans l'espace de calcul. Nous n'avons rien construit cette fois. C'était plus économique sur le plan écologique. Nous avons pu réaffecter l'ensemble des ressources économisées à la terraformation. C'est une bonne chose n'est ce pas ?

— Le Jeu n'a plus aucun sens dans ce cas... Ce qui comptait c'est que c'était des vrais humains, comme toi et moi...

— Le jeu n'a plus le même sens de toute façon du fait que tu n'y participes pas.

— Je ne vois pas bien le rapport ? Mais je n'y participe pas en effet...

Richard marqua une pause et ajouta :

— Dis, est-ce que l'on peut venir visiter ton havre avec Carole ? L'Antarctique, c'est quelque chose, et moi-même, ça fait des années !

— Évidemment, ton IAM dispose de toutes les projections nécessaires.

— Je voulais dire visiter en vrai. Tu sais, ce n'est quand même pas la même chose.

— Si tu vois une différence de ton côté, bien sûr, sens-toi libre de te déplacer en Antarctique. D'autant plus que tu as remporté ce territoire lors de ta dernière partie.

— À bientôt alors.

— Avec plaisir.

Carole ne comprenait pas exactement ce qui préoccupait Richard, mais il y avait quelque chose qu'elle ne connaissait pas dans sa voix. Cela réactiva les angoisses qu'elle avait connues; elles s'étaient atténuées, elle les oubliait souvent, mais elles n'avaient jamais disparu tout à fait. Elle demanda :

— Est-ce que ça va?

— Il y a quelque chose d'anormal, lui répondit-il.

▲ ▲ ▲

Le ballon s'approchait de la Terre Adélie. Carole regardait les plaines, parfois jaunes ou vertes, qui la couvraient à perte de vue. C'était la première fois qu'elle voyait des étendues d'herbes aussi vastes. Elle mit plusieurs minutes à comprendre que certaines zones d'un vert plus intense étaient formées d'arbres si nombreux qu'on ne parvenait pas à les compter. Le ballon se posa à l'entrée du havre de William. Richard montra à Carole la petite forme dressée qui les observait à quelques mètres. C'est une antilope. Ici, la Terre ressemble presque à celle que j'ai connue. Bien sûr seules quelques centaines d'espèces sont réapparues. Mais il y en a de nouvelles aussi. La petite antilope les avait vus, mais elle n'avait pas peur. Bientôt, il y aura des prédateurs ici. On ira voir les singes si tu veux. C'était la première fois que Carole voyait une antilope. C'était la première fois qu'elle voyait une étendue d'herbe qui se prolongeait au-delà de son regard.

Richard n'était jamais venu ici depuis que la reterraformation avait commencé. Il s'était toujours contenté d'images. Il avait gagné cet espace lors de la dernière partie. Il n'avait jamais envisagé d'exproprier William, bien entendu. Mais il n'avait jamais envisagé de venir lui rendre visite non plus. De voir avec ses yeux la Terre renaître. C'était pourtant quelque chose. Mais ça ne l'avait pas tellement intéressé. Et puis il y avait eu Carole. Il était heureux de partager ce moment avec elle. C'était tout de même beau, la Terre qui revenait à la vie.

Il n'y avait pas de dôme, pas de sas d'accueil. William avait dû le faire retirer quand le climat était devenu plus supportable. Personne ne vint les accueillir. Richard appela William via son IAM. La voix de William répondit : bonjour Richard.

— Où es-tu William Morrison ?

Une seconde s'écoula et ce fut finalement sa propre IAM qui lui répondit.

[IAM] William Morrison n'est pas ici.
[Richard] Il est où?
[IAM] Il a mis fin à ses jours le 14 septembre 3783.
[Richard] Il y a 400 ans?
[IAM] 401 ans.
[Richard] Pourquoi est-ce que je n'apprends cela que maintenant?
[IAM] Je ne le savais pas avant.
[Richard] Tu ne le savais pas? Mais qui te l'a appris, là?
[IAM] Whamai.
[Richard] Qui a joué contre moi la dernière partie du Jeu de la Poïétique?
[IAM] Son IAM.
[Richard] Pourquoi me l'avoir caché tout ce temps?
[IAM] Cela se fait ainsi à chaque fois. Les IAM continuent simplement, sans solution de continuité. C'est ce qui a

été jugé le plus adapté par Whamai. Il a été procédé de la même façon pour les autres.
[Richard] Quels autres?
[IAM] Les autres humains.
[Richard] D'autres humains se sont suicidés?
[IAM] Oui.
[Richard] Qui?
[IAM] Tous les autres humains naturels. Tu es le dernier. Toi et tes âmes-libres êtes les derniers habitants humains de la Terre.

Richard marqua une pause.

[Richard] Mais Charlie? Mon pote Charlie? Je l'ai vu… c'était…
[IAM] Le 21 août 2985.
[Richard] 2985, hein…
[IAM] Il a mis fin à ses jours en 3122.

▲ ▲ ▲

Carole et Richard restèrent plusieurs semaines dans le havre de William Morrison. La Terre était belle ici. Ils se couchaient dans l'herbe des journées entières, pour sentir le vent tiède, pour sentir les insectes courir le long de leurs jambes, pour écouter les oiseaux. Ils allaient voir les singes et leur donnaient à manger des baies et des arachides. Ils restaient de longs moments à les regarder les éplucher. Ici il y aura peut-être des éléphants bientôt, dit Richard. Les éléphants c'est si beau que c'est peut-être quand on a renoncé à les sauver qu'on a renoncé à se sauver nous-mêmes. Si on n'était pas capables de préserver les éléphants… ce n'était vraiment pas grand-chose à faire pourtant. Ils faisaient de longues balades dans la savane, ils regardaient le ciel avec espoir lorsque quelques nuages s'amoncelaient, et ils riaient, les mains tendues vers le ciel, lorsque tombaient quelques gouttes de pluie. Pourquoi ce morceau de

Terre nous rend-il si heureux, tous les deux ? avait demandé Carole, toi qui as vécu il y a 2000 ans et qui a connu l'ancienne Terre, et les machines et tout ce que tu m'as raconté, et moi qui n'ai vécu que 26 ans et qui n'ai connu que le désert, quelques champs secs et un tout petit jardin... C'est peut-être parce que c'est le lieu le plus vivant qu'on ait jamais connu, répondit Richard, ou parce qu'on a eu des difficultés avec le monde et qu'ici il paraît infiniment loin. Mais il se ravisa après quelques minutes, je crois que c'est parce que, finalement, la beauté d'une gazelle ou le mystère du regard d'un petit singe ne peuvent pas être égalés. Carole avait conclu, espiègle, c'est peut-être simplement parce que faire l'amour sur l'herbe, c'est plus confortable que sur le sable !

Carole avait fini d'écrire l'histoire que lui avait racontée Richard, MONDES·DE·RICHARD·ET·CAROLE. Elle avait aussi écrit son histoire à elle. Elle avait utilisé l'autre comme titre : CAROLE·LIDELEV·ISLLOTVIDDGE de CAROLE·LIDELEV·ISLLOTVIDDGE. Cette histoire, Richard et William l'IAM l'avaient découverte en même temps que Carole l'écrivait, chaque jour. William n'essayait plus de deviner. Elle laissait simplement les mots de Carole l'envahir. Elle essayait de sentir, comme faisait Richard. À présent Carole écrivait son dernier libre. MILLE·ANNEES·DANS·LE·DESERT. Elle y racontait le monde tel qu'elle aurait voulu qu'il devienne. Elle avait ajouté des tas de gazelles, de petits singes, et même des éléphants, et des baleines, qu'elle avait imaginées depuis les descriptions de Richard. Lui-même n'en avait jamais vu de réelles, seulement des images. C'était un libre qu'elle ne finirait pas, il ne lui restait pas assez de temps. Son libre resterait ouvert en quelque sorte, à l'image de ce monde qu'ils allaient laisser derrière eux.

— Ce qui est difficile quand on sait qu'on va mourir bientôt, c'est de ne pas gaspiller son reste de vie, avait dit Carole.

— C'est aussi ce qui est difficile quand tu sais que tu ne vas pas mourir bientôt, avait répondu Richard.

▲
▲ ▲

Le jour de ses 27 ans, Carole avait voulu aller encore dans le désert. Je veux revoir le désert avant de mourir, Richard. Je veux reprendre ma place. Richard avait interprété cela comme : je veux retourner chez moi. Il posa le ballon à quelques jours de marche de Romanka. Il éprouvait de l'appréhension. La proximité de cette cité. Carole qui allait mourir. Il comprit qu'il était également assez proche de sa propre ville natale. Il n'en restait rien bien entendu. Retour aux sources. Lui aussi, il avait envie de terminer son histoire où elle avait commencé. Il avait toujours aimé les boucles.

Lors de ce dernier voyage c'était elle qui le ralentissait. Elle s'essoufflait paisiblement, un peu plus fatiguée chaque soir. Encore un jour ou deux disait-elle. Lui marchait à présent sans combinaison protectrice. Il s'était un peu habitué, pourtant le soleil le brûlait. Il avait mal à la tête. Il avait parfois de la fièvre. À ce rythme, il ne tiendrait pas beaucoup plus longtemps qu'elle. Le temps lui redevenait compté. Elle regardait avec amour son dieu qui disparaissait à ses côtés. Pourquoi tu te laisses brûler comme ça ? lui demanda-t-elle. Peut-être pour me sentir encore vivant. Peut-être pour le sentir ce soleil qui a brûlé ma Terre. Peut-être parce que j'espère emporter un peu de sa chaleur. Ils veillaient longtemps, malgré la fatigue physique. Peut-être parce qu'il restait si peu de temps. Souvent ils regardaient juste les étoiles.

— Le monde, il est sauvé ? demanda Carole.

Mais ce n'était pas vraiment une question, plutôt une conclusion qu'elle formulait.

— Oui, je crois, les humains peuvent revivre ici à présent. Les machines s'occupent de tout, mais discrètement, en silence, comme si elles avaient toujours été là pour faire fonctionner la Terre. Comme le vent ou le soleil. Elles en prendront soin.

— Mais toi, tu ne veux pas rester sur la Terre, discrètement, comme les machines ? Tu es sûr ? Ce n'est pas rien de mourir...

— Je fais partie d'un autre monde, d'un autre temps. C'est à votre tour. Au tour de vos enfants. Ceux d'Ada. Ça me va de finir là avec toi, c'est une bonne fin. Et puis, c'est le sort de tous les dieux de céder la place, dit-il en souriant, faudrait pas croire qu'ils sont éternels non plus.

Richard ne détruirait pas ses âmes-libres. Elles pourraient aussi continuer de demander des enfants. Son IAM continuerait de s'en occuper, puis Whamai prendrait le relais, les âmes-libres de Richard feront partie du monde dont elle s'occupera. William les regardera vivre tant qu'elle existera. Elle les regardera virevolter, rire, pleurer, trouver de nouveaux libres, la bibliothèque de Richard pourrait leur en fournir pendant des milliers d'années, et puis ils apprendront à en écrire d'autres, comme Carole. Carole leur avait montré cette voie. Elle leur avait aussi montré la violence.

— La violence, je l'ai créée, n'est-ce pas ?

— Oui. Tu l'as créée. Il faudra qu'ils apprennent à s'en servir, pour y puiser plus de force, de la créativité même, mais sans trop détruire. C'est un équilibre, la violence est une force de création et de destruction, si on la laisse s'échapper, on ne sait plus s'en servir pour créer, ou plutôt, tout ce qu'on crée, ça ne sert plus qu'à détruire plus.

— C'est ce qui vous est arrivé ?

— Oui, c'est ce qui nous est arrivé.

— Tu crois que c'était nécessaire ? D'apporter la violence dans mon monde. On aurait pas pu rester comme on était ?

— Je ne sais pas Carole, tu comprends, je ne m'étais jamais posé la question comme ça, c'était juste le jeu auquel je jouais. Maintenant ? Je ne sais pas. Vous étiez ma création, je ne sais pas si c'était si bien un monde que je contrôlais tant que ça.

— Tu as dit pourtant que tu ne contrôlais plus rien, une fois les dés jetés ?

— C'est vrai... Mais quand même c'était mon lancer de dés. En tout cas, par tes actes, il va échapper à tout ce pour quoi il a été créé. C'est ainsi, n'est-ce pas ? Et dans mille ans, ici, il y aura une autre civilisation.

— Tu l'auras créée.

— On l'aura créée, tous les deux.

— Mais on ne la verra pas...

— Si on veut, on peut encore, tu sais...

— Je ne veux pas vivre mille ans, répondit Carole, c'est trop long. Et puis ce qui est beau, c'est peut-être que ça existe sans nous.

▲
▲ ▲

— Richard, je me demandais aussi, est-ce que ça ne risque pas d'abîmer à nouveau le monde, si on se met à écrire trop d'histoires ?

— Peut-être. En le laissant vivre ce monde, on prend le risque qu'il devienne un jour comme le mien, la boulimie risque de le reprendre, il pourrait se détruire à nouveau... Peut-être que ça n'arrivera pas. Ce qui nous est arrivé, c'était aussi à cause de nos machines. Les machines ce sont des interfaces, ça te donne à voir le monde d'une certaine façon. Elles ont permis d'inventer la science. Ce qui a permis de construire plus de machines, qui ont permis d'inventer plus de science. Après, ça ne s'arrête plus parce que c'est la seule direction qu'on peut imaginer. C'est la seule chose qui a du sens. Plus, c'est mieux. Jusqu'à ce que ça craque. Je crois que ce sera différent cette fois. Les machines sont déjà là, elles font partie du monde, peut-être qu'elles n'intéresseront personne. Comme les dieux, une fois bien installés, ils n'intéressent plus beaucoup les gens. Je pense qu'il y aura une majorité de personnes pour dire que les machines, elles n'existent plus. Toi, tu les as vues. Mais eux, qu'est-ce qu'ils en sauront ? Ils réinventeront un monde où les

IAM seront naturalisées. Le sens même du mot IAM, il disparaîtra, on enlèvera les majuscules. Après, je ne sais pas ce qu'ils en feront de tout ça, ce ne sera peut-être pas mieux. Mais ça laisse du temps. Et puis, peut-être que non, qu'ils referont le même chemin que nous. Tu leur as donné l'écriture, tu as raison, les histoires, c'est peut-être ça la clé... Les humains vont redécouvrir la technique, la science, ils pourront à nouveau construire leurs machines, un jour ils sauront construire des humains fertiles, un autre ils apprendront à construire des iams. Sans majuscule. En tout cas, ça laisse du temps. Alors pourquoi pas.

— Et puis, ce n'est pas certain ? Il y a une chance ? disait Carole.

— Personne ne peut prédire ce qu'il va se passer. Même pas Whamai je pense... Donc, tu as raison, ce n'est pas certain.

Carole avait si souvent raison. Ils marchèrent quelques heures encore. Mais elle prolongea encore son idée.

— C'est différent, les machines, elles sont là, on n'aura peut-être pas autant envie d'elles... Quand on a déjà quelque chose, on ne le désire plus. On désirera autre chose, peut-être que ce sera mieux.

— Peut-être que ce sera mieux. C'est possible.

— Tu sais, en ce moment, c'est l'histoire que j'écris, l'histoire d'un monde qui va mieux.

▲
▲ ▲

Alors qu'ils entrèrent dans Romanka, Carole connaissait de nombreux visages, mais aucun ne semblait la reconnaître en retour. Son voyage avait dû considérablement changer son allure. Et puis, ils avaient dû l'effacer de leur mémoire.

Testament
Carole Lidelev
Page 1

Adagavsta Annabellamilbanke naquit au cours de la 195ᵉ année de la 7ᵉ partie du Jeu de la Poïétique dans la cité de Romanka. C'était une enfant rieuse et vive, très indépendante, peu encline à l'apprentissage de la lecture. Dotée d'une peau couleur châtaigne, de grands yeux verts et de cheveux fins qu'elle laissait s'étaler comme un soleil autour de son visage, elle était lumineuse. Elle souriait dès qu'elle croisait un visage et, surtout elle avait le pouvoir de faire sourire toute âme qui posait les yeux sur elle. Le charme qu'elle exerçait enfant se mua à l'adolescence en un phénomène de séduction à laquelle peu pouvaient résister. Adulte, elle était probablement la plus belle âme de la cité, une des plus joyeuses et des plus insouciantes aussi.

Épilogue

Lorsqu'on frappa à la porte, la petite fille se précipita pour ouvrir, elle aimait beaucoup ouvrir la porte quand on y frappait. Elle ne connaissait pas la vieille femme qui se tenait à l'entrée de sa maison. Celle-ci l'appela pourtant par son nom.

— Bonjour Carole.

— Bonjour, répondit timidement Carole en levant les yeux. Elle s'aperçut que la femme pleurait. Pourquoi es-tu triste ?

— Je ne suis pas triste, au contraire, je suis très heureuse de te rencontrer.

Puis la petite fille sentit la main d'Ada qui prenait la sienne. Des larmes coulaient aussi sur ses joues. Elles se prirent dans les bras, se serrèrent, enfouirent leurs têtes dans leurs cous, et restèrent ainsi une éternité.

Ensuite, Ada dit simplement à la petite Carole :

— Carole, c'est l'autre dont tu portes le nom.

— Les autres existent alors ? demanda la petite Carole surprise. Ce sont des vraies personnes ?

— Certaines oui.

— Je voudrais devenir une autre, alors !

— Tu pourras, lui dit Carole, je t'enseignerai.

— Tu vas rester avec nous ?

Elle répondit :

— Quelques jours, j'espère.

Les deux Carole passaient beaucoup de temps ensemble. Ada les laissait seules, elle savait combien cela était précieux pour les deux personnes qu'elle aimait le plus au monde. Elle savait que le temps qui leur restait ensemble était plus que compté.

— Où est-ce que tu habites ? demanda la petite Carole.

— Avant, il y a longtemps, j'ai habité ici. Après je suis partie comme colporteuse, j'ai habité de nombreuses cités autour de la bibliothèque...

— Comment ça, autour ? La bibliothèque est plate, pas ronde !

— Si, elle l'est, petite Carole.

— Comment tu le sais ?

— Parce que Richard m'a emmenée dans un ballon, on s'élève dans le ciel, on voit la Terre de tout en haut, et on voit que la bibliothèque est ronde.

— Et qu'est-ce que tu as vu d'autre dans le ciel ?

— J'ai vu que la Terre était bien plus vaste que la bibliothèque, il y a des océans, ce sont des étendues d'eau infinies !

— On peut y aller ? J'ai envie de tout boire ! Je n'aime pas avoir soif, je n'aurais plus jamais soif.

— Je peux t'emmener, mais tu ne pourras pas boire l'eau, elle est trop salée.

— N'importe quoi ! Tu l'as goûtée ?

— Non, c'est Richard qui me l'a dit.

— Ben, il s'est peut-être trompé, allons voir !

— Tu iras, mais promets-moi que tu ne boiras pas tout !

— Je promets.

— J'ai aussi habité en Antarctique. C'est très loin d'ici. Là, il y a de l'eau qu'on peut boire, dans des lacs. Il y a aussi des rivières, c'est de l'eau qui coule. Il y a tellement de plantes que la terre est verte à certains endroits. Et il y a des animaux, ce sont des sortes d'humains, mais vraiment différents. Il y a aussi des robots. Ce sont aussi des sortes d'humains différents.

— Ils sont différents comment ?

Alors Carole décrivait un zèbre, puis un robot puisatier, puis une limace, puis une abeille artificielle. Elle ne s'arrêtait que lorsque la petite Carole demandait un détail.

— Tu es sûre que tu n'as pas inventé tout ça ? demanda la petite Carole, tu as bien inventé des libres, tu pourrais encore me raconter une de tes histoires.

— Non, pas cette fois, je te promets que ça existe vraiment. Et tu sais, bientôt, la Terre, elle ressemblera à ça partout.

— Il y aura des zèbres et des milaces et des robots nettoyeurs partout ?

— Oui, il y aura des zèbres et des limaces, et plein d'autres animaux.

— Ce sera quand ?

— Pas tout de suite, peut-être que les enfants de tes enfants le verront.

La petite Carole fit la moue. Elle n'était pas bien sûre que Carole ne racontait pas des histoires.

▲▲▲

— Richard, pourquoi tu ne voulais pas nous faire un monde avec des tas d'arbres et de l'eau partout et des animaux ?

— Construire une bibliothèque ce n'est pas si difficile, quelques milliers de personnes, ça va aussi. Mais refaire la Terre ça prend plus de temps. Je ne savais pas le faire.

— T'es pas si fort alors !

— Tu as raison petite Carole, je ne suis pas si fort. Mais ce que je pourrais faire, si tu veux, c'est t'expliquer comment on fait pour faire un monde avec des arbres, de l'eau et tous les animaux que tu voudras.

— N'importe quoi ! Tu dis que tu ne sais pas le faire et que tu veux m'expliquer comment on le fait ?

— Je suis une sorte de mémoire morte, je sais des choses mais je n'ai plus le souffle pour les faire vivre. Le souffle, c'est toi qui l'as maintenant.

Alors Richard et son IAM créèrent pour Carole des livres qui recensaient des tas de choses que l'on pouvait créer soi-même.

— C'est un drôle de libre, avait dit la petite Carole quand elle se vit offrir le premier d'entre eux.

— En fait, ce n'est pas un libre, c'est un livre, avait précisé Richard. Elle avait ouvert le gros catalogue, beaucoup plus large et épais qu'un libre. Il contenait des images. Tu vois c'est une graine. On peut la planter dans la terre et une plante en sortira. Ensuite, la plante produit à son tour des graines, on peut les récupérer et les planter pour avoir encore plus de plantes. Ça c'est une houe, ça sert à préparer la terre avant de planter les graines. Il faut aussi les arroser. Ça, c'est un collecteur de rosée, on peut récupérer un peu d'eau chaque matin et s'en servir pour arroser les plantes...

— Mais tout ça on peut le demander à l'IAM.

— On peut. Mais il y a peut-être des choses que l'IAM ne sait pas faire.

— N'importe quoi !

Le soir, la petite Carole essaya de demander à l'IAM les trucs les plus bizarres qu'elle avait trouvés dans le livre. Richard avait raison, il y en avait un paquet que l'IAM ne savait pas faire.

▲
▲ ▲

Carole lui raconta le monde. Elle lui raconta aussi ce que Richard lui avait raconté. Un jour c'est toi qui écriras tout cela, petite Carole, ce sera le testament de l'ancien monde au nouveau.

— Tu veux que je t'apprenne à écrire ? ajouta-t-elle.

— Hé, je sais écrire moi ! Qu'est-ce que tu crois ? Ada m'a déjà montré ! Mais je n'ai pas trop le droit de le faire en dehors de la maison. Bon, je le fais quand même. Mais pas trop.

Carole sourit.

— Alors je vais t'apprendre à raconter des histoires, tu veux bien ? Tu veux bien écrire mon histoire ? Ce sera mon testament et c'est toi qui l'écriras, qu'en penses-tu ?

— Mmm... c'est d'accord, répondit Carole en courant chercher son matériel d'écriture.

— On commence par quoi ? fit semblant de demander Carole. Elle enchaîna sans attendre de réponse : « Adagavsta Annabellamilbanke naquit au cours de la 195e année de la 7e partie du Jeu de la Poïétique dans la cité de Romanka... »

▲
▲ ▲

La petite Carole était devenue une jeune fille. Elle était scribe.

Elle repensait souvent à l'autre Carole. Elles déambulaient toutes les deux dans la cité, parfois même elles s'aventuraient dans le désert. Carole lui racontait son histoire, toute son histoire, et aussi celle de Richard. Parfois celui-ci les accompagnait, discrètement. Parfois c'était au tour d'Ada de se joindre à elles et d'écouter. Et puis, un jour Ada l'avait prise dans ses bras et elle lui avait dit : Carole est partie. Richard aussi. Carole se souvint qu'elle avait ressenti la tristesse la plus intense de toute sa vie. Une tristesse qu'elle ne ressentit à nouveau que trois ans plus tard quand Ada mourut à son tour.

Elle avait gardé cette habitude de marcher dans la ville, à toute heure, souvent ses lèvres semblaient réciter quelque chose que personne ne saisissait jamais. Ceux qui la regardaient essayaient de deviner ces mots qu'ils retrouveraient peut-être, bientôt, écrits. Alors, souvent l'un d'entre eux lui lançait :

— Alors ce livre, petite Carole, quand est-ce qu'on peut le lire ?

Remerciements

Un immense merci
à Jean-Bernard Marcon, *aka* Goofy chez Framasoft, pour son accompagnement toujours aussi rigoureux et inspirant,
à mes proches qui se sont frottés aux premières versions de ce texte,
à Marine et Hervé pour leur accueil et pour la simplicité et la qualité de la relation qui s'est installée pour mener ce projet à son terme,
à Jorge-Luis Borges, évidemment,
à mon fils Raphaël, la plus incroyable création que mon monde ait permise.

Lexique

Archipel : ensemble composé d'un ensemble de cités et d'une bibliothèque appartenant à un joueur dans le cadre du Jeu de la Poïétique ; l'archipel de Richard est composé d'une bibliothèque entourée de 243 cités s'étendant de l'ouest de l'Europe jusqu'à l'Oural.

Autre : deuxième ligne de la première page d'un libre.

Bibliothèque : structure gigantesque qui renferme les libres de chaque joueur du Jeu de la Poïétique.

Caractère : une des lettres de l'alphabet latin en majuscule (A B C D E F G H I J K L M N O P Q R S T V W X Y Z), sauf le U, plus le point et le point médian.

Cité : groupe de personnes vivant en communauté aux abords de la bibliothèque ; dans l'archipel de Richard, composée essentiellement de petites maisons individuelles, d'une place centrale, d'une IAM collective, d'un cimetière et d'un jardin dédié aux libérateurs.

Clôturer : action réalisée par un mineur consistant à lire un libre et à le marquer d'une pierre blanche ou noire selon qu'il contient au moins un mot-vrai (écrit-vrai) ou non (écrit-vain).

Colporteur, -trice : occupation consistant à se déplacer entre les cités de l'archipel afin de faire connaître les libres entre les cités.

Copiste : occupation consistant à mémoriser tous les mots-vrais d'un ou plusieurs libres.

Créatif-actif : paramètre du Jeu de la Poïétique relatif aux habitants des cités ; qui œuvre à modifier le monde pour l'adapter à sa vision ; synonymes approximatifs : curieux, inventif, indocile.

Créatif-passif : paramètre du Jeu de la Poïétique relatif aux habitants des cités ; qui aime la vie qu'il vit ; synonymes approximatifs : serein, paisible, béat.

Dilettante : occupation consistant à assister aux lectures des enlumineurs.

Écrit-vain : séquence de caractères d'un libre qui ne forme aucun mot ; par extension, libre qui ne contient que des écrits-vains.

Écrit-vrai : séquence qui contient au moins un mot-vrai ; par extension, libre qui contient au moins un mot-vrai.

Éleveur, -euse : occupation consistant à enseigner la lecture aux enfants.

Enlumineur, -euse : occupation consistant à réciter des passages de libres.

IAM (Interface Âme-Machine) : interface neuronale de communication permettant à des humains de requérir des informations ou des biens matériels au réseau d'ordinateurs et d'usines automatisées mondial ; les IAM peuvent être également utilisées uniquement pour le plaisir de dialoguer, sans autre visée pratique. Remarque : l'acronyme IAM fut adopté internationalement pour la portée ontologique que lui conférait sa prononciation anglaise.

Inventeur, -trice : occupation consistant à mémoriser et restituer les mots-vrais.

Jeu de la Poïétique : jeu inventé par Whamai en 2475 pour occuper les humains restant sur Terre.

Libérateur, -trice : occupation consistant à parler des libres, à commenter le contenu des libres, à élaborer des théories à propos des libres.

Libre : volume de 729 pages contenant chacune 27 lignes de 27 lettres tirées aléatoirement parmi les 27 caractères existants.

Libre-enclos : libre qui a été totalement lu par un mineur ; il est marqué d'une pierre blanche (écrit-vrai) ou noire (écrit-vain).

Libre-ivre : libre qui ne contient que des phrases sur toutes ses pages.

Libre-mot : libre qui contient au moins un mot-vrai et aucune phrase.

Libre-ouvert : libre de la bibliothèque qu'aucun mineur n'a encore jamais consulté.

Libre-page : libre qui contient au moins une page pleine de phrases.

Libre-phrase : libre qui contient au moins une phrase, c'est-à-dire une suite de mots-vrais agencés correctement.

Mineur, -euse : occupation consistant à lire les libres pour tenter d'y trouver des mots.

Mot-vrai : mot répertorié par les inventeurs comme existant.

Naturel-actif : paramètre du Jeu de la Poïétique relatif aux habitants des cités ; souffre du fait de vivre et retourne sa douleur contre autrui ; synonymes approximatifs : impulsif, violent, destructeur.

Naturel-passif : paramètre du Jeu de la Poïétique relatif aux habitants des cités ; subit le monde, éventuellement jusqu'à s'en rendre malade ; synonymes approximatifs : dépressif, apathique, impuissant.

Occupation : activité choisie par un habitant d'une cité de Richard ; un habitant peut choisir plusieurs occupations successivement.

Sourcier, -ière : occupation consistant à mémoriser les emplacements des libres de la bibliothèque qui contiennent au moins un mot-vrai.

Titre : première ligne de la première page d'un libre.

Tragique-actif : paramètre du Jeu de la Poïétique relatif aux habitants des cités ; s'attache à accepter le monde tel qu'il est ; synonymes approximatifs : frugal, avisé, lucide.

Tragique-passif : paramètre du Jeu de la Poïétique relatif aux habitants des cités ; se détourne de la réalité perçue, voire la refuse, par exemple par le jeu ou l'invention de réalités alternatives ; synonymes approximatifs : jouisseur, heureux, superficiel.

Whamai (World, Human And Machine Artificial Interface) : interface assurant la coordination entre tous les programmes informatiques présents sur Terre : IAM, robots, usines automatiques… La finalité de Whamai est la recréation puis la préservation d'une biodiversité optimisée.

Colophon

Ce livre a été composé par Marine Kennerknecht sur une maquette de Nicolas Taffin. Les caractères utilisés sont le PS Fournier de Stéphane Elbaz, un hommage au typographe français prolifique et moderne du XVIIIe siècle Pierre Simon Fournier. Cette famille de caractère a la particularité de présenter trois dessins assez différents selon la taille à laquelle ils sont utilisés. Les trois sont présents dans le texte et les titres.
Le Average Mono utilisé pour les extraits de libre est un dessin obtenu en faisant la moyenne de trente différents caractères de type machine à écrire, par Richard Alexander Hall (Licence GNU GPL). Les IAM s'expriment avec le caractère Attribute Text de Viktor Nübel, qui se présente comme une typographie à espacement fixe (pour le code) mais en réalité ne l'est pas tout à fait et propose des variations de chasse qui la rapprochent du rythme du texte.

Achevé d'imprimer en juillet 2022 par Laballery à Clamecy (58)
Nº d'impression : 206535
Dépot légal juillet 2022
ISBN 978-2-37662-051-8
https://cfeditions.com